从博物少年到科学巨匠

鸟类学家郑作新

杨群荣
郑怀杰 ◎主编

中国林业出版社
·北京·

郑作新

（1906.11～1998.6）

郑作新，1906年11月18日生于福州，祖籍长乐。1926年毕业于福建协和大学，1930年获美国密歇根大学博士学位，1980年当选中国科学院学部委员（院士）。曾任福建协和大学教授、理学院院长、教务长；中国科学院动物研究所鸟类研究室、脊椎动物分类区系研究室主任；北京自然博物馆副馆长，兼任自然历史研究所所长；中国动物学会、中国鸟类学会理事长、荣誉理事长，中国濒危物种科学组（现为中华人民共和国濒危物种科学委员会）组长，中国野生动物保护协会副会长；世界雉类协会会长、终身荣誉会长，世界鹤类基金会首席顾问，第22届世界鸟类大会名誉主席。

郑先生是中国现代鸟类学奠基人之一，中国鸟类地理学的开拓者。对中国鸟类进行系统考察与研究，先后发现了中国鸟类16个亚种，在理论方面提出"低等类型的亚种被排挤的该种分布范围的边缘地区"的观点，从而估测种的起源地。这是对生物进化论优胜劣汰核心理论的有科学意义的补充论证。在鸟类分布方面，提出以秦岭为动物地理古北界与东洋界在中国境内的分界线。1988年获美国国家野生动物学会自然保护特殊成就奖，1993年获中国野生动物保护协会保护野生动物终身荣誉奖。

他一生著有专著20余部，专业书籍30多种，论文百余篇，科普著作200多篇；主编《中国经济动物志·鸟类》《中国动物志·鸟纲》（共14册中的7册）、《中国鸟类系统检索》《中国鸟类区系纲要》（英文版）等。

← 中央自然博物馆筹备委员会合影（1950年4月）

左起：裴文中（副主任）、王冶秋、郑作新、张春霖、胡先骕、刘钧、丁西林（主任）、李璞、李继侗

↑ 1991年11月，福建协和大学校友会北京分会聚会并祝贺郑作新85岁生日（前左七陈嘉坚、前左八郑作新）

→ 1996年11月，中国科学院动物研究所鸟类学研究组同事贺郑作新90诞辰（左起：张荫荪、卢汰春、丁长青、邹昭芬、叶晓堤、丁文宁、徐延恭、谭耀匡、雷富民、刘如笥、尹祚华、俞清、卢春雷（前排为郑作新夫妇）

↑1978年12月，郑作新在英国牛津大学作学术报告

↑1979年，郑作新在研究室工作

↑1953年，郑作新在河北昌黎果园考察时向当地村民了解情况

↑1970年，郑作新在河南罗山悬挂人工鸟巢

↑1980年2月，郑作新在野外观鸟

1980年，郑作新给研究生讲课→

↑1989年5月，郑作新获美国国家野生动物学会自然保护特殊成就奖后，该协会主席J. D. Hair 与郑作新全家合影（前排左起：杨群荣、郑怀杰、陈嘉坚、郑作新、J. D. Hair、吕扬生、郑怀明；后排左起：郑刚、肖静、吕事预、郑怀音、郑伟、王石可、易扬列、闫平、郑星、郑岩、吕事勤、郑怀竞）

1993年12月，郑作新获中国野生动物保护协会颁发的保护野生动物终身荣誉奖

↑获奖证书

↑1930年，郑作新在美国密歇根大学获金钥匙奖

↑1989年，郑作新获自然科学奖章

↑ 1982年6月3日，郑作新陪同万里同志参观北京自然博物馆

↑ 1978年12月，郑作新与英国水禽研究总局局长马修斯（Matthews）在剑桥大学生物系门前合影

1981年，美国密歇根大学授予郑作新科学荣誉奖（左为美国前驻华大使伍德科克，右为密歇根大学校长H. T. Shapiro）

↑ 1980年，郑作新与中国科学院院长方毅合影

↑ 1998年第22届世界鸟类大会前夕，大会秘书长巴克到北京医院探望正在病中的大会名誉主席郑作新（左起：许维枢、郑光美、张正旺、丁长青、巴克、郑作新夫妇）

↑ 1983年春节全家福（前排左起：郑岩、杨群荣、陈嘉坚、郑作新、郑怀杰、吕事预；中排左起：闫平、郑怀明、郑怀音、王石可、肖静；后排左起：郑怀竞、吕扬生、王大安、郑伟、郑星、郑钢）

↑ 金婚佳侣奖（交颈仙鹤）

1992年，参加北京市民政局组织的庆祝金婚佳侣活动 →

↑ 1946年，郑作新夫妇在福建协和大学宿舍前合影

↑ 1989年，郑作新、陈嘉坚夫妇获全国百对金婚佳侣奖后在家中合影

↑ 2004年5月，北京自然博物馆举办郑作新塑像揭幕仪式（左起：邹昭芬、雷富民、李湘涛、李承森、陈嘉坚、郑怀音、郑怀杰、卢汰春）

← 1997年，郑怀杰、陈嘉坚、郑作新、杨群荣合影

↑ 2019年4月，郑作新子女向中国科学院动物研究所党员教育基地捐赠郑作新有关遗物时留影（左起：姜秉国、郭红杰、聂常虹、郑怀杰、郑怀竞、杨俊成、林宇、王远）

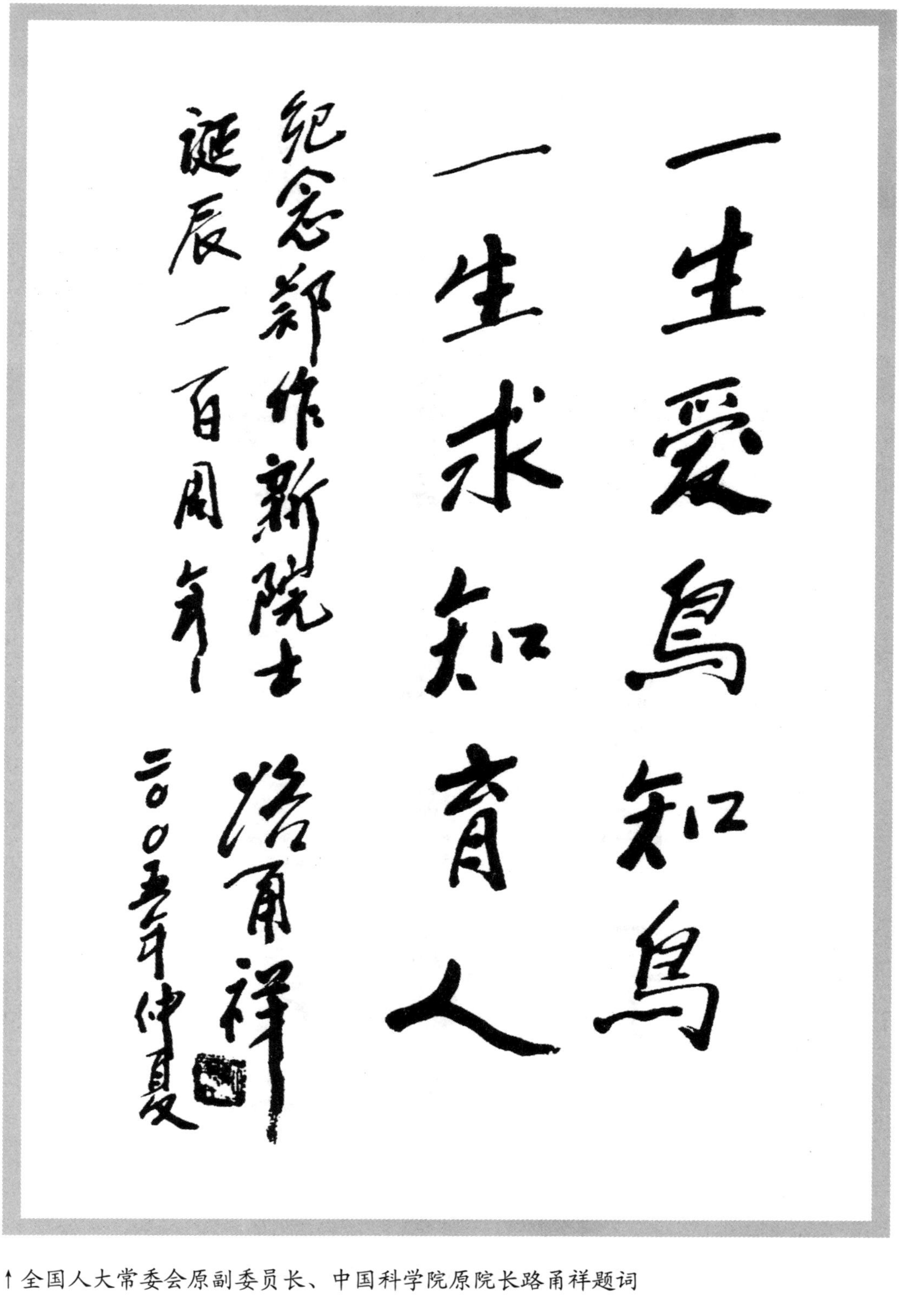

一生爱鸟知鸟
一生求知育人

纪念郑作新院士
诞辰一百周年

路甬祥

二〇〇五年仲夏

↑全国人大常委会原副委员长、中国科学院原院长路甬祥题词

我国鸟类学奠基人
当代著名鸟类学家

吴阶平

↑ 全国人大常委会原副委员长九三学社原中央主席吴阶平题词

代序

今天我们在这里欢聚一堂，隆重纪念我国著名鸟类学家郑作新院士诞辰110周年。首先，我谨代表中国科学院动物研究所热烈欢迎莅临指导的各位领导、专家，关心国家动物博物馆工作的同仁、朋友，以及热爱鸟类和野生动物保护的各界人士！

2016年11月18日是郑作新院士诞辰110周年纪念日，为了回顾郑先生对中国鸟类学、脊椎动物分类学、动物地理学、野生动物保护和科普教育方面的杰出贡献，今天国家动物博物馆与中国动物学会鸟类学分会、北京师范大学生命科学学院共同举办一系列讲座，以示纪念。

郑作新先生（1906—1998）是享誉世界的鸟类学家、动物分类学家、教育家、社会活动家、科普作家，中国科学院院士、中国科学院动物研究所研究员、国家动物博物馆的前身——中国科学院标本整理委员会暨中国科学院动物研究所标本馆的创始人之一。

1906年11月18日，郑作新先生出生于福建省福州市，祖籍福建长乐。1926年毕业于福建协和大学生物系，获学士学位。1928年和1930年分别获美国密歇根大学硕士和博士学位。历任福建协和大学生物系教授、系主任兼教务长、理学院院长，美国国务院文化司客座教授，南京国立编译馆自然科学编纂，中国科学院标本整理委员会委员兼秘书，中国科学院编译局自然科学名词室编审、主任，九三学社中央委员、中央参议会委员，中国科学院动物研究所研究员、室主任，《动物学报》《动物分类学报》《动

注：代序为周琪院士在纪念郑作新诞辰110周年纪念会上的讲话。

物学集刊》《动物学杂志》主编、副主编，还曾兼任北京师范大学、中央大学、北京大学，西北大学、兰州大学、山东大学等校教授，《中国动物志》编辑委员会委员、副主任，北京自然博物馆副馆长兼自然历史研究所所长，中国动物学会发起人之一、副理事长、理事长、名誉理事长，中国动物学会鸟类学分会（对外称中国鸟类学会）创始人、理事长、名誉理事长，中国野生动物保护协会副会长，世界雉类协会副会长、会长、终身会长，中国动物园协会顾问，世界鹤类研究中心顾问，美国科学荣誉学会会员，还曾担任日本、德国、英国、美国等许多国家的鸟类学会通讯会员或荣誉会员等职。

郑作新先生对中国鸟类进行系统的考察和研究，建立了中国鸟类区系和分类系统，对中国鸟类物种多样性做出了最全面和系统的厘定，曾发现中国鸟类16个新亚种，撰写了1000多万字的论文和专著，包括20多部科学专著、40余部专业书籍、140余篇科学论文、200多篇科普文章，如《中国鸟类区系纲要（英文版）》《中国动物志·鸟纲》《中国经济鸟类志》《脊椎动物分类学》等著作，影响深远。

郑作新先生曾荣获国内外多项荣誉和奖励。在全国科学大会上获得"中国鸟类系统分类研究"项目的重大科学成就奖；《中国鸟类区系纲要（英文版）》（1987）获中国科学院1989年科学技术进步奖一等奖，并获1989年国家自然科学奖二等奖。1988年他还被美国国家野生动物学会授予自然保护特殊成就奖，以表彰其对鸟类学研究与保护的卓越贡献，这是该奖首次颁发给中国人，也是首次在美国以外举行授奖仪式。

我们今天在这里纪念郑作新先生诞辰110周年，正是要回顾他的科学贡献，弘扬他的科学精神。我国的近现代科学发展史上，涌现出了一批贡献卓绝的动物学家、鸟类学家，例如寿振黄、任国荣、傅桐生、常麟定、郑作新等先生，其中寿振黄先生和郑作新先生是中国科学院动物研究所的脊椎动物学奠基人。可以说，这些科学家是人们今天研究野生动物、保护野生动物、爱鸟护鸟行动的现代化进程和科学化进程的历史推动者！

在这些前辈的不懈努力下,我国的动物学研究、鸟类学研究和鸟类保护不断发展。国家动物博物馆的鸟类标本收藏就是在以郑作新先生为代表的鸟类学家的努力下逐渐发展壮大起来的。据我所知,国家动物博物馆收藏了6万余号鸟类标本,其中在展示馆展览500余号标本,成为了今天的科普教育基地。

在郑作新等先生的倡导下,动物学、鸟类学面向公众不断普及,社会各方面逐渐重视开展保护野生动物的宣传,民众自觉保护动物的意识不断提高,这些都在为落实"科教兴国""可持续发展""人与自然和谐""美丽中国""生态文明建设"的伟大战略贡献力量。我衷心希望我们这一代,以及我们的下一代铭记老一辈科学家的卓越贡献,学习他们孜孜以求探索科学的精神,继承他们的人文情怀和精神遗产!

中国科学院院士
中国科学院动物研究所所长　周琪*
2016年11月12日

---

* 周琪现为中国科学院党组成员、副秘书长,中国科学院副秘书长,中国科学院北京分院院长。

前言

早在1994年,应福建科学技术出版社出版的"福建籍科学家传记"丛书编委会之约,杨群荣编撰《郑作新》一书(当时丛书的编委胡善美、王凌都对该书的出版作了许多贡献)。该书出版后被英国世界雉类协会翻译成英文版(译者为北京师范大学教授,中国鸟类学会副理事长、秘书长张正旺)在国际发行。该书出版后,郑作新本人还在世,他当时就对传记提出增订意见。于是,杨群荣就开始对该书进行增订工作。尤其是在郑作新逝世后,通过纪念他百年诞辰的活动,分别出版纪念文集《天高任鸟飞》与《飞翔的生命》,我们从中获得许多他生前工作、学习与生活的鲜活资料。

根据这些资料,我们对《郑作新》进行进一步的增订。继后杨群荣病逝,她未完成的增订工作由我最后完成。现在这部《郑作新》的增订本比原版增加近一倍的篇幅。不但内容比原版丰富,而且叙述也比原版翔实,同时删去原版中有关科普知识的文稿,增加了郑作新著作目录,从而更全面地反映了他的工作与成就。

郑作新逝世后,陈嘉坚克服许多困难完成对《中国鸟类系统检索》等专著的增订工作,她的表现与业绩也被人们所称颂。为了更好地反映这感人的事迹,我们在传记的后面附上两篇有关报道,真实地说明:"我的成就有一半是你的贡献"的缘由。

我与杨群荣都不是专业作家,拙笔未能全面反映郑作新一生的工作与业绩。增订本的传记难免还有种种缺点与不足,但我们具有贴近他工作与生活的有利条件,传记所述内容均真实有据。

今年是郑作新逝世20周年,出版该书是对他的最好缅怀,也是对刚刚去世的陈嘉坚(我们的母亲)最好的纪念。

郑怀杰
2018年11月

目录

代序

前言

壹

1. "精卫还在填海吗？" 1
2. 三项第一 5
3. 老虎洞探奇 9
4. 破格录取 12
5. 西红柿的启示 16
6. 捉蛇的思考 18
7. 在美国大学半工半读 20
8. 获"金钥匙"奖 23
9. "金鸡"标本前的沉思 25
10. 第一次婚姻 28

贰

11. 编写中文教材 31
12. 再结良缘 33
13. 川石岛采集 36
14. 迁往闽西山城——邵武 38
15. 访"挂墩" 42
16. 我不能再待下去了！ 46
17. 发表第一部中国鸟类名录 49
18. 在南京等待解放 51
19. 一个山雀蛋的秘密 55
20. 为麻雀"平反" 59

21. 中国家鸡的祖先..................................62
22. 郑氏白鹇......................................66
23. 治学严谨......................................70
24. 在德、苏访问..................................72
25. 为中国的鸟类写谱立传..........................76
26. 动物地理学的开拓者............................80
27. 这才是真正的专家..............................83
28. 找到丢失10年的书稿............................85
29. 以林为家，以鸟为伴............................89
30. 在"科学的春天"里..............................93

31. "文革"后首次出国..............................97
32. 在日本......................................104
33. 开展"爱鸟周"活动............................108
34. 重访美国....................................112
35. 赴澳大利亚参加年会..........................118
36. 父亲带回宝贵的礼物..........................121
37. 鸟类谱志工作的三台阶........................124
38. 求索创新....................................129
39. 呕心沥血育后生..............................131
40. 一份入党申请书..............................135

伍

41. 不成文的家规 140
42. 无法自抑地湿了双眼 144
43. 集邮与爱鸟 147
44. 情系故土 149
45. 海峡两岸的深情 152
46. 协和大学在京校友的欢聚 155
47. 金婚佳侣 159
48. 谁要放弃时间，时间就会放弃他 164
49. 在病中 167
50. 莺歌燕舞的愿景定能实现 171

陆

竭诚纪念恩师郑作新院士百年诞辰 173
难忘谆谆教导情 181
从郑老留下的书信说起 184
追忆郑老给我们第一堂授课之开篇 186
郑作新先生与鸟类科普 189
我的面前是一位世界级的学术大师 199
恩师指引我的学术生涯 204
郑老是座山——怀念导师郑作新先生 208
嘉祉赐鹏雀　其志磐石坚——记一位令人钦佩的老人 214
爱，在人与鸟的和谐中闪光——郑作新院士夫人陈嘉坚的不凡人生 217
飞翔的梦——记一位科学家的强国梦 224

附录 231
　附录一　郑作新纪事年表 231
　附录二　郑作新著作目录 236

后记 259

1. "精卫还在填海吗？"

1840年鸦片战争后，帝国主义用坚船利炮打开了中国的大门，福州成了五个通商口岸之一。

外国资本家纷纷来到福州，利用丰富的资源和廉价的劳动力开办工厂。一个个茶厂、糖厂、印刷厂、造纸厂、船舶修造厂……建立起来了。英国的麦加利银行、汇丰银行开始在福州建立起分行、支行。

外国的传教士来到福州，盖起了一所所教堂，声称要帮助中国人摆脱苦难，使灵魂进入天堂……

他们带来的是畸形的繁荣，且伴随着无穷无尽的欺凌、践踏、屈辱、苦难……中国人民不甘心国家被宰割、民族被压迫的地位，为了消除贫困、落后的根源，进行了英勇的斗争和艰苦的探索。

1911年4月，中国资产阶级民主革命先行者孙中山和黄兴等人领导的"黄花岗起义"又遭失败的消息传到福州，使原来死气沉沉的政治空气更加沉闷，几乎让人窒息。远处的声声闷雷，更使人烦躁不安，但也预示着一场新

1936年，郑作新夫妇与其祖母合影〔前排左起：陈嘉坚（抱郑怀杰）、郭仁慈、郑慧贞（抱陈静蘋）；后排左起：郑作新、郑亨利（郑作新二妹）〕

的暴风雨即将到来。

鼓山脚下的郑家院子，只见人们进进出出、忙忙碌碌，一张张忧伤焦急的面容，使人心情沉重。屋里床上躺着27岁的女主人陈水莲，因患肺病，她呼吸已很困难，生命奄奄一息，仍坚强地等待着什么。

只见男主人郑森藩风尘仆仆地从外地赶来，总算见到妻子的最后一面。

妻子深情地瞥了丈夫一眼，用尽最后一点儿力气喃喃地说："要把儿子、女儿抚养好……"就离开了人世。

只听见屋里乱作一团，哭声与呼喊声交织在一起。

郑森藩5岁的儿子郑作新，弄不明白家里发生了什么事，只见爸爸、奶奶、舅舅、姨妈一个个放声恸哭。他拽住奶奶的衣角，天真地问："妈妈睡觉了，怎么还不起来啊！"

人们顾不上也不愿意告诉他一个"死"字，怕伤害这颗纯洁幼稚的童心。但小作新还是一个劲地嚷着："我要妈妈！我要妈妈！"

他哪里知道自己失去了一位多么好的母亲，一位文静贤淑、端庄秀丽、知书达理的母亲。他的妹妹慧贞才3岁，更不懂得失去母爱的悲伤。

已到而立之年的郑森藩，早年肄业于福州英华书院（相当于现在的大专）。原籍长乐的郑家，因要安排子女到福州读书，全家迁到风景秀丽的鼓山脚下。

英华书院学生的英语程度很高。在大批失业者寻找职业的竞争中，郑森藩算是个佼佼者，在盐务局找到一份差事，抄抄写写，还常被上司派往各地联系业务。以后他升任为一些县城的盐务局长，家境才开始好转，供作新兄妹上学。但是，当时盐务局就有规定：在一处任职不得超过3年，于是他足迹遍及福建省各县城，远及江西、湖南、河北张家口以至内蒙古包头。

郑森藩是个老实人，工作认真负责，长年在各地奔波难得在家住上十天半月。此次，办完妻子的丧事，为了生计，又得远行，无奈把一双儿女托付给母亲照顾。年过半百的老母亲，承担起抚养孙子孙女的重任。

郑作新的祖母郭仁慈当时身体健壮，除操持家务外，还要做些女红以贴补家用。她满脸慈祥的笑容，从不训斥孙子。一次，她带着作新路过村中小桥。一群富家子弟手中拿着一串荔枝边吃边玩，小作新也吵着要吃荔枝。奶奶边教育他要好好学习，不与小伙伴比吃比穿；一面又买了几个荔枝给作新吃，自己没舍得吃一个。

　　慈祥的奶奶小时候聪明好学，虽然没有进过学堂，可认识不少字，能粗读一些通俗读物。在她脑子里，好像装着数不清的故事，什么"嫦娥奔月""八仙过海""龟兔赛跑""郑和下西洋""愚公移山"等。每当夜晚，总要讲几个美丽动听的故事哄孙子睡觉。这许许多多的故事中，小作新最爱听的就是"精卫填海"，他常常让奶奶讲了一遍又一遍。

　　"很早很早以前，有个太阳神。太阳神有个女儿，名字叫女娃。女娃长得浓眉毛、大眼睛，好看极了。她不光长得非常漂亮，而且还很聪明，很勇敢。这么好的孩子，太阳神当然喜欢她，总希望她在自己身边。可是，女娃不愿意待在爸爸身边，她想到处走走、看看，想到更远的地方去玩。有一天，女娃摇着一只小船，划进了大海。

　　"大海风平浪静时，女娃的小船漂啊，漂啊，她觉得像坐在摇篮中，像躺在母亲的怀抱里一样，舒服极了。可大海发脾气时，浪头哗啦、哗啦地吼叫着，像一头发怒的野兽，把小船一会儿

1911年，郑作新、郑慧贞兄妹为其生母守灵

举上天，一会儿又摔到万丈深的漩涡里面，太可怕了！可是，勇敢的女娃一点儿也不怕。她觉得这一上一下，就像荡秋千似的，很好玩！

　　"这一天，女娃又划着船出海去玩。划着划着，大海突然变了脸，大风呼呼地刮了起来，黑色的大浪蹿着、跳着向小船打来。小船像一片落叶，颠来簸去。猛然，一个大浪砸下来，小船翻进海里，哎哟，女娃被淹死了。

　　"女娃死后，变成了一只鸟，这只鸟就叫精卫。精卫长得很美丽，白色的嘴、红色的脚。精卫飞到大海北面的一座大山上安了家。她不甘心，决心向大海

报仇雪恨,把大海填平。大海知道了'嘿嘿'冷笑起来,暗想:我这么大,精卫这么小,要把我填平,这不过是说说大话,吹吹牛罢了。于是,大海朝着大山上的精卫喊叫:'你填吧,我还怕你?!'

"精卫呢?她不声不响,一会儿衔来一个石子,一会儿又叼来一根树枝,从早到晚,不停地衔哟、叼啊,不停地填哟填哟。今天填一点儿,明天又填一点儿,一天天、一年年,日积月累,越填越多,大海的冷笑声越来越小,快听不到了。

"后来,精卫同海燕结了婚,生了两个孩子,男的像海燕,女的像精卫,他们也加入了填海的队伍,不怕风,不怕浪,飞呀、飞呀,衔呀、叼呀,填啊、填啊……"

讲到这里,奶奶常停下来,问小作新:"你说说,精卫好不好?"

小作新听得入了神,他没有回答奶奶的问话,却不停地在追问:

"奶奶,精卫鸟还在飞吗?"

"奶奶,精卫还填海吗?"

多少年过去了,那精卫还在郑作新的心头飞翔。那种不屈不挠的精神,深深地刻在他的心上。祖母讲述的一个个动听的故事,既启发了他那不屈不挠的精神,也启迪了他热爱大自然的情趣,激发了他追求知识的渴望。他要学习,要到知识的海洋里遨游。

2. 三项第一

小作新在奶奶的精心照顾和教育下,健康地成长,虽然不胖,但一双大大的眼睛显得机灵有神,圆圆的笑脸,非常惹人疼爱。

他呀,喜欢小动物,爱好玩泥土;虽不认字,却喜欢模仿大人的样子看书。

爸爸书柜里的各种书籍,是小作新的启蒙读物。翻到生物书上的花草鱼虫图案总要问个没完:

"奶奶,这是什么花?这是什么鸟?你说鸟儿为什么会飞?"

有一次,小作新翻着一本故事书,翻呀翻呀,翻到一处画着男人和女人,他就问:"什么叫男人?什么叫女人?"

奶奶一时还答不上来。

后来,小作新连几何书里的图例,化学、物理书中的试验图,也要看了又看,问了又问。

奶奶从小就注意培养孙儿一些良好的生活习惯,翻过的书本要放回原处,物品要堆放整齐,东西不能乱放。

奶奶的教育,郑作新记得牢牢的,使他成人后参加工作受益匪浅。他的办公室的文件、资料等放得整齐有序,查找非常方便。他有惊人的记忆力,直到80多岁了,他所有的书籍、资料存放何处,还记得清清楚楚。家里人知道他的习惯,从不动他的用品,怕挪了地方他查找不到,浪费时间。

快到6岁时,郑作新便进了苍霞洲小学。他每天都是高高兴兴地独自去上学,上课时专心听讲。老师经常夸他是守纪律的好学生。回家后自己复习功课。当他认识上千字后,竟自己看起课外书来。

奶奶看小作新那么喜欢看书,就与儿子商量,放学后送小作新到一个私塾去

念古文。

爸爸自然是听奶奶的话，作新高兴地去私塾念古文。不几天，他就大声地背起唐诗来了。每当爸爸回家时，小作新便反背着手，昂首挺胸地背诵：

> 白日依山尽，黄河入海流。
> 欲穷千里目，更上一层楼。
>
> 锄禾日当午，汗滴禾下土。
> 谁知盘中餐，粒粒皆辛苦。

看到孩子聪明好学，郑森藩得到最大的安慰，严肃的脸上也露出一丝笑意。

郑作新记住了多少古诗文，现在已无法统计清楚了。他从小打下的古文基础，对以后的科研工作有很大帮助。他在查找古文资料，阅读《诗经》《禽经》等书时，一点也不感到困难。

小学毕业后，郑作新进入福州青年会附属中学学习，除了完成学校的作业外，晚上还要读书，一支蜡烛陪着他熬到半夜。祖母年老，加上白天的劳累，早已睡下，到半夜醒来，看见作新还在读书，总要爱怜地催促他早点休息。

有一次，祖母半夜醒来，见他一手捧书，一手拿个小棍，边念边指着墙上的地图，还以为他犯什么毛病了，赶紧披衣起床，近前一看，原来他是利用地图学地理哩！

他这种对照地图学习地理的方法，不但使他的地理成绩优良，还为他打下扎实的地理基础知识，这可能是他在动物地理学方面有所建树的远因。

有一年，由于小作新昼夜地读啊，念啊，结果人瘦了，脸色也苍白了。一天，他捧着书，看着看着，只觉得眼前金星闪烁、跳跃，突然，一片漆黑，晕倒在地……

奶奶吓坏了，赶忙请人给小作新的爸爸

1945年，郑守仁（森藩）退休后

打电报。父亲慌慌张张地赶回家里，向奶奶询问了作新的学习情况，决定同儿子正式谈一次。

父亲坐到作新的床前，问道：

"你感觉怎么样？"

"好多了。"

"几天没去上课了？"

"整整一个星期。"

父亲语重心长地说："你才这么一点年纪，就病倒一个星期，以后上高中、大学，学习要比现在繁重、紧张多了，如果没有一个健康的身体，怎么能应付得了？再说远一点，毕业以后，你还要为国家效力，要工作上三五十年，没有一个健康的身体能行吗？"

小作新觉得爸爸的话很有道理。父亲见儿子皱着眉头认认真真地听，就又讲了许多古今中外名人怎样坚持锻炼身体的故事，最后加重了语气说：

"要学习好，就要加强体育锻炼；要担重担也要加强身体锻炼，你记住了吗？"

"记住了。"小作新认真地回答。

从此，小作新积极参加体育锻炼，每天徒步到学校去上学，一日往返需1个小时。操场上人们也经常见到他小小的身影，打篮球、排球，最多的还是打乒乓球。他左手握拍（他是左撇子）既能推挡，又会扣杀，往往出人意料地取胜。长大以后，他还喜欢打网球，这个爱好一直坚持到他当教授以后，家里还保存着2个网球拍。

由于经常坚持体育锻炼，郑作新的身体日渐健壮起来。在高中临毕业时，学校举行了运动会。当时还不满16岁的郑作新，被编到少年组参加比赛。学校当时还规定，每人只限报3个项目。按学校的规定，他报了百米、跳远和三级跳远3个项目。

比赛一项一项地进行着，成绩一项一项地公布了：

"百米第一名，郑作新。"

"跳远第一名，郑作新。"

"三级跳远第一名，郑作新。"

　　郑作新获得了3个项目的第一名,成了全校运动会冠军,得到一个奖杯。

　　一连得到3个冠军,谁都会很高兴的,郑作新捧着奖杯,照了一张相。3项第一,大大激发了他继续锻炼的热情。从此,爬山、排球、网球、田径、远足等,他样样都喜爱。

　　父亲再次回家时,看到作新的奖杯,由衷地高兴,特邀全家去郊外野餐一次。郑作新的父亲郑森藩,虽长年在外,但他是早年接受西方文化影响的知识分子,当时又从事盐务工作,接受新思想的影响较多,对作新的成长起了潜移默化的作用。

　　郑作新在中学打下了一个良好的身体基础,为他以后从事鸟学研究提供了条件。他50多岁时,还攀登黄山进行鸟类的调查考察;70多岁时,还登上长白山的天池,这不得不归功于他从小注意体育锻炼的结果。

3. 老虎洞探奇

郑作新从小就喜爱大自然，他的书柜和抽屉中，经常变换着收藏物：猎获的小动物，采集的植物标本，花花草草，甚至还有苔藓。

他喜欢蟛蜞（螃蟹的一种，体小，生长在水边），抓住这东西，既能吃又好玩。因此，河边、池畔，这些蟛蜞经常出没的地方，就成了吸引他的去处。

郑作新钓蟛蜞的爱好，从童年带到小学，又从小学带到中学，到上大学时，有时还利用课余时间去钓蟛蜞。

北方的孩子们，捉蟛蜞是用手去摸、去掏；郑作新的家乡在南方，对蟛蜞却习惯于用鱼钩钓。他从小就是捉蟛蜞的能手。

"丰收"了，奶奶就给他做上一顿美味可口的蟛蜞酱；剩余的蟛蜞就用水养起来，反复地观察；

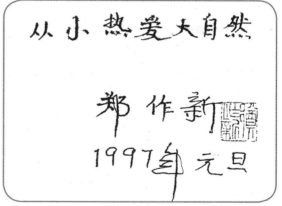

噢，它们的前爪像两把大钳子，细细的腿是这样的长，横行前进。

和蟛蜞比较起来，郑作新对山林里五颜六色的鸟儿，更是兴味无穷。他在上小学时已认识了许多种鸟，从它们的鸣声就能辨别是什么鸟。

他的家就在鼓山脚下，山上鸟儿很多，而且风景秀美，他和小伙伴们经常上山玩耍。特别是每到假日的时候他们互相约好去爬鼓山。上山下山，下山上山，乐在其中。

鼓山的半山腰，有个规模颇大的涌泉寺，这个著名寺庙建于唐末（公元967年），已有千年历史，香火旺盛。寺中有楹联："地出灵泉润海表，天生石鼓镇闽中",就是指山上有巨石如鼓而得名。寺中的泉水清凉,别有风味。富贵人家上山拜佛烧香,常乘山轿,要费半天时间。郑作新与同学比赛,各显其能,半天就能上下,弄得浑身大汗。在爬山累时,就观赏山中的花草虫鸟,既增长了知识,又得到了休息。

有一次他们听说,鼓山的绝顶峰上有一个老虎洞,里面还有凶猛的老虎,不时发出洪亮的吼声。郑作新感到十分惊奇,心里总想找机会去探个究竟。

1939年,福建协和大学生物学会在邵武云坪山采集标本〔陈嘉坚抱郑怀杰(前排右四)、郑作新(二排右二)〕

一次周末,郑作新与同学相约,先上山住在涌泉寺过夜,翌日登绝顶峰探秘。

那天,太阳刚刚从东海跃起,鼓山天就亮了。他们开始了向鼓山绝顶峰攀登。从涌泉寺向上一望,绝顶峰就在山后,好像一会儿就能爬上山顶似的。

起初大伙有说有笑,有跑有跳,干劲十足。山势虽陡,然而他们信心百倍。但是当他们好不容易爬上前面一座山头时,横在眼前的是一座更高的山。只得先下山,再爬那座山。

不觉之间,他们已爬了几座山,但前面不知还有多少座越来越高的山,重重叠叠的山峦开始令人生畏了。有的伙伴打退堂鼓,转身回寺中,准备回城。郑作新也累得汗流浃背,气喘吁吁;可是他想起精卫鸟的故事,劲头又来了。他打定主意,不到绝顶峰,决不罢休。

他们这伙探秘的队伍，人越走越少，最后只剩下郑作新与另外一个同学。他俩互相鼓励着，帮助着，终于在太阳快落山时，登上了绝顶峰。绝顶峰海拔969米，从上往下看"闽江如带，榕城如画，乡镇村落，星罗棋布"，十分壮观。

原来峰上有个大磐石，其状如鼓，因而得名鼓山。

他们在山顶附近四处寻找，果然发现一个山洞。这时候郑作新的心中也在"打鼓"，洞里真的会有老虎吗？

猛然间，一阵可怕的声音从洞中传出。郑作新他们不由得倒吸了一口冷气。可是并没有老虎出现。隔了一会儿，那声音又再次响起来。

这是怎么回事呢？

他们经过一次又一次的仔细观察，终于解开了老虎洞的奥妙。

原来，由于鼓山很高，山顶经常刮大风。风吹过山洞时，就发出了巨大的声响，远远听去，像是老虎在吼叫。

第三届爱鸟周纪念封

附近老百姓搞不清楚是怎么回事，也不敢上去查看，一传十，十传百，传成山顶有"老虎"了。老虎洞的秘密终于揭开了。

天已渐渐黑下来，早该回家了，如果从原路回去，非走到半夜不可。郑作新居高临下，四处察看，发现在绝顶峰这座山的侧面，有一条小路。他们顺小路而下，竟不用1个小时，就回到涌泉寺中。他事后想，若早就了解有这条小路，那就不必花费一整天时间与那么多精力了。

这次老虎洞探奇，克服了许多意料外的困难，在郑作新的脑海里留下了难忘的记忆；同时也使他懂得了一个很重要的道理：人不论做什么事，只要有毅力，坚持下去，不半途而废，就一定能成功；同时不论做什么事，还不能盲目地去干，如果事先摸清楚了情况，便能取得事半功倍的效果。

4. 破格录取

那时候中学应该学习6年，可是，郑作新只用4年时间就毕业了。他在中学跳了两级。

他怎能跳了两级呢？

是父亲辅导的吗？不是。他父亲在盐务局工作，长年在外地当差，更没时间回家了，哪里谈得上辅导。

那么，是老师"偏爱"他了？

应该说，教过他的老师，都喜爱这个聪明刻苦的学生，常出些课外题，督促和引导他学得更多些，更深些。但是，特殊的照顾，或者有意地降低标准，却是绝对没有的。

郑作新的学习的的确确是刻苦努力的。他在课余时间，就自学高年级的课程，不懂的，就找参考书来看。就这样，他不仅顺利通过升级考试，又因成绩优秀，给跳了一级。

跳第二级就更简单了。又一次期末考试结束了，一位任课老师评阅完郑作新的试卷，喜形于色；其他看过考卷的老师也是如此。几位任课老师都异口同声地说："郑作新的试卷答得非常好。"他们把郑作新的考卷，拿给高年级的老师看。那位担任高年级课程的老师相当认真，从头至尾，仔仔细细看了一遍，也兴奋地说："好！答得相当出色！我看郑作新对一些基本概念的掌握，比起我们班的同学还要强。如果他跳一级到我们班，成绩也会名列前茅的！"

在老师们的鼓励下，他又跳了一级。所以还不满16岁就中学毕业了。于是，他去报考福建协和大学。

协和大学的招生报名处，来了一个身材瘦小，带着几分稚气的男学生。

报名处的教师,抬头看了一眼这个年龄不大的学生,问道:

"你给谁报名?"

"给我自己。"

"你几年级了?"

"中学毕业。"

"中学毕业?多大年龄?"

"15岁,不16岁。"他赶紧把自己的年龄往大说。

"你叫什么名字?"

"郑作新。"

那位负责接待报名的教师觉得此事有些不一般,不敢擅自做主。因为福建协和大学当时规定16岁才能报考,而他到这所大学以后,还不曾听说过有15岁的中学生来报考的。于是,他把这个情况报告给教务长。教务长听了之后,觉得无须多问,当即决定:不允许才满15岁的郑作新报考福建省这所赫赫有名的高等学府。他对郑作新讲:"你明年再来报考吧!"

1994年,郑作新在工作中

郑作新的中学校长朱立德先生知道了,特意写信向协和大学保荐,希望给郑作新一个报考的机会。信写得十分诚恳:请准许郑作新试一试,如能达到录取标准,再行录取;如果达不到标准,也务请不要降低标准。这位在青年会附属中学任职的中学校长在本市和全省都是德高望重的,他的保荐起了作用,协和大学同意了他的意见。

郑作新如期参加了入学考试。开始,教师们投来不信任的目光,有的教师竟然说:"怎么找来个孩子考大学?"而更多的教师则是将信将疑地议论:"他能考50分就不错。"

然而,事实却使他们大吃一惊!当郑作新的考卷交上以后,有位教师大致浏览了一遍,拍手说道:"没问题,准能录取!"

最精彩、最轰动的,还是英语考试。郑作新笔译,又快又准确;口译,能对答如流。教师们无法抑制内心的喜悦和激动,用英语祝贺他:"回答得太好了。"

郑作新5岁时就开始学习英语,学些日常用语,慢慢地学会了字母。他的英语启蒙老师是父亲和舅舅。舅舅在搞外务工作,英语说得很好。作新在中学时,成绩不错;舅舅很爱怜这个从小失去母亲的小外甥,经常接回家住段时间,顺便教他英语。

上学后,郑作新更是勤念、勤记,把一些零碎的时间利用起来,默默地读,反复地背。每回英语考试,他都是全班第一名。有的同学奇怪:考英语之前,很少看到他复习,成绩却怎么总这样好?不过,和他要好的同学都了解郑作新平时花在学英语上的时间,远远超过一般同学。

福建协和大学,位于福州鼓山脚魁岐村,面对闽江,左上方为文理学院大楼

郑作新学好英语，还有一个有利条件。他舅舅的一个儿子叫陈继善，他是郑作新的表哥，在美国一家汽车制造厂担任高级工程师，平时除给家里寄来一些生活用品外，还常常寄些外国唱片回来。郑作新和舅舅俩常常一同听唱片。如果是歌曲，就把歌词听出来；如果是诗朗诵，就把诗文记下来；把这种艺术欣赏，当作一种英语练习。有这样的客观条件，加上自身的刻苦努力，当然他的英语水平就比较高了。

郑作新升大学的考试答卷，送到教务长那里去审阅。教务长仔仔细细地看了一遍，认为成绩达到学校的录取标准，就决定破格录取这个不满16岁的学生。

满脸稚气的少年郑作新，昂首挺胸，迈进了福建协和大学的校门。

1928年，毕业同学合影

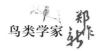

5. 西红柿的启示

福建协和大学校址在鼓山的魁岐村,依山傍水,面临闽江,环境幽静,风景极佳,校内楼房林立,彼此石阶相通,胜似公园,真是个念书的好地方。

郑作新十分珍惜这个难得的学习机会。他抓紧一切时间,充分利用协和大学实行学分制的条件,使他在中学已形成主动积极学习的习惯与能力得以发挥。

当时,协和大学的课程多用英文教材,教师讲课也多用英语。郑作新英语好,学习可以做到得心应手。他往往在学完某门课程后申请提前考试,并常取得优异成绩。就这样,他只用3年半时间,就学完4年的课程,提前半年在1926年春毕业并取得学士学位。

还在上大学一年级时,有一节生物课,老师克立鸽(Kellogg)用英语问道:

"什么果实含维生素最多?"

坐在第一排座位上的同学没有人回答。坐在第二排的郑作新被问到时,便马上说:"tomato(西红柿)。"

老师很满意地给了他一个满分。还问他:"你叫什么名字?"

他回答:"我叫郑作新。"

协和大学校徽

老师鼓励他要好好学习。这对他第二学年专修生物课起了促进作用。因大学一年级都是学基础课,第二年才分系分专业。当时郑作新对生物和化学都爱好,还未决定选择哪一门作为自己学习的专业。老师的鼓励,促使他选择了生物学,并成了终生的事业。

虽然,郑作新在课堂上回答问题得了满分,说实在的,那是碰巧前一天晚

上他看美国教科书时，才知道"tomato"这个名字的，究竟它是一种什么样的果实，没有看见过，他很想了解它，作为一个问题存在脑子里……

大学毕业了，郑作新从上海乘船去美国。途经日本时，轮船停泊在日本港口，郑作新与几个乘客一起上岸去购买水果。见到货摊上有不少红色的果子，很像中国的柿子。于是买回几斤，回到船上分给大家吃。

但是，大家个个面有难色，味道又酸又涩，并不好吃。一个广东籍船员，见到大家不爱吃，便说这是美国水果，还很有营养等。但他不会英语，讲不出它的名字来。

漂洋过海的轮船，终于到了美国的旧金山。上岸吃饭时，才看到商店里的"柿子"，标签上写的是"tomato"。

嘿，大学里使郑作新得了满分的水果，竟是这样子的。

后来，中国南方称之为"番茄"，北方叫做"西红柿"。其实，西红柿原产于秘鲁密林中，当地印第安人认为它有毒，称之为"狼桃"。

16世纪，一个英国公爵到秘鲁，发现这种枝叶茂盛、果实累累的植物，格外欣喜，于是带回英国，献给伊丽莎白女王。此后，这种供观赏的"狼桃"被各地植物园引种。

协和大学处于福州魁岐村，校园环境优美。这是校内林阴小径

18世纪，法国一位画家在给"狼桃"画像时，被它的美貌吸引，食欲大增，决心冒死一试。没想到吃了以后，经过几个小时心惊肉跳的紧张，却并没有中毒死掉。"狼桃"终于成了人类的佳果。先是在西方，然后才传入中国。郑作新当时并没有意识到，他答对了老师的问题，会对他今后的事业选择起了这么大的作用。而西红柿价值被人类逐渐发现的故事，却给他以深深的启迪，使他在探索真理的道路上勇往直前。

6. 捉蛇的思考

郑作新童年时，不仅喜欢爬山探幽、钓蟛蜞、摸鱼、抓虾……而且还会捉蛇、玩蛇。他捉蛇的方法很巧妙，绝不会被蛇伤着。可是，有一次，他却险遭不幸。

一天，他在鼓山山脚下的草丛间抓蛇。他的眼里已紧紧地盯住面前的一条蛇了，看准时机，伸手要去捉！可就在同时，郑作新觉得身后有个东西一闪，回头一看，啊！一条眼镜蛇伸出了长长的舌头，张开露出毒牙的嘴向他移动过来。

他明白，这种蛇毒性极大，被它咬伤的人，90%以上要死掉。他急忙转身，"啪"的一声，折断一根树枝，用迅雷不及掩耳的速度，奋力打去；那眼镜蛇败下阵去，仓皇逃走。

这件事，使郑作新得出了一条教训，捉蛇时万万不可疏忽大意。

1936年，协和大学面对闽江（这是沿海帆船随涨潮驶往福州）

他从小就知道，五彩缤纷的蛇，一般是有毒的；而色彩单调，或褐色或黑色的蛇，一般是无毒的。在中学的生物教科书上也是这样说的，他当然深信不疑。

上了协和大学以后，有一天，郑作新与几个同学上山游玩。忽听有人惊呼："蛇！"大伙儿吓得连连后退。

只有郑作新毫无惧色，反而走上前去仔细观察。当他看到这条蛇呈灰黑色，

没有环斑，就舒了口气，很有把握地对同学们说："别怕，这蛇没毒。"接着就迅速抓住蛇的尾巴，把它提起来，并且不断抖动蛇的全身，就这样降服了它，郑作新兴冲冲地把蛇送到生物老师那里，以为老师会夸奖他几句。

老师见到这条蛇，大惊失色，命令大家赶快把它打死，并说这是一条毒蛇。

蛇被打死了。可郑作新还在思考，记得书上明明写着毒蛇的特征是皮肤色彩艳丽，头呈三角形，身上有环斑，可打死的蛇没有这些特征啊！他把想法告诉老师。

1981年，郑作新在北京自然博物馆

老师说："书上讲的是一般的特征，可这条蛇就比较特殊，彩色、斑纹不明显，但它是毒蛇，你们可以化验。"科学化验证明它真是一条毒蛇。

这次捉蛇，给郑作新留下深刻的教训。他认为书是应该读的，因为它是前人经验的总结，但不能全信。而大千世界，万事万物都在运动着，变化着；因而更要到大自然去，接触实际，还要向有经验的人学习，向老师学习。他以后的研究工作，就是走这样的路。

几十年来，郑作新的足迹遍及全国各地，在荒山野岭考察调查，不怕日晒雨淋，风餐露宿，不怕野兽出没嚎叫，更不怕毒蛇的侵

1934年，协和大学门前的公路与闽江，师生步行返回校园的情景（校门附近）

扰，就是想在实践中有所发现，发现书本上未能写到的东西。

19

7. 在美国大学半工半读

大学毕业的郑作新，很想去美国深造；但是根据当时的家境，他是无力负担那笔昂贵的路费的。

幸亏他的叔父郑守信资助了路费。叔父原在福州医院当护理员，以后自学成医；第一次世界大战时，被招募去法国当华工，靠给人治病，赚些钱后回国。他看到作新聪明好学，成绩优异，表示愿意提供郑作新出国留学的路费。于是在1926年，刚过19岁的郑作新漂洋过海，经过半个月的航行，到达大洋彼岸的美国，考入密歇根州的密歇根大学研究生院生物系，专攻动物学。

郑作新后来一直记着叔父的帮助与支持，所以当他学成回国任教授后，便长期在经济上资助叔父，甚至几个堂弟堂妹还在他的家中生活了十几年。叔侄的情谊一直很浓厚，这是后话。

密歇根大学位于美国中部，是当时美国10个名牌大学之一。

对郑作新来讲，密歇根大学是公立学校，收费较低。还有一个原因是，他的表兄陈继善，在清华大学毕业后，公费去美国留学，曾在著名的麻省理工学院攻读汽车制造专业，毕业后被汽车制造厂聘任，就在密歇根州弗林特镇（Flint）的别克（Buick）汽车制造厂任高级工程师，待遇很优厚。郑作新报考

1946年，郑作新在美国任客座教授

密歇根大学，也是为了就近有个亲友照顾。他带着学校的推荐信及毕业成绩单，到密歇根大学研究生院办理了报考手续，顺利地通过了入学考试，成为该院生物系的学生。

在异国他乡，郑作新人地生疏。表兄工作很忙，每月只能抽一两个周末来看看他，请他上中国饭馆去吃顿佳肴；按美国的习惯，在经济上没有资助他。郑作新的生活与学习费用，主要靠半工半读来解决。

由于他有英语基础，打工并不太困难。开始只能在医院洗刷1~2个小时的瓶子，晚上要到8点钟才能读书。那时的课程很多。生物系系主任助理帮助他选修主课。那助理认为，胚胎学（即现称生物发育学）是学校列为生物学的尖端科目，郑作新便决定主修这门课。此外还选学了遗传学、进化论与分类学，以后还兼学化石学、分布学及德语等，每天的学习时间排得满满的。

奥克伯（Okkelberg）是郑作新的导师，觉得能带一位来自中国的外籍研究生而自豪。当他知道郑作新不是公费留学，希望

1928年，郑作新（右二）、未婚妻陈闺珠（右三）与中国留美同学在一起

找点工作，挣点钱以支付学费时，便让作新在系里干点杂事，如捕捉青蛙、蝌蚪……为实验做准备；学生实验完后，再做些整理、清洁工作。因为花时间太多，郑作新又转到学校附设的医院里搞护理。

一年后，系里又让他负责饲养白鼠。大小白鼠分别养在铁丝笼里，每日要为它们配备饲料，保证营养与清洁，并要把它们的活动、配对、死亡情况分别记录在手册上。

所养的白鼠数量常有变化，有时多达百笼以上。每天早晚巡察一遍，进行喂食、记录，实在忙碌不堪。功课又很紧，根本没有星期天。郑作新对学习要求很

高，一定要达到优等，而养鼠工作又不能发生差错。

事后才知道喂养白鼠是为研究癌症做试验用的。在20年代，癌症在美国已是一个热门研究课题。科学家通过白鼠试验，研究癌症发生的原因和控制医疗的方法。一般美国学生不愿干这种工作。郑作新却干了。

由于郑作新的学习成绩优秀，后来被聘为研究院的研究助教，有固定的工资收入，才不必再打工了。又过一年，他获得研究院颁发的奖学金，而且还得到国内中华科学文化教育基金委员会的研究津贴，这样才不再为生计奔波，而安心从事学习与研究工作了。

密歇根大学环境优美，学术气氛很浓。学校还十分重视体育。每学期学费50美元，但还必须购买一本看橄榄球赛的门票。学校球队参赛时，要求学生都去观看，撕下一张门票看一场。校队出场时，要举行仪式，学校铜管乐团奏校歌，有时校长还要出席，非常隆重。

入学初期，郑作新没有时间去观看，把票白白浪费了。以后去看了几次，也觉得很有趣。橄榄球是激烈的运动，该校校队在密歇根州很有名气。在这项运动的带动下，其他体育活动也得到广泛开展。郑作新深知要完成繁重的学业，非加强身体锻炼不可。他就经常与同学打网球，打球技术有了长足进步，从而精力更充沛地从事研究工作。

在郑作新赴美学习的第三年，郑作新的表妹陈闺珠（即陈继善的妹妹）在福州华南女子学院毕业后，在其兄资助下，也到美国学习，攻读家政系，节假日她经常陪伴作新左右，有时陪他做实验，有时约他外出游玩或参观。这样他们的关系就进一步走近与发展了，情感也迅速升温。

但应该讲，郑作新在密歇根大学研究院学习4年，他的生活一直很俭朴。他一直租住学校附近一间10平方米左右的小房；房里没有厨房及炊具设备，一日三餐都得在街上吃。早晨匆匆吃过点心就去学校，中午就在学校附近各种饮食摊上吃两份"热狗"（大面包），外加一杯牛奶或一杯橘汁，晚上到中国餐馆吃面条或米饭。只有表哥（后来还有表妹）来看望他时，才能改善一下生活。然而立志科学救国的他，却以苦为乐，向来在生活上没有过高的追求，却潜心进行科学研究，决心学有所成，当时，他正潜心准备写出有分量、有价值的学术论文。

8. 获"金钥匙"奖

郑作新在研究院学的专业是动物发育学（当时叫胚胎学），这在当时算是一个尖端的学科。同时还选学动物分类学、古动物学、动物地理学与遗传学等。他在研究院就读2年后，就在校刊上发表一些论文，如：《林蛙的雌雄间性现象》《林蛙雌雄间性的一新发现》《林蛙蝌蚪的雌雄间性》《林蛙生殖腺低育现象》等，并在研究院获得硕士学位。

在以后的2年中，郑作新又通过对林蛙生殖细胞发育全过程的研究，继续有新的发现，为此他写出毕业论文《林蛙生殖细胞发育史：Ⅰ生殖细胞的起源与

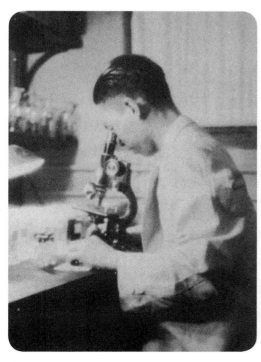

1928年，郑作新在美国密歇根大学研究院实验室

1946年，郑作新在美国任客座教授

生殖腺的形成；Ⅱ性别的分化与发育》。这篇论文被研究院选送到德国科学刊物《细胞研究和超微形态学报》（《Zeitschift für Zellforschung und Mikroskopische Anatomie》）上发表。

20世纪20年代，科学界普遍认为：德国的科学技术发展程度远远超出美国。因此，德国的科技杂志上很少刊登国外的论文。

但是，郑作新这篇论文，使德国的科学家们甚感兴趣，被誉为当时胚胎学研究方面的一篇杰作。这篇用英文写成的论文，对胚胎学的研究十分精深，并且很有创见地提出了一些新的观点。论文叙述简捷、流畅，谁看了都不能不加以赞许。

最使德国的科学家关注的是，论文的作者竟然是一位来自中国的青年人，而中国的生物学界还是一个未曾有人耕耘过的不毛之地呀！于是，一个响亮的中国人名字——郑作新，出现在欧美科学论坛上。

由于郑作新这篇科学论文不同凡响，受到导师和同学们的热烈祝贺。1930年6月，学校召开毕业典礼时，校长发表演说，并向郑作新颁发了科学博士学位证书。23岁的郑作新，成为全校最年轻的博士生。生物系还给他一个特别奖——金钥匙奖，这是一把装在锦盒里的金钥匙。

1936年，金钥匙奖

金钥匙奖是美国大学研究院奖励学习成绩优异学生的荣誉奖，意在鼓励学生用这把金钥匙去开启科学技术的大门。郑作新兴奋不已，更加坚定了今后要在科学研究上不断攀登的决心和信心。他非常珍惜这把金钥匙，一直把它珍藏。在过去艰苦的岁月里，他们夫妇为了生活，曾变卖了身边金银饰物，唯独这把金钥匙保留下来。即使在"文革"破"四旧"时，遭到抄家，也巧妙地保护了它。它鼓舞郑作新不断在科学领域里攀登，也激励了后来人不断奋进。

9. "金鸡"标本前的沉思

密歇根大学是一所历史悠久的名牌大学,有一座收藏丰富的博物馆,里面陈列着世界各地的生物标本。郑作新从小热爱生物,收藏动植物标本是他的一个特别爱好。现在这座博物馆就成了他经常"消磨时间"的好地方。

一天,郑作新在博物馆里浏览。展室中的动植物标本琳琅满目,使人眼花缭乱。尽管标本使他大开眼界,可是这些标本没有一件能使他动心,因为他觉得,这些东西再好也是美国的。走着走着,突然一只艳丽的大鸟跃入他的眼帘。走近一看,竟然是出产于中国的金鸡!

1978年,郑作新签名的金鸡首日封

金鸡,通体背面是鲜艳的金黄色,颈部围以橙棕色,而缘以里边的扇状羽,似是披肩;腹面通红,尾长而呈桂黄与褐色波状斑相间排列。真是五彩缤纷,绚丽夺目。

顿时,郑作新陷入了深沉的思索。他想到远隔千山万水的陕西宝鸡,他好像看到这只色彩诱人,羽毛长长的金鸡在秦岭之巅,渭水之滨展开双翼,飞上祖国蔚蓝的天空……

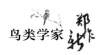

郑作新以前就听说过：进入宝鸡之前，有个小山包，叫金鸡岭。

郑作新还听说过："宝鸡"这个地名就是因产有金鸡而来。这里是金鸡的故乡。

郑作新还听到过有关金鸡美丽而动人的传说：

在一座峻拔秀丽的山峰前，四只飞翔在天空中的美丽大鸟突然收住了翅膀，它们就是美名远扬的红腹锦鸡。待它们落下以后，彼此才看清，原来四只当中只有一只雌鸡，另外三只都是雄鸡。雄鸡发现了对手，立刻有两只争斗起来。争啊、斗啊，胜者振翅飞翔，败者垂尾而逃。获胜的那只雄鸡正在自鸣得意之时，另外一只雄鸡又扑了过来，两只雄鸡又是一场恶斗。最后获胜的一只雄鸡，狂奔着，自豪地叫着，为自己的胜利而欢呼、歌唱，很久很久，才收住脚步。那只雌鸡怀着爱慕和敬仰的心情向它靠拢过去……

众所周知，金鸡只产于中国，本来理应由中国人自己研究。而早在1758年却被瑞典生物学家发现，并按国际惯例，由他用拉丁文命了学名 *Chrysolophus pictus* Linnaeus。

郑作新虽身在异国，但他的心一直是和祖国相通的。他想，为什么中国的生物标本任凭外国人采集，而本国却很少有科研成果和记载呢？

难道是中国人笨吗？

不，绝对不是！我们的祖先很早就开始了对鸟类的观察和研究。

他从精卫鸟想到中国最早的诗歌总集——《诗经》（距今约3000年成书），第一首诗的第一句就是"关关雎鸠，在河之洲"。全书中写到鸟的地方，竟然约有100处！在汉代学者编写的《尔雅》（约在2000年前成书）及明代李时珍的名著《本草纲目》（1596年成书）中，有关鸟类的内容就更丰富了。历史有力地证明，中国是最早开展鸟类观察研究的国家之一。

那么，中国为什么在鸟类研究方面比西方人落后了呢？他感叹地认识到，祖国由于政府的腐败，经济贫穷，致使科学教育落后。他记得还在上小学时，即1919年在他13岁时，反动的北洋军阀政府准备在巴黎和会上签订丧权辱国的协定，遭到全国人民强烈反对。福州市工人罢工，商人罢市，教师和学生们集体罢课，以表示他们愤怒的心情。郑作新看到民众游行，烧毁日货，马上回家告诉奶奶，要把家中的日货全烧了。以后在高年级同学带动下，他也参加了一些集会，

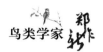

听演讲，开始明白更多的道理，同时也开始关心国家大事。"五四"运动发生时，郑作新加入了罢课和游行示威的行列。他在当时中国先进知识分子寻求救国道路的时代潮流中，认定落后的祖国，必须依靠先进的科学文化来拯救，于是他选择了一条科学救国的道路，立志为中国人争气，为祖国争光。

充满着爱国心的郑作新，面对金鸡标本，他想，金鸡是中国土地上的特有鸟种，作为一个中国人，自己最有权利研究它！他横下一条心，决定填补空白，振兴中华民族鸟类科学的研究事业！

郑作新签名的甘肃省省鸟的纪念封

他的抉择，意味着要改变研究专业，从熟悉的并已初有成绩的胚胎学，改为尚无人专门研究的鸟类学。他要失去在美国研究所拥有的先进研究设备和条件；要放弃优厚的待遇和物质享受（因他的导师已推荐他到大学任教，研究单位亦盼他继续从事研究工作）。

这时，福建协和大学也数次来函，诚恳地邀请他返母校执教。郑作新经过反复思考，认为自己是一个中国人，最有权利、有责任研究在中国土地上生活的鸟类，于是决定接受协和大学的聘请，回到生他养他的故乡——福州。照他自己的话说："我的心早飞回祖国，飞回我思念的鼓山喽——因为鼓山永远是我心目中最美的地方，我认定在那儿，才能创造出带给我终生欢乐的最美的作品。"

10. 第一次婚姻

郑作新与表妹陈闺珠是青梅竹马。当年作新到舅舅陈能光家中听唱片、学英语时，表妹也往往在场。他们俩当年尚属两小无猜，彼此友好、互生好感。

双方家长是愿意促成这对年轻人的婚事的，当作新19岁赴美留学时，比他小一岁的陈闺珠尚在中学念书，以后她考进福州华南女子学院，三年后她在其兄陈继善资助下也赴美学习，攻读家政专业。

这时陈闺珠已是作新的恋人，她经常在休息日到密歇根研究院陪伴作新做实验，有时也结伴出游，这时他们的感情迅速升温。

当1930年郑作新决定返回母校任教时，他们兄妹均表赞同与支持。闺珠还决定与作新一起回国。俩人乘轮船从美国先回到上海。这时陈能光正在上海工作，在他主持下，作新与闺珠在上海完婚，举行了新式婚礼。回想当年并没有近亲结婚的顾虑，反而认为是亲上加亲美满婚姻。

婚后不久，作新与闺珠双双回到福州，作新回到阔别四年的母校——协和大学任教，闺珠按当时教授夫人的惯例当起全职太太。

他俩住在协和大学校园内，住于福州鼓山魁岐村。学校将一座处于山顶边的教授楼分一套公寓给他们住。全楼包括地下室共三层，楼上几间卧室；楼下是会客厅、书房、饭厅以及客房；地下室是厨房、存放

陈闺珠的画像

柴草的"草房",以及储藏室与佣人住处等。这座西式楼房依山而筑,面临宽阔的闽江江面。每日涨潮退潮、百舸争流的景象,让人百看不厌;向东远眺就是马尾港,每当天空晴朗时就可看到海轮的桅杆;而台风来袭时,大雨滂沱、江河咆哮、巨浪拍岸、舟楫绝迹,住在楼中以静观动,那惊心动魄的场景也让人久久不能忘怀。

这里环境优美,校园安静,据说协和大学的校园环境是国内几所教会院校中最美的。楼间是石板路或石阶相通,林间小鸟、松鼠雀跃,既是著书立说的好场所,也是休闲生活的好去处。作新每日忙于教学、实验,闺珠充分发挥她的专业所学,除帮助作新做实验,搞资料外,还料理家务,养鸡、鹅、火鸡以及种菜栽花。他们生活充实美满,朴素简单。从这时开始,作新就帮助父亲、叔叔挑起供养弟妹学习与生活的责任。

作新夫妇俩人住在这座洋楼里,显得有点空旷。当时学校许多校舍还处在筹建中,所以学校经常安排新到任的职工暂住这里。他们热情好客,就将一层的客房腾出供这些职工使用。暂住这里的职工,每日伙食由学校食堂专人送达。陈嘉坚1931年幼师毕业后,应聘到协和大学幼稚园任职。当时学校女生宿舍尚未完工,陈嘉坚为暂住何处正在发愁。学校按惯例要安排陈嘉坚暂住郑作新家,对学校这样安排,是因陈嘉坚的大姐陈以利与陈闺珠在华南女子学院曾是同学的关系,大姐认为陈嘉坚暂住郑作新夫妇家中,还可以让闺珠就近加以照顾。所以同意学校的安排,这样陈嘉坚也就认识了这对刚从美国回来的夫妇。

作新与闺珠这对年轻夫妇惬意地生活在这里,但时间不长,就因闺珠患上腹膜炎,当时虽经最著名的医院——博爱医院(即以后的福州协和医院)住院治疗,仍不幸于1932年病逝于福州,他们俩共同生活的时间实在太短暂了,似乎一切刚刚开始就匆忙谢幕了。

闺珠病逝后,曾葬于仓前山与她婆婆(也是姑姑)陈水莲的墓地旁。据郑怀杰回忆,1944年全家从邵武迁回福州时,他母亲曾带他们到墓地扫墓,并告诉他:"这也是你们的妈妈""这是你们的奶奶"。在怀杰的心中,感到他们是相容的。以后还告诉怀杰,你的名字中的"杰"字与闺珠的"闺"字,在福州方言中是谐音,是含有怀念闺珠之意。

陈闰珠（以前的照片毁于日军占领福州之时，这张照片是"文革"后陈家提供的）

以后墓地被征作它用，陈水莲与闰珠的遗骨改存公墓山的福州市殡仪馆，寄存在一室九排甲等，第2525号及2524号。每年都请福州的亲友代为祭扫，至今不断。

作新丧妻后，十分悲痛，孤身影单的他不能再住在这座教授楼里，于是他搬到男生宿舍楼里，独住一间宿舍，每日在学生食堂就餐。

闰珠的照片先因福州被日寇侵占，协大教授楼被洗劫，后又经"文革"的抄家而散失殆尽。但作新心中还是惦念闰珠的，以后他请画家根据描述代绘闰珠画像以作纪念，这张画像一直挂在家中书房中。2009年陈继善的女儿寄给怀杰一张闰珠的照片，这张照片是现在唯一留下的一张照片；而作新母亲陈水莲的照片是从她下葬时，作新与其妹惠贞扶遗像的照片中留存下来的。

11. 编写中文教材

1930年9月，郑作新回到了朝思暮想的故乡。

家乡的变化不大，但阔别四年的校园却建设得更加整齐、气派。

校长林景润热烈欢迎郑作新，并聘请他担任生物系教授兼系主任。在看重学历的协和大学，由于他是第一个获得科学博士学位的回国教授，所以发给他的月薪比负有重大责任的校长还高。

由于生物系教师人数有限，他开始讲授普通生物学，后来专讲脊椎动物学、胚胎学等。这个学校一贯用英语讲课，这对郑作新来说并不困难，他在美国所写的英文论文曾被导师称赞比他的美国学生还写得更清爽，他的口语也很流利。用英语讲课，对提高学生英语的听写能力也是有帮助的。

但是，对刚进校门的大学生来说，在接受知识方面存在着一定困难。所以郑作新就试着用中文讲课，很受学生欢迎。他讲课内容丰富，能吸取最新的科研成

1944年，福建协和大学学生自治会顾问暨干事合影（左一为郑作新）

果及自己学习心得，课讲得条理清晰，简明扼要，同时突出重点，富有启发性。学生听他的课，不但感到他语言风趣，教法灵活、生动，更重要的是能有所收获。课堂上不时发出会意的笑声。

生物系的学生爱听他的课。消息传开，其他系的学生也纷纷选修生物课。有时教室挤得满满的，换了大教室才勉强容下。上课学生虽多，但课堂秩序却非常好。他讲得津津有味，学生也在不知不觉中上了一节又一节课。他的课给学生印象太深

了，直到1992年在北京的协和大学校友为庆贺他86岁寿辰而举行座谈会上，一些年已花甲的学生，回忆自己在半个世纪前听课的情况时，还感到十分亲切。

的确，他的讲课给学生留下深刻的印象。几十年后他收到在美国的学生乔元春教授来信，信上说："我在一年级时，上您的生物学，印象最深，并曾参加清晨到野外去观鸟，一转眼五十年过去了……"

郑作新不仅用中文讲课，还用中文编写教材。协和大学的很多教师都是从美国请来的，学校的教材和参考书籍等也来自国外；甚至连实验的设备、仪器以及药剂也统统从美国运来。当时学校为了让实验标本与美国教材配套，还得从美国进口外文教本所记述的同种蚯蚓及动脉、静脉采用不同颜色药剂注射的青蛙标本等。对此情况，郑作新不能忍受，也认为没必要保持这个现状。他在教学实验中改用当地采得的标本，并一直主张中国人在教会学校也应该用祖国语言讲授科学知识。他决心身体力行，用中文写出适合中国实际情况的教科书。

郑作新编写的中文教材封面

一年以后，郑作新用中文撰写的《生物学实验指导》一书完成了，并于1933年由商务印书馆出版。该书是大学丛书之一，成为国内第一本中文版生物学的大学用书；以后他又陆续用中文编写了《普通生物学》《脊椎动物分类学纲要》等书。这些教科书被当时的大学生物系采用为教材。到20世纪70年代，在北京举办的港、澳、台图书展览会上获悉，《普通生物学》一书在台湾省已出版了第七版。可见影响之深远。

现在翻开郑作新著的实验指导的课本时，可能看出将蛙类作为解剖体的章节所占比重较大，学生上实验课前都要去逮青蛙，所以他在当时也被称为"青蛙博士"。这当然与他在美国读博时研究林蛙遗传有关，而研究鸟类仅是当时动物学课程的一个章节，专门从事鸟类学研究还是刚刚开始的事业。

在当时崇洋媚外的社会风气下，郑作新这样做是很不容易的。出书更是困难重重。可是他得到了大多数学生的支持。同时他的满腔爱国热情，也鼓舞了要求进步的学生。

12. 再结良缘

郑作新丧妻后,作为单身教授,就搬到学生宿舍里住。每逢假日,还要进城去看望祖母,祖母和作新的继母一起生活。作新的妹妹慧贞还在华南女子学院学习。继母所生的小弟郑作光、小妹郑茂莉均在小学读书。祖母身体还很健壮,她老人家最大的一桩心事就是要为作新再成个家。当然当时上门提亲的人也不少。学校里也有几位对他表示好感的靓女,而正在华南女子学院留校任职的妹妹郑慧贞,也极力推荐她的好友。华南女子学院是培养淑女的地方,她培养的学生是既能上厅堂又能下厨房的淑女。陈闺珠曾是那里的学生,按理说,郑作新也应继续在这里找伴侣,然而他却有着自己择偶的标准。

1935年春节,郑作新与陈嘉坚在福州结婚

他不愿找富贵人家的姑娘,更不愿与打扮得花枝招展,注重修饰的姑娘结合。他喜欢的是庄重、文静,志同道合的伴侣。尽管学校里也有几位向他表示好感的靓女,都未引起他的注意。不久,人们发现,他悄悄地爱上了协和大学附属小学的一位年轻的女教师——陈嘉坚。

陈嘉坚身材修长,身高1.62米,这在南方女子中是不多见的。白净的皮肤,圆圆的脸蛋,大大的眼睛,两条又粗又黑的辫子,穿着浅蓝色的旗袍,朴素大方,举止文雅，走路时从不左顾右盼。协和大学的一些男学生，背后称她是"眼睛会笑的姑娘"。她总是面带微笑而又坚决地绕过那些拦路者；对那些腕戴手表却"别有用心"向她询问时间的人，也只答出时间，别无他话。

在一次学校举办的专题演讲会上，演讲者一气儿讲了近4个钟点；与会者疲惫不堪，进进出出，甚至交头接耳。唯独身着一件蓝色连衣裙的陈嘉坚，始终端坐在听众席间。这一切，被坐在会场后面的郑作新注意到了。那个端坐的背影，深深地印在他的心里。他发现在众多注重妆饰的女生中，这个不施粉黛的本色姑娘，显得最为漂亮。

郑作新住在学生宿舍的窗户恰好面对陈嘉坚上下班必经之路。陈嘉坚很快就发现，每当她踏上那条被晨露打湿的石阶路时，往往能碰见他。因为陈嘉坚刚来附小工作时，学校曾安排陈嘉坚住在郑作新教授家中。因此，郑作新与陈嘉坚在这之前是认识的，但没有交往。这时郑作新向她彬彬有礼地道声"早上好"；每当她在傍晚沿那条小路拾阶而下之时，总又"刚巧"看到他穿着白色的网球服，手拿网球拍迎面走来。这句"早上好"以后伴随他们终生，1998年郑作新昏睡几天后，醒来看见陈嘉坚也是习惯地说出这句话。这也成为他逝世前最后一句话。

陈嘉坚也开始感到，她不能不去注意这个具有学者风度的年轻教授了。

1933年的一天傍晚，陈嘉坚下班后在路上买了些桂圆回来，在那个"老地方"，照例又一次"碰"到了穿着白色网球服的郑作新。当双方交错而过时，她鬼使神差地举着桂圆招呼了一声："你吃吗？"

郑作新惊喜地停止脚步说："那当然好！"。他平端着网球拍，让这个使他朝思暮想的姑娘把桂圆放在上面；由于紧张，竟忘了说声"谢谢"。看着他渐渐远去的身影和边走边吃的模样，陈嘉坚那颗羞涩的心，真正感受到了爱情将要降临时那种强烈的震颤。

陈嘉坚，1913年生于福州。父亲是一所教会农工学校的教员，生养了4个儿子，5个女儿。陈嘉坚排行第五。她自幼生活艰辛，性情温和，聪明好学，心灵手巧。父亲因过度劳累，过早病逝，家庭就靠当中学教师的大姐和在海关工作的大哥支撑。她在文山中学初中毕业后，由于经济条件所限，报考了免收学费的福州幼儿师范学校，成了该校的高材生。1931年她以优异成绩毕业后，被校长推荐到协和大学附属小学任教，时年17岁。

在学校里，陈嘉坚教的是一年级，唱歌、画画、讲故事都很出色。校长与其他教师也都喜欢这位年轻的女老师。可是陈嘉坚总觉得自己学的知识不够，希望能继续深造。她工作几年后，有了一些积蓄，并得到教会的资助，于1934年去南京金陵女子大学生物系学习。郑作新经多方考虑，认为自己还是喜欢在附小任职的陈嘉坚，于是就托友人去陈嘉坚家说亲，由陈嘉坚的大哥大姐做主（那时她母亲也已病故）同意了这门亲事，并去信叫她回福州完婚，婚后陈嘉坚转到协和大学英语系继续学习。这阶段的学习，也为陈嘉坚以后帮助郑作新工作创造了初步基础。

1935年1月，在陈嘉坚的母校——福州幼儿师范学校的小礼堂，身着粉红色绣花旗袍的陈嘉坚身披白纱，由花童和傧相相送，与身着黑色西服、神采奕奕的郑作新举行新式的婚礼。不少协和大学的教师和学生也赶来参加，既表祝贺也为一睹新娘的风采。据说，当时有学生在他们的婚车（小汽车）后面拴着一个空罐头盒子，汽车开动起来，拉着空铁盒咣当作响，热闹非常。

50多年的风风雨雨过去了，郑作新回忆起来，还说自己非常庆幸地找到这样一位贤内助："我的事业有她的一半。"婚后，陈嘉坚仍回协大子弟小学义务担任校长兼教师。她热爱学生，工作也有成绩。假日就陪郑作新到田里逮青蛙做实验，晚上有时也陪郑作新到办公室做实验或备课。回家后还为郑作新煮夜宵。每月总有几次进城去看望祖母，祖母也非常喜欢这位贤惠的孙媳妇。

婚后，他们又搬回教授楼房里，周末，他们还常邀请生物系的学生来家里听唱片、搞联欢，这时候陈嘉坚总是以亲手烹调的西点招待他们。学生有什么困难，郑作新夫妇总是尽力相助。半个多世纪来，这些学生还和他保持着联系。他们经常回忆当年协和大学的学习环境与良好温馨的校风。

13. 川石岛采集

郑作新在协和大学执教时，曾在学校里组织生物学会，利用周末和假期前往城郊山岭或水域进行考察和采集。他认为大家都应该读好大自然这本活书。

人的一生，应该读各种各样的书，有些书是用文字记录下来的，也有不是用文字记录的。有些书写在无边无际的宇宙间，有的写在浩淼的海洋波涛里，有的写在浩荡的大河浪峰，有的写在高山的顶巅，有的写在色彩缤纷的花朵上，有的写在绿茵茵的草地上……总之，应注意到大自然中去学习。

生物学会曾几次组织成员到川石岛考察。川石岛是闽江口外的一个山岛，岛的周围约30里，面眺台湾海峡，襟带五虎哨岩，犹如把守福州门户的威武卫士。岛上山丘起伏，山上设有电报台、气象台，还有从前打击过帝国主义入侵的炮台。山腰岩洞不少，如有蝙蝠洞，还有传说中的仙人洞等。鸥类翱翔在高空，不时发出锐利刺耳的鸣声。岛上处处树木丛生，鸟声唧唧；江面上渔帆点点，鸥类在海面徘徊，真是一幅美不胜收的天然画面。

1937年，福建协和大学生物学会在闽江口外川石岛采集（左后面拿望远镜者为郑作新，后排正中间是他夫人陈嘉坚）

每次乘船上岛后，人们就迫不及待地爬上山岭，或下到海里进行各种考察活动。如果遇到海水退潮，更是忙个不停。海滩上留下蛤蜊、泥蚶以及各形各色的贝类、螺类和水生昆虫。有时还能见到小鹬、沙锥等互相追逐，使人不禁想起"鹬蚌相争"的典故。寄生蟹到处皆是。此处海阔天空，景色宜人，深深吸引着从书斋里走出来的书生们。一俟渔船返航，人人都争相选购各种新鲜的鱼虾。这些活的生物，有些连老师也不认识，真是比在书本里，以至标本室里见到的要具

《生物学会会歌》

体、生动得多。大自然真是一本读不完的书。热爱生物，就应热爱大自然；热爱生活，更应热爱大自然。

1941年《协大生物学会报》第三卷，刊载了一首《生物学会会歌》任启晖作曲，郑作新作词。歌词是这样写的：

>闽地得天宜，动植特繁奇；
>
>萃志勤砥砺，研讨共析疑。
>
>鼓山幽，闽水滔！
>
>猎迹遍丘陵，网影逐波涛，
>
>满目鹬蚌竞，睡狮亟奋醒！
>
>利用厚生，吾侪勉旃！

这首会歌，反映了郑作新对大自然的热爱，反映了他一片科学救国的赤子之心。

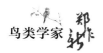

14. 迁往闽西山城——邵武

1937年7月7日，日本侵略军悍然在北平西南的宛平城外卢沟桥发起"七七事变"。从此开始爆发全面抗日战争。

8月13日，日军又进攻上海，上海守军在坚持3个月后退出上海，12月南京沦陷。当时因战事还在平津、沪宁一带进行，协和大学还可偏安于福州继续办学。

1938年5月10日，日军出动数十艘战舰和数十架飞机轰炸厦门，12日厦门被占领。10月武汉失守，国民政府被迫迁往陪都重庆。此时日机开始不断来榕轰炸，日舰也在沿海骚扰，炮击沿海口岸，企图登陆，福州已不能继续办学。经校长林景润到各地踏访，后又经教授会议讨论，遂决定协和大学内迁闽西、武夷山麓的山城——邵武。

学校决定内迁后，由林景润校长为总领队，林玉玑为总事务长，将内迁师生分为四队。郑作新任甲队队长，林希谦为乙队队长，王任皆（另说王调馨）为丙队队长，金云洺为副队长，陈兴乐为丁队队长。

甲乙两队于1938年5月31日启程，先乘小汽船于次日到达南平，以后乘长途汽车经过两天在崎岖山路上的颠簸于6月3日抵达邵武。丙丁两队于6月5日出发，8日抵达。他们四队共带教职员37人、学生124人（男95人、女29人）（另说145人）。这次搬迁实是避难，规定每人只许带少量行李（主要家产都留在协大原址，当时认为学校是美国教会办的，日本不会侵扰）。

到达邵武后，学校占用已停办的汉美中学与乐德中学的原址。这两所中学与协和大学同属一个教会，因此进驻实是教会的安排，当时师生工作、学习与生活的条件均十分简陋。在全国同仇敌忾的氛围中，在"抗战建国"的口号下，学校经过短期筹备，还是在当年9月按时开学。许多在沦陷区的学生也陆续辗转到邵武协和大学就读,师生人数逐年增加。

迁到邵武后,学校也开始做长久打算,次年就大动土木兴建"高智楼"(纪念协大第二位校长高智),同时还大力推动邵武地区的文化发展,他们除开办正规的附属汉美小学(郑怀杰、郑怀明曾在该校就读),附属中学与附属高级农业学校外,还开办各种补习学校、民校、夜校。同时也开展科研,科研成果颇丰。郑作新就是凭借武夷山地区的丰富动植物资源,而开展邵武地区鸟类调查工作。他的成名作《三年来(1938—1941年)邵武野外鸟类观察报告》就是在那样的环境中完成的。又例如,当时福建一带石油来源中断,汽车全靠一种特制的石油行驶。这种用废弃松树枝蒸馏所得的油类裂化而制成的"战争石油"就是协和大学毕业生林一博士及化学家仇松茂发明的。英国科技史专家李约瑟曾评价:"这项事业切合实际,令人赞叹。"

当时协和大学实行"导师制"这一办学传统,学生每1～2周有一个晚上到导师家中聚会。据1944年入学的生物系学生林宇光(后为厦门大学生命科学院教授)的回忆,他说:"每次聚会,除了恩师郑作新和师母精心准备的糖果、饼干以及师母自制的糕点外,还组织有丰富多彩的节目,气氛十分活泼生动热烈!恩师和师母总是面带笑容和蔼可亲,在会中时时推波助澜,和同学共同欢笑。"这样的聚会在各位教授家中都举办并各有特色。

这在抗日的艰难环境中,许多青年学子背井离乡,失去亲人的关爱,备感流离之苦时,协和大学的导师制让这

邵武留影(后排右二为郑作新)

些学子感到师长的亲切与学校的温暖。

其实，协和大学这种办学理念是渗透在各个方面的。1938年，郭茂崔初中一年级辍学到协和大学做校工，郑作新视其年幼，调他到训导处当练习生（当时叶明勋在训导处任学生课外生活指导课主任）。不久，郭茂崔罹患肠炎，高烧不退，昏迷不醒数日，校医以为救治无望，将其弃于太平间待殁。郑作新要求校医再予观望，数日后郭茂崔竟苏醒，且病情日有起色，但只能进流食。郑作新欣喜地将他幼子的牛奶送给郭滋补身体，持续3个月之久。郭称："郑教授爱其如子之情，实为再造之恩。"

以后，抗战胜利，台湾光复，郭茂崔跟随叶明勋到台湾，后任台湾中华日报社印务部主任直到退休。数十年后，两岸恢复交流时，叶明勋与郭茂崔都曾先后到北京看望郑作新，表达多年提携之恩。

学校在艰苦的环境下，教学工作还是逐步进入正轨。尤其是1941年日本偷袭珍珠港后，美国对日宣战，协大美籍教授纷纷离任回国，校内其他教师一

1938年，邵武的协和大学校门

般都兼教多门课程，学校还办得有声有色。李约瑟教授《战时中国之科学》一书里对协大的办学成效还颇为赞扬。他说："与远在西部的四所大学（指北大、清华、南开、浙大）相较，殊无逊色。"

学校不但定期举办运动会，还成立各种社团、抗战剧团，举办笔会、展览会，每月均有新剧目演出，宣传抗战。师生在邵武地区普及科技文化知识，不但百姓受到教益，也让那些脱离实际的师生深入农村，接触实际，这对他们以后成长收益颇多。

逃难的日子还是十分艰难的。协大迁邵武不久，福州风声日紧。作新的祖母郭仁慈带着作新的继母林月英及弟妹，还有婶母及堂弟妹共12人也迁到邵武。而

几乎同时嘉坚的大姐陈以利带着患病的二姐以及其他四个弟妹也先后到达邵武。尽管祖母、婶母有作新的父亲及叔父的接济,嘉坚的大姐有大哥陈明祥与二哥陈明璋的供应,但在战争环境中,邮路时断时续,这时全家20多口人的学业、生活开支几乎都落到作新夫妇身上。他们经常处于入不敷出的窘境。每当弟妹开学,均需变卖首饰以贴家用。作新也正因为在抗战时期对全家的照应,赢得弟妹的尊敬与爱戴。

在这期间嘉坚曾陪堂妹郑美利回福州动盲肠手术,而又从福州运回一些衣物(福州第一次沦陷时美日尚未开战,日军没有进入协和大学校园。而1944年福州第二次沦陷时,已在珍珠港事件之后,美国已对日宣战,协大曾受日军以及附近村民、游民、地痞的洗劫),真是国破家难存。

福建协和大学男生宿舍汉美楼(邵武)

而在邵武,1942—1943年春因壁炉年久失修造成楼房失火,作新在救火过程中跌入火区,双脚烧伤,真是祸不单行。这是全家处在最困难时期,嘉坚这时又重执教鞭(在教授夫人中是唯一参加工作的),家中也开荒种菜、养鸡、养猪、养兔以贴补家用。作新与嘉坚是患难与共的夫妻。

抗战十四年在邵武约六年时间,作新的祖母、婶母则永远被留在那里了,他们葬在邵武的东门外。

15. 访"挂墩"

1937年抗日战争爆发后，由于国民党采取不抵抗主义，继上海、南京失守后，1938年10月武汉失守，国民党政府迁往重庆。在日军进攻福州的威胁下，协和大学决定全校迁往邵武。那时全校已有学生数百人，组织撤离是个大问题，还有教师家属，老老小小也有几百人。大家只能带些衣物，肩担手推去邵武。除借到教会一些住房外，临时搭起一些二层的简陋小木房，总算把大家安顿下来，并开始教学工作。

邵武僻处福建的西北隅，在闽江上游三大支流之一富春溪的上游。县城周围有起伏的山峦，它在武夷山脉的怀抱里，是一个历史悠久的古城。在郁郁葱葱的武夷山脉林海深处，在潺潺鸣唱的小溪流中，在大山的腹地，隐藏着多少宝藏，多少奥秘！长着角的青蛙（现名角蟾），被古人称之为"狡兽"的小猴子王孙*，似泥鳅又有四条腿的蝾螈，还有蜂虎、猪尾鼠、马鹿等。令人眼花缭乱，也令人惊喜。珍贵植物，包括罕见的方竹……更是多不胜数。

挂墩之行（左起：叶英、李铭新、郑作新、陈明志）

---

*清道光年间编修的《武夷山志》也有类似记载："王孙，似猴而小，大仅如拳"。

武夷山地处"东洋界"和"古北界"两个大陆动物地理界区交会的边缘，在不同的高度有着不同的气候条件和生态环境，是多种脊椎动物和昆虫新种的模式标本的产地，素称研究我国动物分布的"钥匙"。

绵延起伏的武夷山高耸天际，它的主峰黄岗山海拔2157米，成了一座天然的屏障。南北方的鸟类不少经这条山脉而南迁北移，并在此停留。这样就使武夷山脉成为名副其实的"鸟类天堂"。

在这座大山的密林深处，有一个山镇挂墩。郑作新是从一本由拉图史（La Touche）撰写的中国鸟类专业书中知道这个地方的。这位拉图史在20世纪20年代，就在挂墩采得许多鸟类标本。

郑作新一到邵武，就四处打听挂墩的具体位置。可是当时由于信息闭塞，人们都说不知道。一天，郑作新风尘仆仆地来到邵武县城；他想无论如何，县长大人总会熟悉自己管辖的地方吧。可是万万没想到，这位县太爷，竟然连挂墩这个地方也没听说过！

去挂墩采集途中（左起：叶英（上海中医学院教授）、李铭新（北京肿瘤医院专家）、郑作新）

无可奈何的郑作新，只好奔向教堂，去找那里的外国传教士。这块资源丰富的宝地给传教士们带来很大的收获。他们面对着中国学者，毫不掩饰其自鸣得意的神色，说道："你也要去挂墩？啊！这是世外桃源……太美了！我们每个礼拜天都有人下去，有人上来。你要去可以跟着我们走。"

郑作新心想，中国的地方，我们中国人还会找不到？！他谢绝了传教士"跟着我们走"的建议，决定自己去找挂墩。

1939年暑假，学校组织旅行团去挂墩，一行5人，由系主任郑作新率领。6月14日整装出发，由邵武向东北山径而行。沿途山高林密，泉水淙淙，鹧鸪鸣声不绝。先前后翻越杨梅及王主二岭，午后到达黄坑，走了40千米，晒得两臂通红，足底感觉肿痛。黄坑村颇大，村边头围以土堡，土堡外绕以深溪，出入口均有壮丁把守，附近山上仍可望见碉堡及壕沟，是过去国民党军队"剿共"留下的遗迹。

第二天，他们由黄坑动身，走了20千米，到达大竹岚。所经各地，居民稀少，生活贫困。住屋多以竹叶树皮编织为瓦，相当简陋。天不作美，到大竹岚后，竟大雨连绵，数日未停，浓雾重重，大家只好困居茅楼。直到21日，雨停日出，才赶紧整装出发。山径崎岖，路滑难行，真是举步维艰。几个人各有"跳舞""骑马""腰部运动"等表演，连摔带爬，不亦乐乎！常涉小溪而过，约3小时抵达挂墩。

在山谷中的挂墩，周围约30千米，其最高峰约2000米，称为大卫山。山谷中有3个小村落，即上挂墩、中挂墩、下挂墩。每村居民仅数家，以傅姓为多。他们以种茶采笋为生，住屋属竹木建筑，均有上下层。上层辟有一室，用以贮藏茶叶，由楼下烧柴熏之。门前搭有竹棚，像是纳凉或晒衣之阳台，实则供晒茶之用。下挂墩留有一间教室，因历年战乱，断壁残垣，非常荒凉。当然，挂墩的地理环境很优越，峰峦环绕，谷溪湍急，清泉四溅。在丛林间，群鸟高歌，清脆嘹亮。但是，二者是多么不协调啊！

作为第一批来到此地的国内学者，挂墩留给郑作新的不光有丰富的动植物资源与美好的自然景观，而且也有一件事使他久久难以忘怀。

当时挂墩就有教堂，那栋西洋建筑趾高气扬地屹立于村舍之间，碧眼褐发的传教士进进出出，把经济掠夺与文化渗透的触角一直深入到穷乡僻壤。而郑作新深感诧异的是，挂墩镇的山民

挂墩之行〔左起：郑作新、李铭新、陈明志、叶英、唐瑞干（猎手）〕

却几乎全部是天主教教徒，而且信教已有三代之久。这对他的刺激太深了。国家不改造，科学也难以发达啊！

从挂墩前行约5千米，到三港，该村地势比挂墩约低400米，为赣边境交通之要道。西北7千米有桐木关，过关就是江西省的铅山县。

旅游团23日从三港动身，越猪仔岭而至龙渡。该处木桥被洪水冲断，大家砍竹赶修，一直忙了2小时，才渡过溪水。山路崎岖，行走在丛林荫蔽中，尚觉凉快。先后经高桥、皮坑而抵黄竹坳，山势陡峭，攀登非常不易，个个气喘吁吁。越岭后，骤然雨临，只好去一个人家里躲雨；幸好不久雨止，相继在溪水沐浴，顿觉解乏。晚上在坳里住宿。

第二天，骄阳似火。鼓起勇气出发，溽暑蒸人。不久到达曹墩。沿路稻田茵绿，武夷在望，增加向往之心。晌午抵星村。饭后漫游武夷名胜，夜宿天心寺。翌晨再返星村，乘筏沿九曲名溪顺流而下，再转车回邵武。踏进校门时，已是晚上9时。郑作新把去挂墩的经过写成《挂墩之行》一文，登载在1941年中国科学社的《科学》杂志上。

郑作新在邵武期间，每当晨曦微露，禽鸟最活跃的时候，就带几个或十几个学生上山。每周绕行全境一两次，每次野外观察约2小时。应该讲他们是我国第一个观鸟小组的成员。他们对鸟的种类、迁徙、繁殖和数量消长问题，进行考察，并作详细记录，事后加以分析研究，持续3年之久。终于在1941年写成了《三年来（1938—1941年）邵武野外鸟类观察报告》一文，并在1944年《协大生物学会报》发表。这是国内第一篇有关鸟类种类及其生态（包括数量）实地考察的报道，其中列举了野鸟的种类以及居留期间和频数。此文受到当时科学界的重视，并获得嘉奖。这也是郑作新研究鸟类的初步成果。他知道今后的路还长。他决心克服一切困难，实现中国资源应由中国人为主进行研究的愿望。

16. 我不能再待下去了！

郑作新于1938年随协和大学西迁到邵武后，由教授会推荐，兼任了教务长的工作，但仍坚持科学研究与教学工作。办公桌的右边放置有关教务的材料，左边放的是研究鸟类的资料。每周还要抽1~2天到老乡家去宣传科普知识。

1943年，训导长林观得因患严重胃病，在家疗养。校长林景润要郑作新兼任训导长。但"训导"学生的工作向来一般都是由国民党党部负责的，郑作新不是国民党员，实难兼任此职。

校长执意请他在校内临时暂兼，具体工作由下属课长负责，报部则由校长自兼。校长还怂恿他加入国民党，说这对你、对学校都有好处。但郑作新对政治不感兴趣，一心只想科学救国。自以为清高的郑作新还不懂得在旧社会，当未找到正确的救国之路时，都是为统治阶级服务的，这是客观事实。这个"挂名"的职务，在以后的岁月中还是给他带来了许多麻烦。

1944年，中美两国文化司商定互派几位教授进行学术交流。中方派出的有严济慈（北平研究院物理研究所研究员）、梅贻琦（清华大学校长），还有林同济（上海复旦大学）与袁敦礼（兰州大学），同时也给协和大学一个名额，

1946年，郑作新在美国

共计5位。校长就让教授会投票选举,结果是郑作新当选。

当时,协和大学位于福建西北部山区,前后都被日军侵占,火车、汽车以及轮船全不能通行,交通十分不便。国民政府设在重庆,出国手续要到重庆去办理。从福建的邵武到重庆,只有乘飞机,且要绕道,旅途还十分危险。如果郑作新出国,家里留下的许多困难,都得由夫人陈嘉坚承担。那时,他们的第四个孩子才出生一年;同时由于作新的弟妹堂弟妹(祖母随迁到邵武后病故)和嘉坚的大姐、二姐及弟妹也先后迁到邵武。作为大哥与大嫂或三姐与姐夫的他们对双方的大家庭都负有一定照顾的责任。但是,郑作新认为机会难得,执意接受邀请。作为贤妻的陈嘉坚是最理解自己丈夫的,虽很不放心,还是让他"远走高飞"了。

1945年4月,郑作新从邵武出发,先乘汽车到达福建的长汀县(那里才有机场),转乘飞机前往昆明。飞经湖南日军高空封锁线时,还受到地面

↑ 1945年,福建协和大学师生隆重欢送郑作新赴美任客座教授(锦旗左侧为校长林景润,右侧是郑作新夫妇及子女)

高射炮的射击。再从昆明飞往重庆,办妥手续后,乘飞机出国,经印度、伊朗、埃及,抵达摩洛哥;再由摩洛哥横跨大西洋,总计历时2个月,绕了一大圈,终于到达美国的华盛顿。

郑作新这次赴美主要是在美国东海岸的十几所大学博物馆进行学术交流。他在附近大学作学术报告或介绍中国教育情况;同时也到各博物馆查看被外国采去并收藏的中国鸟类标本,特别是模式标本和有关的研究文献。

这次学术交流,他是以客座教授的身份进行的。他在鸟类学方面的研究成就,受到各有关学术团体的重视与欢迎。美国政府发给他教授津贴,生活待遇是优厚的。但无法寄钱回家,也收不到家信。郑作新不知嘉坚在抗战的环境中如何维持一个大家庭,非常惦念和担心。

不久传来第二次世界大战结束和中国抗日战争胜利的消息。郑作新又面临一次新的抉择。他的母校密歇根大学,邀请他去研究院从事博士后研究工作。但他没有这样做。

郑作新想的是,经过多年抗战的祖国,已是千疮百孔,百业待兴,自己应为中国的振兴,尽一份微薄之力。

不久,郑作新接到了陈嘉坚的来信,知道协大已从邵武迁回福州,家中大小均安好。他再也不能在美国待下去了,便婉言谢绝了美方的邀请,积极准备回国。

在这同时,郑作新还接到广州岭南大学和中山医学院的聘请。说起岭南大学,它的名声比协和大学大,而且更重要的是,他的师兄陈心陶回国后一直在岭南大学工作,不论教学与研究工作都很有基础,再加上他的学生(协大校友)江静波也在岭南大学在陈心陶指导下读研,他们两位又都是郑作新的妹夫,邀请去广州工作也是在情理之中,也是一项不错的选项。但是,他认为自己是由协和大学推荐出国的,理应回协和大学任教。于是在1946年9月回到协和大学复职。

1973年,在广州〔左起:郑作新、吴青藜、陈心陶(大妹夫)、江静波(三妹夫)、唐仲璋;前排为陈炜(孙外甥)〕

17. 发表第一部中国鸟类名录

郑作新从美国带回的"行李",是大量有关中国鸟类标本的记述及有关文献的单行本,还有许多资料和笔记本,装了满满的好几箱。他回到学校,争分夺秒,一边工作,一边就开始整理和综合分析。

历史上记载中国全部鸟类的专著还未出现过。在一些古书中,对鸟类是有不少记述的。据考古发掘,甲骨文中已有鸟名,那是在公元前15—前11世纪殷商时代。汉朝许慎《说文解字》列有鸟类40种。在春秋时《尔雅》,列有鸟类78项,每项一般为一种鸟,但也有一项泛说是指好几种鸟的。到了明朝,在李时珍著的《本草纲目》中,也提到鸟类有77种。还有各种鸟的《释名》和《集解》中提出了一些鸟名。明朝后,我国生物科学逐渐不振。因此,一直没有弄清我国到底有多少种鸟。

中国人自己没有弄清鸟类的家底,外国人趁机来"帮忙"了。鸦片战争后,帝国主义随着军事、政治、经济侵略的同时,也加紧对我国进行文化侵略。他们派人在我国各地考察中国的鸟类。英国人Robet在1863年写了第一篇《中国鸟类名录》,书中提到中国的鸟有454种。1877年,法国戴维(Pere Armand David),也发表了中国鸟类专著,其中鸟类增至807种。1926—1927年由外国人祁

1986年,郑作新在"招鸟"工程会议上宣传爱鸟、护鸟

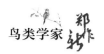

天锡（Nathaniel Gist Gee）等共同编写《中国鸟类目录试编》，随后又由祁天锡于1931年加以补充修订，其中列有1093种和575亚种，总共是1668种和亚种。可是这部目录中所列之种和亚种中，有些同物异名或材料不可靠（如不在我国境内）应予删去的约有200个之多，至于学名应予更正的就更多了。

郑作新对在美国博物馆金鸡标本柜前的沉思记忆犹新。我国的鸟类资源是在世界上享有盛名的。作为一个中国学者有责任查清，公之于世。但要研究起来，真是困难重重。

首先，要到全国各地去调查考察，经费没有，国民党正在积极准备内战，军费倍增，就是没有科研经费；美国教会只资助一些教育费，支付学校行政费用还不够，更谈不上搞什么科研。

再说，国内社会混乱，交通道路都不畅通。如果要到英国、美国、德国、苏联各博物馆长期研究我国的鸟类标本，简直是白日做梦。

中国的科学家是有骨气的。就在这样艰苦的条件下，郑作新矢志不移，几乎利用他全部业余时间，继续调查福建省的鸟类，分析从美国看到的标本资料，对照核对，工作十分细微、繁杂。

要识别鸟类标本的细微差别，需要长时间专心致志地研究，并不像某些人说的是个轻而易举的工作。那时，郑作新已经没有休息日和假日了，他根本没有一点时间来承担哪怕是一点点家务，完完全全、全身心地投入了工作。

1945年3月出版的《协大生物学会报》，对郑作新当时的工作情况有过这样的报道：

"郑博士自兼任教务长以来，一肩担负本校训教要政，晨昏忙碌，日无暇晷。早起即赴办公室处理校务，午后往科学馆埋首研究，入晚乃闭门著述，一分一秒皆不轻易浪费。校中学生见其勤勉精神，莫不为之感奋者。"

不知熬了多少个夜晚，1947年终于在中国科学社研究专刊中发表了他撰著的《中国鸟类名录》专题论文，列出中国鸟类有1087种912亚种，总计有1999种和亚种，要比祁天锡等的名录试编增加237亚种，同时对学名还做了大幅度的更正。这是中国学者首次系统地研究中国鸟类家底的专著。它的发表标志着中国鸟类学研究已达到新的水平。此书也为新中国成立后我国鸟类全面考察和研究提供了基础。

18. 在南京等待解放

1946年，国民党进攻解放区，内战爆发。1947年，在国民党统治区，由于政府腐败，物价飞涨，民不聊生，各地发生大规模的"反饥饿、反内战、反迫害"的示威游行。政府当局屡次下令禁止学生参加。其实当时的运动已势不可挡。

协和大学学生不顾禁令，参加全市学生的示威游行。郑作新曾因"对学生管教不严"受到指责。当时的校长陈锡恩因任期已满离校返美，校董事会推派一位神学院院长柯昌栋接任校长职，学生表示反对而罢课。新到任校

1948年初，郑作新离开协和大学赴南京任职，师生自发到马尾港欢送（前排中为郑作新，后站立戴围巾的为陈嘉坚）

1948年初，郑作新夫妇乘东山轮离榕，图为协大生物学会师生到马尾港欢送时合影（站立中间为郑作新夫妇，前面为几个子女）

长要郑作新说服学生复课。郑作新看到,学校平静的生活已荡然无存,已无法从事学术研究工作,就决心离开协和大学。他以请假为托辞,离开福州赴南京国立编译馆工作。

郑作新对协和大学是充满深情的。他在协和大学学习与工作共20载。他的青春年华奉献给了这座省城的学府。他的事业最值得回忆的时期也是在这里。然而形势无情,他只好匆匆成行,将子女留在福州,由已退休回榕的父亲照看。

学生知道这个消息,便自发群集沿江码头送行,有的还雇汽艇跟随学校校船送他到马尾港,挥手祝愿师长一路顺风,早日返校。

郑作新离开协和大学后,到南京国立编译馆任编纂。这与他十多年来,不断著书撰文并发表数十篇科学论文分不开的。他到南京后还应聘兼任中央大学(现南京大学)教授,同时还继续搞些鸟类研究。不久,陈嘉坚带着四个孩子到达南京,全家又在一起生活。当时,物价飞涨,靠工资生活已感不敷家用,于是嘉坚也在编译馆任助理编审,以补家用。

1949年,新中国成立后原单位清理财产、资料,郑作新受表扬时留影

1948年底,在南京的政要,纷纷迁往台湾。馆里领导也劝郑作新赴台——他又面临了一次人生的抉择。

国民党的所作所为,他已亲眼目睹,大失所望;对共产党又不大了解。自己不是地主、资本家,最不放心的是共产党要不要科学和科学家。他曾造访了馆里一位大家公认为进步的同志(南京解放后才知他是一位中共地下党员),与他真心诚意、推心置腹地交谈了一次。

他听到的答复是:"共产党需要科学,需要很多很多的科学家。"郑作新进

一步询问:"需要研究鸟类的人吗?"回答是:"当然需要,各门科学人才都有用武之地的。"

与此同时,已是地下党员的郑作光,也写信劝哥哥郑作新留下,迎接新中国的诞生。

这一下,郑作新像吃了定心丸,决心留在南京等待解放。当上司送来赴台飞机票时,他拒绝了。

这是他一生中一次重要的抉择。

正是有了这次抉择,才有今天在学术上的成就;正是有了这次抉择,后来才能成为一名共产党员。

他至今十分庆幸自己选对了路。

对满怀爱国热情的知识分子来说,这也是历史的必然。因为他们热爱祖国的山山水水,热爱生活在这块土地上的纯朴的人民。

郑作新盼望有一个强大的中国出现在世界上,这是多少年来人们梦寐以求的心愿。南京的解放,他已看到了曙光。

他和南京人民,一起欢庆南京的解放。编译馆工作人员走了一部分,其余人员都留下来了。社会发生了天翻地覆的变化,一切都那么新鲜。

军管会派人来组织大家学习,学习毛泽东主席的《论人民民主专政》《新民主主义论》等著作,也学习艾思奇写的《大众哲学》,大家懂得了一些革命道理,坚定了前进的方向。陈嘉坚也于1949年6月参加了南京市妇女联合会的工作。唯一不放心的是4个孩子。在听到解放军下令渡江作战的消息后,怕他们经受不住战火之苦,1948年底又送他们回福州了。

新中国诞生了,协和大学学生自治会与校政委员会,分别函电郑作新,邀请他早日回榕任教、任职,甚至让他在福州的父亲发电催促。新任的协和大学校长杨昌栋,还亲自到南京"劝驾"。此情此景,郑作新是非常感动的。然而已经尝到专门从事研究工作"甜头"的郑作新,心想回校还要用许多时间处理行政事务,不能专心研究工作,他还是婉拒了母校的诚意。

郑作新科研工作成果累累,在国内外开始有了更大影响。组织上相信他,也需要他进一步为人民作出贡献。于是,1950年的一天,征询他对工作的安排意见

 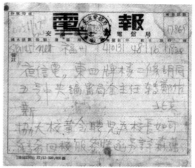

注：这是当时几封催郑作新回榕任教的电报（左下方电文内容为：夜信电，东四牌楼二条胡同五号中央编审局金主任转郑作新协大校董会聘儿为校长如何？能希回校服务，快函另详森藩）

之后，通知他到北京中国科学院编译出版委员会工作，他就高高兴兴地只身来到了首都北京。

在北京不久，巧遇原协和大学学生、陈嘉坚大姐陈以利的挚友程恒同志。程恒离开协和大学后参加革命，跟随长征，当时怕牵连好友，未敢告知陈嘉坚的大姐。遇见她时，她正在中央警卫团任保健医生，当她知道陈嘉坚尚在南京，就推荐她到全国妇联工作。不久陈嘉坚和孩子们先后来到郑作新的身边。他们开始了一种全新的生活。

程恒同志以后转业到北京朝阳医院任职，离休后与郑作新一家保持着终生的友谊，现在这种联系已传到下一代身上。

19. 一个山雀蛋的秘密

那还是20世纪50年代的一个初春季节，在河北昌黎的凤凰山——一个著名的果树区。

山里、山外，山下、山腰，长着成千上万的梨树和杏树。郑作新从1953年开始，就在这里从事鸟类的调查研究工作。

1955年春，光明日报社记者张天来到凤凰山，采访了郑作新，并写了题为《凤凰山下》的报道。

1956年，人民日报社记者姚芳藻，也去那儿采访了郑作新，写了《一只山雀蛋的秘密》的长篇文章，登载在1956年10月6日的《文汇报》上，文章生动地记载着郑作新等从事鸟类研究工作的辛勤劳动。以下是部分摘录。

郑先生说："昌黎地区的鸟类调查研究工作从1953年就开始了，第一年，他们背着猎枪，奔跑在果树区附近，采集了近200种的鸟类标本。第二年，他们在果树区用望远镜观察益鸟的生活史和生活习性，并由河北农学院昆虫学教研组负责作鸟胃剖验，看哪些鸟食害虫，对果树有益。同时，他们还在果园里挂了200多个人工巢箱，作益鸟招引试验。

"根据我们两年调查研究的结果，大山雀是一种最常见的果树益鸟。它食了不少的害虫，是昌黎果树区的长期'居民'，一年到头都在这里，而且繁殖得快。去年我们挂人工巢箱招引，结果有7个巢箱里住进了大山雀，它们在里边做了巢、产了卵，而且都孵化出来，长大之后飞出巢了。"

他还带我去山上看挂在树上的巢箱，巢箱的样子和邮政信箱差不多，只是小一些，在巢箱上是一个供鸟儿出入的小圆孔。我们走到了一个小村的旁边。在靠村边的一户农民院子里的梨树上也挂了巢箱。郑先生的助手告诉我说："这个巢箱原来挂在院子外边的树上的，当时这家老大爷不知道挂巢箱是为啥，我们告诉他是为了招引'呼伯'吃害虫，他不相信，我们就把望远镜给他，叫他看，结果他说看得真，'呼伯'正在吃虫子呢！一下子，他就把巢箱摘下来挂到院子里的树上了……"

当我们走到第10号巢箱的时候，他们兴奋地告诉我说："这是第一个大山雀住进去，做巢、产卵、孵化，直到小鸟出窝的巢箱；大家真高兴，都往10号巢箱跑去，因为有了第一个鸟巢，以后山雀还会住进去，果然就一个接着一个巢箱住进了山雀。"

我了解到他们自发现第10号巢箱后，他们每天清早四点半之前就起来到这里来观察，一直到晚上听不到巢箱里的动静才回去。就这样从做巢一直观察到小鸟出巢看它们每天喂多少次，喂什么虫而且还经常打开巢箱来

1979年，郑作新在标本室工作

检查小鸟是否孵出，长得多大了。爬到树上去的动作要非常利索，不能让外飞的亲鸟察觉，大山雀每五分钟左右回来喂孩子一次，他们要在五分钟内爬树、解线、捏虫、下树、躲到远处………一天做上好几回，真是好不紧张。

郑先生说："今年还要继续做大山雀的招引试验，看它对果产是否有影响。还有，就是要给鸟搬家，现在大山雀在好多果园里还没有多少，我们要把它连巢一起搬到果园去，看它去不去。"他停顿了一下，好像说得更慢了些："这种试验很有意义，但是需要相当长的时间才能

有结果。"

郑作新还给记者讲过一个"怪蛋"的故事。

有一天早晨,他们在116号巢箱里,发现了一只奇怪的山雀蛋。山雀蛋本来是圆圆的,可是它却是两头尖尖的,这大大引起了他的兴趣。这只小怪蛋会不会孵出小山雀呢?如果孵出来又是怎样一个怪物呢?第二天清早,他们赶紧爬上梨树去看116号人工鸟巢。一看,不禁大吃一惊。昨天明明看到是一只怪蛋,今天怎么变成一只普普通通的山雀蛋了?

他似有所失地爬下树来,一个秘密没有揭晓,又来了一个秘密,怎么办呢?就算了吗?不,他要追究出个究竟来,他纳闷地走到50米外的另一棵梨树边坐下,用树叶遮住了身体,专心致志地朝116号人工鸟巢观望着。研究鸟类几十年来,他才第一次看到这样的怪蛋,可是怪蛋究竟到哪儿去了呢?

"是小家伙们偷去了?"他闷闷不乐地想。也许是受他们鸟类调查组的影响吧,凤凰山上的孩子们也喜爱起小鸟来,于是惊走了山雀,偷走鸟蛋就成为常有的事了,这常使他们前功尽弃,但又有什么办法呢?

"也许是被蛇吃了。"他突然想起几天前,他和他的助手,硬把大蛇从树洞中拖出来打死,抢救了一窝小啄木鸟的事,不禁打了一个寒颤。正想四面看看,忽然觉得有什么东西钻进了116号人工巢箱的小洞。他急忙拿起望远镜,聚精会神地观察着。忽然看见一只麻雀,衔着山雀蛋从小洞口飞出来,接着出来的还有一只雌麻雀。

秘密揭穿了,原来是麻雀偷的山雀蛋,这又引起了郑作新的兴趣。他要继续观察下去,究竟麻雀为什么偷山雀蛋?山雀又怎样对付它呢?

这一对麻雀果真又飞回来了,不过现在它们衔的,已不是山雀蛋,而是一嘴的羽毛和树枝。它们迅速地飞来飞去,搬来了许多羽毛和树枝,在116号人工鸟巢里,做起它们的窝来。原来它们偷蛋是为了抢占山雀的窝。

山雀早就回来了,他看到它在较远的地方。"吁伯""吁伯"的抗议着,但它不敢飞近来,看来它怕麻雀,因为它比麻雀小一点。

郑作新真是又气又好笑。观察有了结果,该回去休息了。他在这儿足足耽搁了半天,两眼都看得酸溜溜的。但他觉得很有收获,因为他的观察,在鸟类科学上,证明了这样一个事实,麻雀还会欺侮别的小鸟。自然界里值得探讨的问题还很多。

第二天早晨,他特地带了枪,跑到那里,把麻雀打死了。于是那可怜的大山雀,才又回到它原先温暖的家。

但怪蛋还在郑作新心中,他怎样再去寻找和探索怪蛋的秘密呢。

郑作新在新中国成立之后,积极响应科研工作要联系生产实际的号召,他将鸟类研究与服务农林生产相结合。以后他还注重生物多样性问题、保护鸟类、保护生态平衡的问题,他总是引领鸟类学研究向前发展。

1994年,郑作新在家中工作

20. 为麻雀"平反"

1955年冬，全国掀起除"四害"运动，麻雀和老鼠、苍蝇、蚊子一同列入"四害"。

这样一来，全国各地就先后开展了消灭麻雀的运动。捕打麻雀时，男女老少齐上阵，学生停课，干部暂停办公。北京城内外处处锣鼓喧天，让惊恐的麻雀无处喘息，直至精疲力竭，坠地而死。在空旷地区则采用网捕、下毒饵等办法，捕杀麻雀不计其数。

北京连续3天的全城捕雀，大有将麻雀赶尽杀绝之势。

正在此期间，中国动物学会于1956年在山东青岛召开第二届全国代表大会，讨论今后工作规划，进行学术交流。会上有人提出麻雀问题。有人说，麻雀吃粮食非常厉害，在我国素有"家贼"之称；在广大农村，"麻雀上万，一起一落上担"，应该加紧捕打。

可是，也有人提出麻雀也嗜吃虫子，不该乱打。一时议论纷纷，对立意见争论得很激烈。

有人引用国外实例，说是在19世纪，法国也曾经下令悬赏灭除麻雀。凡捕杀麻雀一只，可得6个生丁（100生丁等于一法郎）的奖金。于是大家争相捕雀。几年后，一方面政府为此付出了大量法郎；另一方面，果树虫灾严重，水果产量锐减，政府因而不得不收回成命。

郑作新当时是学会的秘书长，不能不对这个问题表态。

他的意见是：麻雀消灭不了，因为它的分布是世界性的；对麻雀本身的问题，不是消灭它，而是消除雀害的问题。麻雀在饲雏期间是以昆虫为食，这阶段是有益于人类的。1956年他就以《防除雀害》为名，编写了一本科普小册子。

与会会员也都认为,这种和人类经济生活关系最密切,也是人们最常见、分布最广泛的麻雀,我们对它的科学研究还很不充分。因此,要为麻雀"定性",就得首先对它进行科学的研究。

会议结束后,郑作新与同事们一起在河北昌黎果产区和北京郊区农业区,在前后长达一年的时间内,共采集了848只麻雀标本,对麻雀的全年食性,进行了详尽的调查研究。在研究中,除在采集地区进行野外观察外,主要采用剖验麻雀嗉囊的方法,测计其内含各种食物的分量。麻雀和其他小鸟一样,由其嗉囊中所剖出的东西是比较轻微的,称量不易。所以当时一般都采用水位代替法,求出各种食物的容量以作比较。此外还进行笼养试验,借以推算麻雀对某种食物的每天食量。虽然笼养条件与野外环境很不相同,但由此所得的结果,可作为推计的一种根据。

香港《文汇报》发表文章介绍郑作新为麻雀平反的故事

根据实验的结果,郑作新和助手们于1957年写成《麻雀食物分析的初步报告》,在《动物学报》上发表;还在《人民日报》等报刊上撰写文章谈麻雀的益和害。

郑作新的考察表明:冬天,麻雀以草籽为食;春天,下蛋、孵卵、喂雏期间,大量捕食虫子和虫卵,幼鸟的食物中,虫子占95%;七八月间,正好秋收,飞入农田,糟蹋粮食;秋收以后,主要啄食农田剩谷和草籽。因此,在夏季繁殖期,麻雀有相当的益处;在秋收季节的农作区和贮粮所,它构成危害;在林区、城市和其他季节,尽可让它自由活动。总之,对麻雀的益害问题,要具体地看待,不能一概而论,要依不同地区、不同季节和环境区别对待。这在当时对麻雀一片喊打声中,郑作新等人抱着这种科学态度是有一定风险的。

我国政府是很尊重科学家意见的。在1959年《农业发展纲要》的修正草案公布时,就指出:"在城市里和林区的麻雀,可以不要消灭。"到1960年3月毛主席

为中共中央起草关于卫生工作指示时,"四害"中的麻雀换成了臭虫。可怜的小麻雀应该感谢我们的郑作新教授当了它的"辩护律师",使它免去一场横遭消灭的灾难。

没想到为麻雀的事,在"文革"中成了郑作新的弥天大罪。有人说他是利用麻雀做文章,反对伟大领袖。也不知为此挨了多少次大大小小的批判。

批判会上,有人责问郑作新:"你知道犯了什么罪吗?"郑作新认为自己没错,更没罪,答道:"不知道。"批判者气急败坏地说:"你这个反动学术权威,居然为麻雀评功摆好,反对最高指示。"

郑作新百思不得其解,他认为就在批判他的时候,麻雀也还在吃虫呀!更何况《卫生工作指示纲要》,已经将除麻雀改为灭臭虫了。为什么他们还这样算账呢?郑作新想,究竟谁在反对最高指示呢?

以后有人偷偷告诉郑作新,在中国科学院红卫兵印刷的最高指示中有这样的话:"麻雀不要打了,代之以臭虫……"郑作新激动地说不出话来,心想伟大领袖是尊重科学的。

这件事被编入1988年全日制小学《思想品德》试用教材的第十一册中,题目是《为麻雀平反》。这篇课文在最后写道:"麻雀的'冤案'就这样得到了'平反',人们都称赞郑作新教授的这种无私的科学精神,称赞他是一个正直的科学家。"

还应该特别指出的是,在许多对消灭麻雀持有不同意见的科学家中,唯有郑作新对麻雀的益害进行了长达一年的调查,他是以调查的结果来说话的,他也是用事实来证明自己的科学观点的。

21. 中国家鸡的祖先

原鸡是家鸡的祖先。而英国生物学家达尔文在他的著作中说,中国家鸡的祖先不在中国,而是从印度传来的。这观点,由于是出自达尔文的著作,所以也就没有人敢表示怀疑。

郑作新不以为然。为了探究中国家鸡的祖先,他带领他的年轻同事们出发到云南的南部一带进行考察。

1956年,郑作新在云南考察

太阳偏西的时候,郑作新和他的助手,肩头挂着照相机,手中提着猎枪蹒跚地走来了。在旷野上,突然发现200米以外有两只原鸡。

呵!目标找到了。原鸡形态酷似家鸡,锈褐色雌鸡在前边疾速行走,栗红色的雄鸡尾随其后,头顶及后颈的羽毛呈镰刀状,闪烁着灿烂的金属反光,尾长而下垂,中央尾羽是辉亮的金属绿色。

原鸡的视觉和听觉都很灵敏,个性羞怯怕人。它们发觉了动静,登上树枝的雌鸡快速地跳下来,低垂着尾巴疾窜林中。后边的雄鸡似感逃窜不及,便惊恐飞起。在这瞬间,助手一枪将雄鸡击落。他们喜形于色奔向原鸡坠落的地方,谁想此处草莽极深,寻来寻去,就是找不见雄鸡的下落。

郑作新到云南考察,虽然看到丰富多彩的野生动物,看到了画眉、缝叶莺、

太阳鸟、犀鸟和绿孔雀等。但这些都不是他这次任务的中心目标。

他想，中国的原鸡难道不是中国家鸡的祖先吗？

欧美各国以及日本与中国的《家禽学》书籍中，都肯定中国的家鸡是从印度引进的，依据就是达尔文的《动物和植物在家养下的变异》一书。

达尔文在该书中写道："在印度鸡的被家养，是在《玛奴法典》完成的时候，大概在公元前1200年……"又写道"鸡是西方的动物，是在公元前1400年的一个王朝时代引到东方中国的。"这里的西方就是指的印度。

"中国的原鸡为什么不能在本国驯化为家鸡？何须等到印度驯化后再引进呢？"这就是郑作新最初的疑问。

这时，郑作新和他的助手正在寻找被击落的原鸡，骤然风吹云集，从森林上空聚起大片黑云向他们头上飞来，树不停地摇曳，树叶沙沙作响。他们无法再寻找原鸡，便匆匆奔跑到一个土岗上。

这里有厚密的阔叶大树，如同大伞遮住他们，顷刻间雷电交加，一阵大雨唰唰地下起来，雨柱挡住了他们的视线，望去白茫茫一片，犹如一本大书的书页贴近眼前。郑作新又清晰地想起了达尔文在《动物和植物在家养下的变异》书中所写的几段话。关于中国家鸡的引进问题，一般的家禽学书籍都是根据达尔文的观点，而达尔文却在著作中说，他的论断是根据《中国百科全书》记载的。

《中国百科全书》究竟是一部什么书？是哪个朝代的？系谁人所著？达尔文没有说清楚，他只提到该书是1596年出版的。

据郑作新查考，医药学家李时珍的《本草纲目》是在1596年出版的。但是这本书中并无关于上述问题的记载。

达尔文在他的著作的另一处又说，《中国百科全书》印出来的时间是1609年。

郑作新的考证是：中国历史上在

《三才图会》

这年印行的书籍，比较著名的只有《三才图会》。在《三才图会》中，有一段文字写道：

  鸡有蜀鲁荆越诸种。越鸡小，蜀鸡大，鲁鸡尤其大者，旧说日中有鸡。鸡西方之物，大明生于东，故鸡入之。

这里所说的西方，显然是指中国的西部"蜀""荆"等地，而不是中国以西的印度。这就使郑作新在研究过程中，滚动着越来越大的疑团。

郑作新和他的助手，又经过了多日的艰辛调查，不久在一个山寨的河谷边，发现16只原鸡相随觅食。它们像家鸡一样，边走边用爪和嘴扒开落叶及土壤，觅食虫类、种子、笋根等，有时在地上打"土窝"，喜欢啄取小石砾。

鸟类学家发现了这群原鸡，激动极了。他们经过隐蔽连续的观察，发现几只胆大的原鸡竟飞到山寨的村边，混入家鸡群中，与家鸡嬉戏、交配。

有一天夜里，郑作新和助手们在村中睡得正酣，后半夜三四点钟，却被一种奇怪的叫声惊醒。

"遏遏遏——遏。"

郑作新坐起来仔细倾听，助手认为这不是鸡叫，鸡叫声是"喔喔——喔。"

可是这是什么鸟在长鸣呢？

房东告诉他们，这是"茶花鸡"的啼声。

"茶花鸡"也就是原鸡，因为鸣声近似"茶花两朵"，当地人故起此名。

郑作新兴奋地听着这种有规律的长鸣，"茶花鸡"仿佛是在呼吁它们存在的权力，仿佛在宣称它们是中国家鸡祖先的后裔。

郑作新经过一系列的实地调查和科学考证，认为把"西方"误为印度，这显然是达尔文的疏忽，一般家禽学书把达尔文的一句话作为可靠的依据，这显然是人云亦云的谬误。至于说"大明生于东，故鸡入之。"则是《三才图会》的作者浅尝辄止的武断。

"大明"是年号，这年号是南北朝宋孝武帝时代，约在公元420—479年之间。《三才图会》的作者认为，这时候才把驯化的原鸡从中国的西部引向东部，也是不能成立的。因为早在春秋战国时期，即公元前770年到公元前221年，我国

东部养鸡事业已甚为发达。吴王夫差在江苏吴县曾筑3个周围数千米的城郭专门养鸡。后来越王勾践也曾大量养鸡。秦汉时，长江下游一带更已经是"鸡声茅店月，人迹板桥霜"了。

也有人认为，"大明"并非年号，在这里应作"太阳"解。旧说"日中有鸡，月中有兔"，所以说"大明生于东，故鸡入之。"实际上这是出自古代民间传说，是带有封建迷信的一种牵强附会之说。

对于中国家鸡祖先的探索，郑作新进一步从中国史前文化遗址发掘出的遗物研究下去。鸡形的陶瓷，表明了先有驯化的家鸡，才有陶鸡的艺术反映。他的考证说明，仅从有史以来，甲骨文对鸡的记载也不晚于印度的《玛奴法典》。因此，郑作新的结论是：中国的家鸡不是从印度引进的，而是由中国人民自行驯化的，中国家鸡的祖先是中国的原鸡，而不是印度的原鸡。

尽管郑作新对达尔文的学说及其功绩是肯定的、推崇的，但是这决不能妨碍他纠正达尔文的某些不正确的东西。

这是真正的科学态度。

鸟类学家郑作新

22. 郑氏白鹇

1960年春天,郑作新登上了四川省的峨眉山。

"峨眉天下秀"。峨眉山是我国佛教四大名山之一。这里山峦叠翠,林木茂盛,气候温和,风景秀丽,一年四季游客不断。这里的生物资源也很丰富,因此吸引了不少专家来考察。

一天,郑作新和助手们清晨出发,兴致勃勃,希望能有所获。从早到午,他们攀上峨眉山附近的一个高地,在一块空旷的山坡上,遇见一位老猎手。

这位约摸60多岁的猎人,中等个头,有一副结实的身板,在他那粗宽的眉毛下,闪耀着锐利而真挚的目光。老人把郑作新一行让到附近的茅屋里休息。茅屋狭窄而简陋,在屋中的一角放着被熏黑的炊具,壁上挂着猎获的几只鸟,其中有一只特别耀目。

郑作新上前察看,不由得怔住了。原来,这是一只少见的雄性白鹇!它的头顶仿佛戴着一顶华贵的帽子,红红的冠子后面,披着几绺蓝色的羽毛,闪烁着宝石般的光泽;腹部的羽毛是蓝黑色的,跟背部和翅膀形成鲜明的对比。最引人注目的是那几根长长的白色尾羽,使它的身体显得修长而俊美。

郑作新知道,白鹇是受国家保护的珍稀动物,共有10多个亚种,都生活在我国的云南、广东、广西、海南以及东南亚的柬埔寨、越南的热带或亚热带地区的高山竹林里。过去峨眉山从来没有发现过。于是他感到奇怪:这只白鹇是从哪里来的?该不会是外地游客带来"放生"的吧!

老猎人也说这种鸟非常罕见,平时栖于多林的山地,大都隐匿不见,遇惊则狂奔,边跑边左右顾盼,一直狂奔到山顶处,才展翅飞起。

在以后的日子里,郑作新与助手也在这一带山区猎获到几只白鹇。这说明,它不是从外地带来的,而是峨眉山上土生土长的。可是进一步想,峨眉山的白鹇是否和生活在南方的白鹇相同,它们之间又有什么联系呢?这些问题在郑作新的脑海里回旋着。

考察结束后,郑作新带着所采得的白鹇标本,回到北京,把它们放在自己的标本桌上。

在以后的一段时间里,对它们进行反复细察对比,可是并没有发现它们和南方等地的白鹇有什么明显的差异。

郑作新对科学工作是非常严肃认真的,他想峨眉山与南方相距数百千米,生活条件的不同,很可能会造成差异。所以,仍然不断地进行研究。

有一次,他把白鹇标本翻转过来,从脖颈看到胸脯,再从胸脯看到腹部与尾羽。突然,他惊讶得几乎叫出声来。原来,这只白鹇的两侧尾羽是纯黑色的,而南方白鹇的两侧尾羽是白色,而杂着黑色细纹,两者的差异非常明显。

郑作新发现白鹇新亚种——峨眉白鹇

郑作新又经过仔细的查看和对比,还发现这几只白鹇的背部、肩部和翅上的黑色斑纹,和南方的白鹇也稍有不同,但由于差别很不明显,很容易被人忽略了。他根据自己的研究,终于认定,峨眉山的白鹇和南方的白鹇并不相同,它是一个新的亚种,就把它命名为峨眉白鹇(*Lophura nycthemera omeiensis*)。

在动物分类学上,"种"是一个最基本的单位。同一种的动物,由于地理上的隔离,如果发生一些差异,那就叫做"亚种"。西方国家研究鸟类已有二三百年的历史，现今发现新种或新亚种的可能性已是微乎其微了。自新中国成立以来，我国鸟类学工作者发现鸟类新亚种已有20多个，其中2/3的发现，都应归功于郑作新。"峨眉白鹇"就是一例。

事后，郑作新和有关同志把这个发现写成论文，投稿《动物学报》。论文发表后，郑作新就把单行本分发寄给同行，其中也包括德国的著名鸟类学家埃尔文·施特斯曼（Erwin Stresemann）教授。国际学术界都确认了这个发现。

一年过后，郑作新突然接到美国芝加哥博物馆鸟类研究室主任特雷勒（M. A. Traylor Jr.）教授的来信。信中说该博物馆早在1930年，就有一位名叫史密斯（F. Smith）的鸟类学家，在峨眉山采集到一些峨眉白鹇的标本。他把一些标本带回芝加哥博物馆。遗憾的是，史密斯不曾作过细致的研究，没有发现它和南方的白鹇有什么不同。一直到60年代，特雷勒教授对这些标本进行反复研究时，才发现了这些白鹇独特的性状，也认为这是一个新的亚种。

特雷勒教授为了尊重郑作新在中国鸟类学上的贡献，将它定名为"郑氏白鹇"，并把文稿寄给英国的一家鸟类学杂志，而这个杂志的编辑主任又恰好把这篇文稿转寄给德国的施特斯曼教授审查。审查的结论是可以想象的。按照国际上动物命名法规，由于郑作新的发现与命名在特雷勒之前，这个新发现的白鹇亚种还应定名"峨眉白鹇"。而"郑氏白鹇"变成了"峨眉白鹇"的同物异名了。

事后，施特斯曼教授给郑作新写了一封信。信中幽默地说了这样一段意味深长的话："当前在许多问题上，中国与美国的看法很不一致。可是我至少找到了一个共同点，就是你们都认为峨眉白鹇是一个新的亚种。在这个问题上，中国人领先了，请接受我衷心的祝贺"。郑作新为祖国，为人民赢得了荣誉。

在一些人看来，这件事似乎可以结束了。但郑作新却没有这样。他还将峨眉白鹇亚种的发现与白鹇这种鸟的起源与进化问题联系起来，作进一步的探索。

郑作新在研究中发现，在白鹇的14个亚种中，有半数以上的亚种产于云南省的南部和附近一带。依动物地理学的理论来推测，云南南部可能是白鹇的分布中心或起源地。另外，除了峨眉白鹇以外，还有两个亚种，其雄鸟的外侧尾羽都有多少黑色块斑的，它们一个产在海南岛，另一个产在柬埔寨的南部，跟峨眉白鹇一样，都在白鹇分布范畴的边缘区。

这些情况能说明什么呢？

郑作新经过反复的思考，认为雄性白鹇的上体主要是白色的，因而推想具有白色尾羽的白鹇亚种是比较高级的亚种，而具有黑色外侧尾羽的白鹇亚种，因尾羽还未完全变白，故是比较低级的。依照目前白鹇的分布情况来分析：具有白色尾羽的亚种大都集中于云南的南部，这有可能是白鹇的分布中心或起源地，而具有黑色外侧尾羽的亚种却均散布于四川峨眉、海南岛及柬埔寨的南部，并不靠近白鹇分布的中心，而见于白鹇分布范围的边缘地区。

以往许多学者，传统上都认为比较低级类型的亚种所在地，是这一类种起源地的一种最可靠的标志。郑作新在白鹇亚种分布研究中所得的结论，恰恰与此相反。他认为比较低级亚种不在这一种的分布中心或起源地，而是被排挤到此种分布范围的边缘，并残留于此。

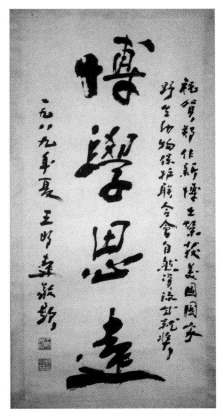

1989年5月，在北京参加美国国家野生动物学会为郑作新颁奖的贵宾王明远的题词

这是郑作新独特的见解。他提出的"排挤观点"与达尔文学说的核心理论，即优胜劣汰的提法，恰相吻合。这是支持进化论的又一个科学论据。同时也是对进化论的一种具有理论意义的补充论证。

23. 治学严谨

郑作新治学一贯严谨。他在科研工作中始终坚持科学探索要"求真为本"的真谛。他的研究是以实物标本为依据的,而且标本应注明产地、时间,甚至海拔高度与环境特征。那些没有注明产地、时间的标本是没有科学研究价值的。他的这种科研态度理所当然地达到"按事物本来面目去认识世界"的目的,从而能获得累累硕果。

记得在20世纪60年代在四川二郎山采到几只暗色鸦雀(Sinosuthora zappeyi)标本,在与馆藏原有标本对比后发现羽色有些不同,但怀疑原馆藏标本可能存在褪色的问题。他为慎重起见,决定暂不公布这个发现,等待有更多的更新鲜标本对比后再得出结论。

这一等待,就是近20年,直到20世纪70年代末又在四川多个采集点采到相关标本后才解除近20年前的疑虑,认定二郎山鸦雀(Sinosuthora zappeyi erlangshanica)是一个新亚种,这时他才正式发布消息。他这种对科学研究的"求真"精神是值得倡导的。

郑作新夫妇参观自己赠送给中国科学院的著作展台

郑作新严谨治学的态度还表现在一个鲜为人知的问题上。20世纪50年代,在全国实行"一边倒"地开展向苏联学习的过程中,曾发生过将苏联政治干预

学术、哲学代替具体科学的错误做法,照搬到我国科学研究领域的偏差。在遗传学界,像苏联那样推广李森科学派的遗传学观点,认为李森科学派是"无产阶级"的,是"辩证唯物主义"的和"联系实际"的;而摩尔根学派却被扣上"资产阶级""反动""唯心主义"和"伪科学"的帽子,受到政治批判,被禁止研究与宣传。

郑作新早年在密歇根大学研究院学习与研究的专业就是有关遗传的胚胎学。他对摩尔根学派是有所了解的。所以他并不相信当时这种片面的宣传与错误的做法。但他同时又不得不参加这场学习与批判运动。他深知被扣上摩尔根学派的后果,那就等于在50年代初就被宣布为"反动学术权威"。

北京大学的聘书

郑作新就在这种情况下,1954年修订出版了《普通生物学》(中华书局)一书,还是抱着科学的态度,客观地介绍以上两种不同的学派。1955年在《脊椎动物分类学》(农业出版社)一书中,还对李森科的一些提法加以评说。他认为,作为一个科学工作者应该凭事实、讲实话,哪怕这在当时是冒着风险的。

其实这与他在麻雀问题上的态度是完全一致的。

郑作新的经历说明,发现真理要付出代价,坚持真理有时更难。这在科学研究上是这样,在做人上不也是这样吗!

24. 在德、苏访问

认识大自然，保护大自然，利用大自然是全人类的任务，所以科学是无国界的。由于自然界本身在发展演变，人与自然关系的变化，以及人类对自然界认识在宏观和微观方面都在不断深入，所以国际间的学术交流活动，有利于交流最新研究信息，以更快取得科研成果服务于社会。

1955年，民主德国曾派一考察队与中国科学院合作调查我国东北的鸟兽，队中有一位是来自柏林博物馆的学者。

1957年5月，中国科学院推派郑作新去民主德国回访，并在鸟类的研究方面进行交流。郑作新感到这是组织上对他的信任，决心利用这个机会好好向同行学习。

到柏林不久，恰逢民主德国于1957年7月在东柏林召开东欧自然保护会议，邀请郑作新参加，中国林业部和中国科学院也请郑作新作为中国代表参加。这是我国代表第一次参加国际自然保护会议。

1957年，郑作新参观民主德国柏林博物馆

会议在东柏林举行，参加会议的有苏联、保加利亚、捷克斯洛伐克、南斯拉夫、芬兰、波兰、匈牙利及联邦德国的代表约30多人。会上由各国代表提出关于各国自然保护的设施概况及在工作中所发生的各种科学问题。郑作新在会

上作了《中国动物地理区划及各区特产珍稀鸟类》的报告。

民主德国在自然保护事业方面取得了一定成绩。当时已有200个自然保护区，占地442平方千米；272个临时禁伐区，计217平方千米；334个景观保护区，占地达1931平方千米及为数约达1万种的自然纪念物。此外还有一系列应予保护的动物（如保护鸟、保护兽等）与植物。

这次会议为期虽仅几天，但各国学者济济一堂，交流经验与对各种重要问题的意见，并互询各国自然保护的实况和措施，使参加会议者得到不少收获。我国地域广大，自然条件复杂，动植物种类和自然资源等均随不同地区而互异。各地对自然保护的设施尚无通盘的规划和具体的措施。所以郑作新回国后，一方面向领导汇报会议情况，另一方面提出关于加强自然保护工作的建议。

郑作新在柏林逗留了约两个月（5月下旬至7月底），大部分时间在动物博物馆从事研究，并经常与著名鸟类学家埃尔文·施特斯曼（Erwin Stresemann）交谈学术问题。

当时，施特斯曼正与苏联鸟类学家博辰库（Portenko）合作编写《欧洲鸟类的繁殖分布图册》，十分忙碌。一天，美国鸟类学家埃尔文·沃乌利（Charles Vaurie）由美国来德，与苏联的博辰库讨论关于一些新亚种是否确立的问题，彼此各执己见，争辩不休，以后由施特斯曼与郑作新参加调停，才得以解决。事后施特斯曼教授盛赞这次座谈，把它誉为第一次泛太平洋学术会议。

在访问期间，郑作新曾参观了国会大厦（已是一片废墟），还到民主德国南部的西巴赫（Seebach）参观了鸟类实验站。他还参观了柏林动物园（当时还没有"柏林墙"，住在东、西柏林的人都可去参观）。该园建于1841年，面积30公顷，饲养着2400多种动物，仅鸟类就有900多种、3000多只。笼舍对着游人参观面均用大型钢化厚玻璃，这比用钢条或铅丝圈着观看的效果好得多，既不挡视线，而又嗅不到兽舍的气味；可以看清猩猩、狮、虎、豹等的活动情况，动物在室内可不受室外声音的干扰，还可避免游客投喂食物、逗弄等。开放式鸟槛，有七八米高，笼内种有许多花弄、林木，配有假山、溪流、草地等自然景色，笼内养着上百种鸟类，游人通过黑暗的巷道进出，可不惊扰鸟儿，参观效果当然比单纯的笼舍展出要好。

郑作新访问民主德国回国途中，顺路去苏联考察，为期仅一周。先到莫斯科参观了红场和列宁墓，瞻仰了列宁遗容。

接着郑作新又乘机飞往列宁格勒（现名圣彼得堡）参观，受到列宁格勒动物博物馆副馆长、著名鸟类学家伊凡诺夫（Ivanov）的热情接待。馆中所藏标本约有14万件，其中不少鸟类标本是中国没有的，是历史上帝俄入侵中国时掠夺去的，所以查看时特别费时。因时间所限，未能详细查看中国鸟类的模式标本。在苏联时，苏联政府发给他教授级津贴，节余了一些卢布；郑作新就买了几套苏联鸟类志及野外观察用具，如远望镜等，回国后均送中国科学院动物研究所归公使用。

1958年郑作新第二次出访苏联。1957年夏季，苏联曾派一个10多人的科学家代表团到中国访问并到云南考察采集，鸟类研究专家伊凡诺夫就在其中。中国科学院也派一个代表团陪同前往，郑作新任副团长。到了云南后，几乎天天到野外工作，白天抓紧时间到各处调查采集，晚上回到住地就整理资料等，双方合作得很愉快。

经3个月后，代表团返回苏联。该团回苏后，邀请中国科学家去苏联访问。1958年4月，中国科学院推派郑作新去苏联回访，时间3个月。当时郑作新正准备去云南采集，行李已运至贵阳，接到出国通知后，动物研究所党委书记刘矫非同志说这事好办，打电报给贵阳把行李运回；未等行李运回，郑作新已乘飞机前往莫斯科。到机场时，苏方派莫斯科自然保护委员会的同志及莫斯科大学生物系的代表到机场欢迎，并送他到莫斯科一个豪华的宾馆住下。

郑作新首先访问了莫斯科大学。莫斯科大学是1755年由著名的俄国启蒙作家罗蒙诺索夫创办的，后来又得到彼得大帝的女儿伊丽莎白女皇的支持，从而逐渐建成。十月革命后又重建高塔，主楼有十多层，规模很大；当时有许多国家的学生在此就读，可

1958年，郑作新在莫斯科大学留影

算是个国际性大学。在高塔的最高几层楼里设有各种类型博物馆。当时中国留学生的人数很多,特设有中国餐厅,郑作新在此被邀吃过有中国风味的丰盛午餐。

莫斯科大学生物系请郑作新作学术报告,由生物系主任杰曼蒂夫(Dementiev)教授主持大会,他是一位著名的鸟类学家、《苏联鸟类志》的主编。报告完后,许多学生向郑作新提出各种问题,如中国鸟类的种数,山雀分布与招引,以及中国捕打麻雀的问题等,郑作新逐一作了解答。

郑作新在莫斯科的大部分时间,都在动物博物馆中查看所收藏的中国鸟类标本。

在苏期间,他还去参观各地自然保护区及环志中心。在苏联南部里海附近的亚斯特拉罕(Astrakhan)自然保护区内,驯养了很多高鼻羚羊,据说还是在十月革命后,按列宁签署的命令建立的。在苏联中部的奥克斯基(Oksskji)鸟类环志中心,是山林地区,被称为荒地中的绿洲,周围无火车或汽车路,只能坐直升机进入中心。这里设有环志工作所用的各种用具和仪器,特别是用大型塑料网捕获禽鸟,供环志之用。

在列宁格勒,伊凡诺夫陪同郑作新访问了动物研究所。所内仪器配备非常完备,光学、电学仪器的应用相当普遍。标本大都存放在木柜内,或放在木盒按科摆在标本架上;有些标本室亦有铅皮柜或钢柜的装置。郑作新利用这个机会,研究有关我国鸟类的标本,整理核对资料。

苏联科学院院士、动物研究所所长、著名寄生动物学家巴甫洛夫斯基(Pavlovskji)特邀请郑作新和两三位中国留学生在"科学家之家"参加小型宴会。宴后,郑作新把齐白石画的虾赠送给他,他很高兴;并表示对中国画的敬仰之意。

在列宁格勒,郑作新还见到苏联老一辈的鸟类学家科兹洛夫(Kozlov)及夫人等,彼此用英语交谈,并互赠著作。伊凡诺夫夫妇特设家宴招待郑作新。

从苏联回国时,路经西伯利亚,在贝加尔湖旁的伊尔库茨克有个动物研究所,所里推荐老教授斯卡伦(Ckalon)接待郑作新。第二天所里专门租了一条汽船(可坐几百人)沿贝加尔湖航行。贝加尔湖是世界最深的淡水湖,湖中有27个岛屿和2个湖湾,在贝加尔湖地区分布有大约1500多种动物和1000多种植物,其中包括7万多只贝加尔海豹,90多万只紫貂,100多种鸟类以及标熊、驼鹿、猞猁等。沿湖设立了几个自然保护区,给郑作新留下了深刻的印象。

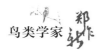

25. 为中国的鸟类写谱立传

郑作新从1947年发表《中国鸟类名录》后，深感要彻底摸清我国鸟类丰富资源的家底，不能仰仗国外资料，必须在自己的国土上，全面地开展鸟类资源的调查，不仅要在国内采得更多的实物标本，而且还要掌握各种鸟类的繁殖、生态及分布情况。

这是一项十分艰巨的任务，不是任何个人的力量所能完成的；只有在强有力的领导下，组织各方面力量，共同努力，才能完成。

不久，在中国科学院的领导与组织下，开展了对全国鸟类资源的调查研究。这是郑作新积极倡议与期待的工作。

从1950年代开始，他几乎每年都参加或主持国内各地鸟类资源的考察工作。

1953—1956年在河北昌黎及其附近产果区调查鸟类；1953—1954年夏季往山东微山湖沿湖地区，调查食蝗鸟类；1956—1957年，他作为中国方面鸟类组的负责人，带着10多位

1997年4月16日，郑作新在鸟类志的座谈会上发言

年轻学者，参加中苏合作的亚热带生物资源考察，前往云南各地；1957—1958年带队在湖南考察；1960年在海南岛调查；1957—1960年筹划并参加中国科学院主持的南水北调勘测工程中的鸟类考察；1960年后主持青藏高原综合考察队的动物

组工作;1974—1976年在江南一带及东北地区进行以水禽为主的鸟类调查。

几十年来,郑作新带领助手奔赴祖国各地。四川的峨眉山、松潘草地,长江和黄河流域的许多大小山岳和湖泊,云南的大围山,海南的五指山,东北地区的扎龙、带岭、长白山等,这些鸟类聚居区,往往是人迹罕至,山高林密,生活条件艰苦,甚至存在危险的地方。然而这些都没有挡住郑作新的脚步。

1997年,郑作新在《中国动物志》编委会第三届第三次会议上发言

野外考察是十分艰苦的,经常风餐露宿,夜以继日。1950年代在河北昌黎林区调查农林益鸟的繁殖和生活史,几十个日日夜夜轮班,一刻不停地守着鸟窝近旁观察;有时凌晨趴在林间进行观察,连腿都不敢伸动一下,就怕惊了鸟儿。

有一次,郑作新上黄山考察。那时的黄山坡陡路险,当时年已50多岁的郑作新,下山时只能一个台阶一个台阶地往下"蹭",结果一条咔叽布裤子,磨出不少孔洞。下山后为赶着去省城参加会议,只得穿着这条"百孔千疮"的裤子到会,几乎出了个"洋相"。

在四川山区考察时,山高路险,遇到峡谷,还要绕行,所谓"望山跑死马"。郑作新和他的助手为了采标本,只得攀附岩石或树根上下险谷,稍不小心就有坠落山谷的危险。

有一次,在四川为了节省时间,想从湍急的河中涉水而过。那时山民砍完树木后,把上游水坝的闸门放开,让木材随急流而下。当郑作新一行经过时,山民

正要放水冲木,在交通路口有一小孩高喊:"莫忙走!"而考察队走到河边,听不懂小孩的四川话,误以为是"莫慢走",于是加快步伐前进。有两个年轻的同志,刚踏入水中;只见几根又粗又长的木头顺流而下,如一群脱缰的野马,飞速扑来。走在前面的一位同志,还没反应过来,就被冲到山下急流中去了。郑作新走在他们的后面,相距仅几米。事情发生的太突然了,大家思想上都没有准备,朝夕相处的同事不幸遇难后,大家十分痛心。

野外考察的艰苦与危险,是一般人难以想象的,但不入虎穴焉得虎子。他们为了搜集资料、标本,搞好科学研究,再苦再险也不畏惧。

还有一次,在云南大围山考察,山高路陡,盘山的小路,狭窄得只能走一匹马。由于昼夜兼程,人困马乏,一匹满载禽鸟标本的马,失足跌进了千丈深渊。

郑作新由于体力不支,也曾有一次从马上跌下来,胸部肋骨受伤,痛了好几天。正是在这次大围山考察中,郑作新和他的同事,发现了画眉类中的一个新亚种——斑胸噪鹛大围山亚种。

郑作新和他的助手们就是在这样成年累月一次次艰苦的野外考察中,采集了成千上万件珍稀的鸟类标本,得到了大量第一手鸟类生态及分布资料。如今在他工作的中国科学院动物研究所里,收藏的鸟类标本已达6万多号,成了国内规模最大的鸟类标本库。

"6万多号"鸟类标本,这是一个相当大的数字,相当于新中国成立前北京动物研究所和静生生物调查所两家收藏标本之和的20多倍。

郑作新回忆当年的野外工作情况时,深有感触地说:"经过许多人千辛万苦的努力,我们得到了大量的鸟类标本和第一手资料。野外考察虽然辛苦,但却使我们认识到自然界是科学研究的宝库,同时亲身体会到祖国多姿山河的壮丽。"

每次从野外考察回来,郑作新就对采集的标本进行整理,结合有关专著和专题论文与采得的标本互作对比,进行鉴定。对所采标本,标出拉丁学名,并查出同物异名;有时对单一标本要耗时数日潜心研究,才能查清。有时因缺少必需的文献或对比标本,就更费工夫了。

几十年来,郑作新查阅了数以万千计的专著论文。在鉴定过程中,还要查看模式标本及有关的文献报道。而这些模式标本和专题文献有的还在国外,因而还要出国考察。郑作新在1945年就曾利用在美国担任客座教授的机会，在纽约的自然历史博物馆查看过不少模式标本，也积累了不少有关的资料。新中国成立后，他还先后到过苏联列宁格勒动物研究所、民主德国柏林博物馆，法国巴黎鸟类博物馆、英国国家博物馆考察。中美建交后，他又两度赴美到国家博物馆、纽约自然历史博物馆、哈佛大学博物馆、密歇根大学博物馆进行考察、研究。

郑作新能有机会查遍散落在国外的中国鸟类标本收藏，特别是新的种类的模式标本，这是新中国给他创造的条件。

正是由于有这么广泛的国内调查与国外访问研究，郑作新抽屉里的文献卡片和柜子里的标本，日积月累，越来越多了。中国鸟类资源的总轮廓，以及每一种"种型"的脉络，在他的脑海里也越来越清晰了。

不知熬过多少个严冬酷暑，郑作新忙得往往没有星期日，甚至连中国传统的节日——春节，他也在办公室里工作。

终于一部凝结着郑作新心血和汗水的巨著——《中国鸟类分布名录》（上下卷），先后于1955年和1958年问世了。这两卷著作，初步综合了全国鸟类的学名和同物异名，并搞清种和亚种的分布，扼要而又全面，受到学术界的重视和赞赏。这本书很快就脱销，国内外学者一直不断来信索取。于是科学出版社提请郑作新对该书作进一步补充，准备出第二版。

26. 动物地理学的开拓者

郑作新从事鸟类研究时，从鸟类的分布状况中感到原来划定的动物地理区系，并不完全适合我国实际状况。

在有关动物的学术专著中，整个地球被划分为6个动物地理区系，中国境内拥有2个动物界，即古北界与东洋界（现在通常称作印马界）。一个国家地处两界的情况，在世界各国中是很少见的。这是我国地理环境复杂、动物种类特别丰富的一个主要原因。

关于这两界在我国境内的划分问题，1876年英人华莱士（Wallace）主张把分界线划在南岭，学术界长期依循这个划分原则。但是，在实践中，郑作新等人认为这不完全适合我国的客观实际。他们根据多年亲自考察与综合各地调查报告，认为应以秦岭为两个动物界的分界线。

1959年，郑作新与张荣祖合写了《中国动物地理区划》，这部专著中就是根据兽类和鸟类中的特有种、优势种及主要经济种等分布状况的分析，科学论证了应以秦岭为两个动物界的分水岭。这种划分的原则，不仅在兽类和鸟类区划中被认为是适当的，而且与土壤、植被、气候的区划也是十分符合的，因而得到学术界的赞同。

然而，郑作新并没有满足这些已有的成就，他在提出古北界与东洋界在我国境内的划分线应从南岭移到秦岭山脉的基础上，又根据实地考察，进一步把全国的两个动物界划分为4个亚界、7个一级区及19个二级区（见下表）。这种动物区划在国际上是首创的，因而具有重要的学术意义。

在国内古北界的划分中，郑作新又把这一界分为三个亚界，即东亚亚界、草漠亚界及中亚亚界，草漠亚界也是首次提出的。这个亚界把中国北方的沙漠地带

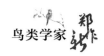

中国鸟类地理区划表

区级	0级（界）	00级（亚界）	一级（区）	二级（区）	亚区号
区域名称	（甲）古北界	（甲）东亚亚界	I 东北区	I A 大兴安岭亚区 （A）附：阿尔泰山地 I B 长白山地亚区 I C 松辽平原亚区	1 2 3
			II 华北区	II A 东部草原亚区 II B 黄土高原亚区	4 5
		（乙）草漠亚界	III 蒙新区	III A 东部草原亚区 III B 西部荒漠亚区 III C 天山山地亚区	6 7 8
		（丙）中亚亚界	IV 青藏区	IV A 羌塘高原亚区 IV B 青海藏南亚区	9 10
	（乙）东洋界	（丁）中印亚界	V 西南区	V A 西南山地亚区 V B 喜马拉雅东南坡亚区	11 12
			VI 华中区	VI A 东部丘陵草原亚区 VI B 西部山地高原亚区	13 14
			VII 华南区	VII A 闽广沿海亚区 VII B 滇南山地亚区 VII C 海南亚区 VII D 台湾亚区 VII E 南海诸岛亚区	15 16 17 18 19

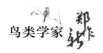

通过中亚和阿拉伯的干旱地，一直连至非洲北部的撒哈拉沙漠，形成了贯通北半球的一个特殊的景观地带。这在动物地理学上是有国际性意义的学术成就。因此，郑作新又被认为是中国动物地理学的开拓者，他对中国动物地理的区划，为国内外学术界沿用至今。

不知郑作新在动物地理学方面的成就是否与他早年认真指着地图学习有关。但全国地貌在他头脑中有清晰的图形是不可否认的。1987年，他在《中国鸟类区系纲要》这部重要著作中，就把全国当时所知的鸟类，总计1186种，在地理上的分布范围归属于哪一界、哪一区一一加以标明，并列出我国鸟类分布的总表，使人们一目了然地了解国内各地究竟有什么鸟。这不论对鸟类研究，还是对鸟类爱好者来说，都是一部重要的工具书。

27. 这才是真正的专家

在那场史无前例的"文革"中,郑作新也没能幸免,他与许多学者、专家一样,很早就被戴上"反动学术权威"的帽子,接受数不尽的批判与审查,同时被迫参加扫楼道、刷厕所等一些被认为低下的脏活。

郑作新与著名的学者童第周、陈世骧、刘崇乐等人,组成了一个"劳改队"。这些在国外打过工的学者,对劳动并不陌生。而且,也不认为劳动是那么低下。而今,劳动被当作一种惩罚的手段,倒使他们感到迷惘。

在一次批斗大会上,有人故意把几只不同种类的鸟,拼接在一起,拿到台上问郑作新认识不认识。

这些人心里想:你不是专家吗?不管你说"认识"还是"不认识",他们都可以进一步整你,说你是个"假专家"。

向来严肃治学的郑作新哪里会想到居然会这样整他呢!

1980年,郑作新在鸟类标本室工作

他像往常工作一样,仔细地辨认着标本,脸上浮现出奇特的表情,然后十分肯定地说:"我从来未见过这种鸟,我不知道。"

郑作新想不到,回答"不知道"会带来什么后果。大会将会以他亲口讲的"不知道"来证明他算是什么专家?哪有"权威"可言?但是科学家尊重事实、尊重科学,他只能如实地这样回答。

当时，在会场中，就有人小声地说："这才是真正的专家！"20年后，当人们回忆这段往事时，无不为他求实的态度所感动。然而作为学者的郑作新一直不能理解，怎么能不择手段，用假标本来"糊弄"，达到迫害他的目的。这些亵渎科学的行为是不能容忍的。

为了批臭、批倒郑作新这个"反动学术权威"，大字报无中生有，恶意攻击。但是郑作新在这种"批判"面前，并不保持沉默，决不为了眼前少受批判而采取先笼统包揽下来，争取有个"好态度"，待后期再说的方法。凡事都认真的郑作新，不去顺应这种时势，他千方百计利用允许申诉的机会，一而再、再而三地写大字报表明当时的客观事实。

为了搞臭他这个"反动学术权威"有人又想让他剥制鸽子的标本来难为他，让他"出丑"：因为鸽子的皮薄，在剥制标本时有一定的难度。

当时，郑作新已60多岁了。视力已不如前。郑作新一边剥制，一边在想，是否搞畜牧的要剥制牛，搞兽类的要剥制老虎……当时，如果不是工作还需要他，郑作新早可以过退休生活了。用这些来为难他。能说明什么呢？！能说明他不是真正的专家吗？专家与否是客观存在的，能打倒吗？

在"辨标本""制标本"之后，就是考问郑作新"鸡应该怎么杀？"

提问是多么无聊。在他们看来，鸡与其他鸟是同宗，连鸡都不会杀的专家能称得上是鸟类专家吗？！批判"深入"到如此地步，真让人们感到可笑！

那些"造反派"，一次次不给郑作新落实政策。但是，有一天，上级组织突然安排他参加达尔文的名著《物种起源》的翻译工作。不久重译的《物种起源》出版了，事后他才知道，是中央领导要研读这部《物种起源》。郑作新想，翻译《物种起源》不是还要找专家吗？！

"文革"期间，中国科学院动物研究所来了一批外宾参观。给外宾配的翻译，因为不熟悉鸟类专业知识，许多词翻译不妥。怎么办？总不能在外宾面前丢脸吧！

于是，把郑作新叫来当翻译了……以后，动物研究所里有识之士，就安排郑作新为所里中青年研究人员开设英语班，每周讲授2次，每次3小时。办一期后，又有人提出要求，只得再办。

此时的郑作新感到，自己还能派上用场……能够用自己的专长来为大家服务，他还是高兴的。

28. 找到丢失10年的书稿

1958年，郑作新的《中国鸟类分布名录》出版后，受到学术界的好评。由于印数有限，很多国内外读者未能购到，纷纷来信索要。科学出版社的编辑请郑作新增补后，准备出第二版。

经过几年的修订，这部增订稿终于在1965年完成。这部近1米厚的《中国鸟类分布名录》手稿，是他积累几十年实地考察和钻研的成果。他沥尽心血，才把我国至今为止已知的鸟类进行了全面系统的分析研究，把它们的分类系统、各种鸟的学名订正、亚种分化、演化趋向、分布范围和迁徙的资料加以汇总整理。他在几次出国时，利用国外博物馆中的中国鸟类标本收藏，进行补充，并把新中国成立以来发现的10多个新亚种，也都包括在这部专著之中。这部书的手稿已送往科学出版社，经审查后准备付印了。

1993年，郑作新在家中工作

但一阵狂飙从天而降,那场史无前例的不要科学文化的"文革"开始了。高喊什么"知识越多越反动",科学研究停顿了。整天是无休止地写大字报,参加批判会。资料室、标本室均不开放,有的资料与标本因无人管理随意毁坏、散失。各种学术杂志也停刊了,研究所及出版社几乎解体了。科学之树凋零,像冬天来临一样。

当时,郑作新被隔离反省。有人说,鸟类是资产阶级玩赏的对象,社会主义国家研究鸟类学,必定会变修亡国。因此,郑作新必须被打倒。至于他的著作《中国鸟类分布名录》增补手稿,已责令出版社停止排印,并将手稿退回进行批判。

出版社编辑谢仲屏,是个责任心极强的同志。他深知这部书稿的价值,一直悉心保存在身边。但是到了1969年底,他也自身难保了。就在他下放干校接受改造之前,用双挂号把一大包书稿邮寄到中国科学院动物研究所。

当时的动物研究所已改了名,"革命造反派"已把它称为"红旗公社及部分战斗队"了。而书稿的作者郑作新,正关在"牛棚"里,干着打扫院子、清扫厕所的劳动。他视为"心头肉"的书稿,不知哪位掌权者,擅自收下,接着弃之如敝履,不知给扔到哪里去了。

郑作新对被隔离并未十分介意,他焦心的是他那部书稿的命运。

"请问,我那部书稿,出版社给退回来没有?"

"等着吧!退回来会告诉你的。"

郑作新无言以对。他回想自己走过的人生道路,越是考察自己心灵的深处,越发现心灵的镜子是明亮的;他越揩拭心灵的镜子,越看出希望就在前面。他虽然身处于斗室,心中的旷野还是展现出孜孜不倦地考察与采集。他和秀丽的山峰、碧绿的树林、可爱的鸟儿是不可分离的;他深深理解大自然和鸟类,大自然和鸟类也对他有着幽幽之情。当他沉浸在这种意境的时候,可谓"雁引愁心去,山衔好月来"。于是,他仿佛看到一切美丽的鸟儿都飞翔起来了。

1974年,周恩来总理出来讲话,指出不能忽视基础理论。1975年,邓小平同志出来主持工作。这些都给郑作新的心田里,吹进一股春风,带来了希望。

动荡的岁月,使郑作新两鬓染霜。10年过去了,在这些日子里,他最放心不下的,还是他那部书稿。

不久以后,他发了一封信去询问那位责任编辑,回信却让他感到意外与吃惊,谢仲屏在信中说,书稿在前几年就寄还了。

书稿在哪里呢?他到处打听,既没人承认收过,更没人表示见过这部书稿。他从档案室找到行政处、业务处,都说没有见过这部书稿。

我的天呐!郑作新越想越伤心:"我花了几十年的时间,国内外跑了多少地方,收集了多少标本和分布的资料,国家花了多少钱,动用了多少人力、物力……这下全完了!"

悲愤又使他增添了几多白发。

意想不到的是,不久开始了"清仓查库"运动,却给他带来了意外之喜。

有一天,忽然有人急匆匆地推开他的房门,大声呼唤着:"郑老,郑老!储藏室里发现一部书稿,是不是您的?快一块去看看吧!"

郑作新已不记得自己是怎么跑到图书馆旁边的小储藏室去的。他已年近七十,三步并作两步地跑,跑到昏暗的小屋里。只见散乱的废纸,过期的出版刊物狼藉满地,显然还没来得及当作废纸卖掉。

郑作新搜索的眼睛突然一亮,看到了自己的书稿,不禁失声说道:"就是它,就是它!"

离别10年找不到踪迹的手稿,就像一个失散多年的孩子,衣衫褴褛地站在他的面前。他张开双臂情不自禁地俯下身去,仿佛要去拥抱自己的"孩子",眼泪大滴大滴地落在脚旁的书稿上。

1971年9月,郑作新在内蒙古乌拉山考察

书稿已被打散,零乱不堪。几位热心的同事、帮他一张张地收集起来。但几乎翻遍了所有的废纸还有不少附图没找到。在场的同志无不为他的心血

1993年，郑作新在家中书房

之作遭到践踏而感到愤然和遗憾。

这时，郑作新反而宽慰别人："能找到就是万幸，万幸啦，缺掉的再补上就是啦。"

1978年底，具有重大历史意义的党的十一届三中全会召开了。开始了一个历史的新时期。中国人民迎来了政治生活的春天！这一年，《中国鸟类分布名录》第二版也得以问世。

1981年郑作新访美时，他的母校密歇根大学为此书的出版，颁给他科学荣誉奖。

29. 以林为家，以鸟为伴

在宏观科学领域里，要想有所创见，有所发现，一定要深入实际，反复验证才行。

人们改造自然和驾驭自然界，是必须站在自然界之中的。要取得第一手材料，才有发言权。

在《中国当代科学家锦言》一书中，收集了郑作新这样一句话："热爱大自然，首先要学好自然界这部活书。"

科学的顶峰闪烁着五彩的光环，令人向往；然而通往顶峰的道路，却是怪石林立，荆棘丛生。几十年来，郑作新就是在这样一条充满艰难险阻的道路上向顶峰攀登。

每年的春季到秋季，郑作新和鸟儿一起"泡"在各地的山林里；只有到了雪花飘飘的季节，他才会"冬眠"在家里。

1960年，郑作新（前右三）参加南水北调考察队

中国科学院在20世纪50年代，曾组织过几次生物资源考察，他是积极的参与者。如50年代末期，结合国家南水北调，中国科学院组织综合考察队，有动物、植物、矿物、气象……各方面的100多人参加。他是动物组的负责人。率领10多人，从四川的峨眉山到阿坝的草地。

在内蒙古乌梁素海与社员合影〔郑作新（站右一）冼耀华、江智华、张荫荪（3人在后排站立）〕

地面是软软的水草，水草底下是淤黑的积水，散发着腐臭的气味，真是路难行，倒是体会一下当年红军过草地的艰辛。考察队在会东和雷波设有大本营。队员们在雷波吃午饭时，碰到了聂荣臻元帅和竺可桢副院长。聂帅与大家一起吃饭，询问考察情况，嘘寒问暖，没有一点儿元帅架子，让人感到非常亲切。他鼓励大家坚持考察，获取第一手资料。

那时郑作新已有50多岁，与队员们一起跋山涉水，经凉山、会东、雷波，到西昌区的米易、盐源、木里，进入滇西北区泸水、丽江、德钦。直到1960年8月才返回北京。

"文革"后期，他刚刚获得一点儿工作的权利，就不顾自己已到古稀之年，迫切要求到长江流域去考察水禽。初春季节，他乘坐的舢板在洞庭湖上行驶，颇感寒意袭人。他裹紧衣服，观望着湖光山影，辽阔的湖面水天相连，无比壮丽。

1975年，郑作新（中）在长白山与杨士和李凤春合影

舢板在湖上行驶1小时左右，迎面一条打鱼小船直奔舢板而来。渔船上有个男孩子摇橹划船，站立在船上的中年人呼唤着说："我叫鱼家汪，渔业生产部派我来接郑先生——北京来的客人……"

郑作新一听便知是公社介绍的那个鱼家汪。郑作新和助手上了渔船，感谢了渔船上的主人。鱼家汪有说有笑，高兴得雀跃不已。他向郑教授介绍了他的儿子——摇橹的男孩，介绍了这里的水禽情况。鱼家汪是以船为家，到了船上，他就以鲜鱼、大虾款待来客，可是他正在做菜的时候，忽然把笑而不语的儿子叫来说："快去添菜吧！"

男孩子嘻嘻笑着，一溜烟似的从后舱跑掉了。约摸半袋烟的工夫，只听"砰——砰——"两声枪响，孩子提着两只刚打的水鸭回来了。

饭后，鱼家汪带领郑作新及助手来到傍晚的湖岸，他向湖面的水草区打了一枪，立即飞起黑压压一片，遮蔽了苍茫的天际，过了一会儿，飞腾起来的野鸭、豆雁等又逐渐落入水草之中。如今，洞庭湖滨湿地已成为水禽保护区，并列入国际重要的生物学研究基地了。

郑作新去过云南大围山的深山密林，海南岛的五指山，内蒙古的呼伦湖，东北的扎龙、带岭、长白山。他到过许多人迹罕至的地方。他不是寻幽觅胜，不是欣赏湖光山色，他只是孜孜不倦地采集、调查、考察。什么长途跋涉的疲劳，夜宿森林的风寒，悬崖峭壁的危险，统统都不在话下。在湖边草丛中彻夜守候观察，在山丘树林中隐蔽追踪，千方百计了解鸟类习性，这既是他的工作，也是他的乐趣。

1975年，已届70高龄时，还登上长白山的天池。

天池在长白山山顶（海拔2600多米），它是在很早以前火山爆发后形成的一个大口子，以后慢慢积聚一池碧水，好像镶嵌在蓝天、白云、青山之中的一面镜子。由于海拔高，气温低，水里连条鱼也没有。同伴们都劝患有心脏病、高血压的郑作新不要上天池了，他坚持说："既来了，不能半途而废，一定要上。"虽谈不上健步如飞，但他不用他人搀扶，爬了半天，终于登上天池。

去长白山，收获很大。长白山的自然景观垂直变化非常明显，4个垂直带的界限非常分明：下面是阔叶红松林带；上面是以冷杉为主的暗针叶林带；再上面是

1987，郑作新题写会议名称的纪念封（在齐齐哈尔举行）

矮小弯曲的高山岳桦的阔叶林带；最高处就不见乔木了，叫做高山苔原带。这种奇异的垂直景观在其他山区是很难见到的。植物的多样性，带来动物的繁荣。据考察，长白山有鸟类277种（包括11个亚种），其中还有不少是国家保护的动物。

那时郑作新已患有高血压、心脏病，家人一直不放心，很久未知他的音讯，但他终于风尘仆仆地回来了。

1975年，郑作新等还深入到黑龙江省齐齐哈尔市扎龙等处考察鸟类资源。根据考察结果，郑作新等及时地向齐齐哈尔市政府和黑龙江省林业局首次提出建立扎龙自然保护区的建议，专门保护我国珍禽——丹顶鹤。回北京以后又向林业部提出这项建议。

一年后，我国第一个鸟类保护区——黑龙江省扎龙自然保护区建立，从此我国丹顶鹤受到法律的保护。以后，在青海省青海湖鸟岛、山西省关帝山的庞泉沟、山西省芦芽山和河北省小五台山等处，分别建立了以保护斑头雁和褐马鸡为主的自然保护区。

郑作新在1956—1980年主持了青藏高原综合考察队的生物组工作，并主编《青藏高原陆栖脊椎动物区系及其演变的探讨》和《西藏鸟类志》两部专著，荣获中国科学院科学技术进步奖、特等奖。

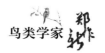

30. 在"科学的春天"里

十一届三中全会以后,国家迎来了"科学的春天"。在这拨乱反正、百废待兴的日子里,不但让中断多年的科学研究工作和国际学术交流活动得以迅速开展,而且许多工作还上了新台阶。

郑作新也开始招收研究生(以前只招进修生与保送生)了。在这样一片欣欣向荣的环境中,郑作新想到的是什么?他是怎样对待他面临的使命的,这里引用其学生何芬奇撰写的《忆初次拜会郑老》,从中可以让我们感到他们内心对落实"科学的春天"的思索。

> 20世纪70年代后半叶的中国社会,动荡同变革共生,迷茫与期冀交织。恰是在那段不安分的年月里,我有幸成为郑作新教授门下的一名学生。
>
> 办理完入学手续后的两三日,师兄通知我说郑老要见我们。我们一行四人到了郑老那间不大且又书籍满目的办公室。郑老和蔼、慈祥的面容缓解了大家的局促。坐定并问过姓名之后,郑老说:"今天我要问大家三个问题。"
>
> 听我们一一作答了头两个问题后,郑老问道:"你们当中有谁读过林肯的 *Gettysburg Address*?"
>
> 我周身的血液仿佛瞬时凝在了那里……林肯的《葛缔斯堡演说》……1863年11月19日……郑老提的竟是这样一个问题……
>
> 看到没有人回应,我壮着胆子回答说我曾经读过。
>
> "你能够把它背下来吗?"老先生赞许地看着我,问道。

"我不知道……"

"你试着背背看。"郑老鼓励我说。

已经没有了退路，我嗫嗫嚅嚅地开口道：

"Fourscore and seven years ago our fathers brought forth on this continent a new nation, conceived in liberty, and dedicated to the proposition that all men are created equal."

郑老十指交叉，肘部支在安乐椅的扶手上，饶有兴趣地注视着我，在我喘气的当口示意我继续下去。

"Now we are engaged in a great civil war, testing whether that nation, or any nation so conceived and so dedicated, can long endure. We are met on a great battlefield of that war. We have come to dedicate a portion of that field as a final resting place for those who here gave their lives that nation might live."

我想我当时脸涨红得厉害。

郑老仁慈地接过话头：

"It is altogether fitting and proper that we should do this. But, in a larger sense, we cannot dedicate, we cannot consecrate, we cannot hallow this ground. The brave men, living and dead, who struggled here, have consecrated it, far above our poor power to add or detract. The world will little note nor long remember what we say here, but it can never forget what they did here. It is for us, the living, rather, to be dedicated here to the unfinished work which they who fought here have thus far so nobly advanced. It is rather for us to be here dedicated to the great task remaining before us that from these honored dead we take increased devotion to that cause for which they gave the last full measure of devotion, that we here highly revolve that these dead shall not have died in vain, that this nation, under God, shall have a new birth of freedom, and that government of the people by the people, and for the people, shall not perish from the earth."

郑老的英文纯正而流利，一气呵成地琅琅诵读了上面那一大段话

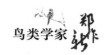

后，表情凝重起来，目光逐渐放开，显得深邃而遥远，口中喃喃自语道："是啊，一个民有、民治、民享的政府……"

寂静，瞬间的寂静。

片刻之后，郑老一字一顿地对我们说："知道吗？是孙逸仙（中山）先生把那话译成'一个民有、民治、民享的政府'，译得真是好……"

事后，我努力想回忆起那天郑老还对我们讲了些什么，却怎样也回忆不起来。

郑老曾同我们讲起，他早年受私塾启蒙教育，后远涉重洋，就读于密歇根大学。

一位将中、西之学融会贯通的宗师、学者，一名以进化论为毕生研究主线的科学家，当他想到在1776年，即清乾隆中叶，当我们这片土地上的绝大多数民众尚在山呼万岁、额手相庆"康乾盛世"之时，在遥远的大洋彼岸，另有一群有志之士"brought forth on this continent new nation"（立一崭新之国度于此大陆），这究竟可称其为一种什么样的进化趋势呢？而87年后的那场内战，testing whether that nation or any nation so conceived and so dedicated can long endure（借以验证这一国度，或任一由此而生并为之而奋斗之国度，能否长存）又向世人昭示了什么呢？

郑老将这些深埋在心底。

我辈所能看到的是，另一个大国很不幸地未能通过此"验证"，以至于后来那位颇具个人魅力的总统先生曾不无感慨地评说道：谁要是对于……的解体不伤心的话就是没有心肝，但若不能正视现实则是没有头脑。

我曾读过林肯《葛缔斯堡演说》的几个不同译本，虽然其中均套用了"民有、民治、民享"的孙氏译法，读来却无一能达到林肯以短暂的两分钟、简洁的10句话所给人的震撼与感召。林肯那吐自肺腑的振奋之言如钟铃钰鈇锵铠钺，那涌自心底的激越之情似澎湃潮流沸海江。

而郑老当年出于何意询问我们那样的问题，许多年来在我心中一直是个谜团，更不知其他导师是否也会问学生同此问题。而我，则深切感悟于其中的教益。

他这样提问题是为了考核研究生的外语程度吗?显然不是,因为研究生中有学俄语的,是想秀自己的外语水平吗?看来也没必要。联系当时,科学界迎来"日出江花红胜火,春来江水绿如蓝"的背景,他似乎在思考如何耕耘科学发展的文化土壤。我们知道,民主与科学是社会发展的两翼,它们是百年来新文化运动的旗帜。

实践是真切地反映了他的思索:他做的比他说的多。他除了本人要抓紧时间,努力工作,以弥补丢失的十年时光外,更重要的是,他依靠我国体制的优势、布局与组织全国各地的鸟学工作者,要将我国鸟类学研究赶上世界水平。

他不但提出以雉类、鹤类、猛禽的研究作为突破口,而且组织各地鸟类学工作者共同努力;他是权威,但并不垄断。相反,他包容不同学术观点,甚至在"文革"中反对过他的同行共同努力;他推出研究课题,让研究生选择自己的研究方向,并尊重学生的首创精神,指导与扶持他们开展研究工作。他积极为学生创造参加国际学术会议的机会,让他们在国际学术交流中得到提高……他多么希望能在有生之年,看到中国鸟类学赶上世界水平。

何芬奇向郑作新请教

现在看来,他的愿望是在实现之中。1998年他成为第22届世界鸟类学大会名誉主席;2002年第23届世界鸟类学大会在北京召开……40年过去了,当年他招收的研究生,又培养更多年轻的研究生了。有的已成为中国鸟类学会理事、副理事长,以及世界鸟类学会副理事长。中国鸟类学研究终于在世界占有一席之地了。

何芬奇文章最后写道:"百年新作,百年作新。郑老,何时何地,俾我再度恩受您的教诲,聆听您咏诵那绕梁不绝的金石之音。"看何芬奇文章,总让人感到他文意深深。

31. "文革"后首次出国

"世界雉类协会"创立于1975年,最初是一些鸟类饲养学家联合在一起,对濒危的雉类进行人工饲养和繁殖,以防止它们灭绝。

当时,饲养雉类的种类已超过世界上已知的49种雉类的1/3。后来它成为国际公认的整个鸡形目鸟类的保护组织,包括雉鸡、松鸡、珠鸡、凤冠雉等类群。

为了促进世界各国鸟类学家的学术交流,协会几乎每隔4年召开一次国际学术讨论会。该协会的宗旨是支持、推动和发展鸡形目全部种类的保育。具体来说就是:鼓励在原产地和非原产地国家,正确使用并改进笼养方法,建立鸡形目的文献资料,尽量使其为会员和其他机构在有关生态学、自然保护区、鸟类保护和繁殖方面所利用;改进野外研究和笼养鸟类的技术水平;出版有关论文和著作;借助于鸡形目特殊和一般性的评价进行科学普及教育;在协会的监护下,通过原产地国家和专业饲养员的共同协作,建立濒危种类饲养场。

1978年,位于英国的世界雉类协会来函,邀请郑作新在12月参加在苏格兰召开的年会。经组织批准,年已73岁的郑作新,与他的研究生卢汰春同去英国赴会。这是他"文革"后第一次出国执行学术交流任务。

英国位于欧洲西部不列颠群岛上,全国由5500多个小岛组成,西临大西洋,南隔多佛尔海峡和英吉利海峡同欧洲大陆相望,面积为24.4万平方千米。

1978年11月21日,郑作新二人乘机到达伦敦。世界雉类协会主席萨维奇(Christopher D. W. Savage)、国际水禽研究总局局长马修斯(G. V. T. Matthews)等亲自到机场迎接。当晚协会召开欢迎宴会,席间谈笑风生,主客均兴致勃勃,饶有风趣。此情此景,使人念念不忘。

宴席过后,世界雉类协会理事(后任理事会主席)豪曼夫妇(Keith & Jean

Howman）邀请郑作新住在他们家中。家在泰晤士河畔，环境幽美宁静，寓所内设置洋溢着学者气氛。主人太客气，把他俩自己夜宿的床位，让给远客。郑作新整天到处奔波，也够累了，睡得特别香甜。

第二天主人在早餐后，带着来客往后院游览。这个庄园有相当大的规模。这里养有近百种雉类，最引人注目的是灰孔雀雉、铜尾孔雀雉和巴拉望孔雀雉，此外还有绿孔雀和产于马来西亚的大眼斑雉。

孔雀雉比较稀有，是名贵的观赏鸟类之一，雄鸟的羽毛上布满了细点和横斑，头上有蓬松的发状冠羽，在颈后边还披有翎领，尾羽有成对的眼状斑，有点像孔雀尾屏上所见到的那样，所以被称为"孔雀雉"。雌鸟比雄鸟略小，羽色也较暗淡。饲养场中央有一个湖，湖面上有许多鸟在自由自在地嬉戏、游动，其中有加拿大雁、疣鼻天鹅和黑水鸡等。

在湖的南岸饲养着各种各样的鹧鸪类和鹑类，其中有产于我国西南的环颈山鹧鸪，产于马达加斯加的马岛鹑，产于印度的灰鹧鸪和产于北美洲的珠颈领鹑等。

庄园里有来自世界各地的珍稀雉类，包括巴基

1978年，郑作新在英国与世界雉类协会主席萨维奇（Christopher D. W. Savage）交谈

斯坦的彩雉、印度的灰原鸡、加里曼丹的凤冠火背鹇、泰国火背鹇和产于南美洲的裸面凤冠雉。但更多的是来自我国的许多珍稀种类，如褐马鸡、藏马鸡、红腹锦鸡、白腹锦鸡、白冠长尾雉、白鹇等。中国是拥有丰富雉类资源的国家，约占世界总数的1/3，可以自豪地说，全世界没有任何一个国家能和我国丰富多彩的雉类相媲美。

在庄园里，郑作新见到一对灰腹角雉，它分布于我国的西藏东南部和云南西北部以及不丹、印度、缅甸与我国相毗邻的地区，它栖息在海拔1800～4000米林

冠下的茂密灌丛中，野外数量非常稀少。我国鸟类学工作者数十年野外考察，仅在云南的高黎贡山采到一只雄鸟标本。能在庄园见到珍贵的灰腹角雉是非常高兴的。

他们又到距伦敦50多千米外的英国自然博物馆特林（Tring）鸟类分馆参观，并查看有关中国鸟类的模式标本。博物馆被英国政府视为宝贵财富，日夜都有警卫看守。该馆收藏着来自全世界的150多万号鸟类标本（包括来自中国的1万号标本），馆藏的最早标本是1820年从中国云南省采得的。该馆还珍藏着极为珍贵的800个种和亚种的模式标本；馆藏有5000号鸟巢、100多万号鸟卵（包括采自中国的655个鸟巢和2944枚卵）；此外还有8000多个鸟类骨骼和1200号浸制标本。

全馆的研究工作共有3个方面，即鸟类分类研究小组、鸟类骨骼研究小组、鸟巢鸟卵研究小组。鉴于英国本土仅有500种左右鸟类和区系已基本调查清楚，现已把重点放在编写世界鸟类志，或到第三世界国家或地区做些鸟类分类区系工作，如"世界乌鸦""世界鸠鸽""非洲鸟类繁殖分布图"等。

他们还建立了野外研究基地，开展野鸟行为、习性、繁殖生态和种群密度及其消长规律等方面研究工作，从自然界中获得第一手资料。在研究工作中，将现代技术的新成就用到鸟类学研究中去，诸如使用录音设备和声谱分析仪，开展鸟声学研究；使用最新遥感技术、微型发报器、电子计算机，开展鸟类的迁徙研究；使用X光机、显微照相机，进行鸟的骨骼研究等。

1981年10月，郑作新在世界雉类协会北京国际学术报告会上发言〔右侧为该协会理事会主席基思·豪曼（Keith Howman）〕

这个博物馆还有一个特点是，馆内的标本柜及柜内的抽屉等都是用塑料做的，既防虫，搬动又轻便。这种塑料收藏装备当时是世界上独有的。

特林鸟类博物馆不仅拥有大量标本，还有比较完整的图书资料，全馆珍藏了20多万册的专业书籍和400多种包括英、中、法、日、俄、朝鲜等国鸟类方面的杂志。还有特别书库，专门收藏已经绝版的书籍和刊物。因而它已成为全世界鸟类研究中心之一，每年都有成百上千名各国鸟类学家，到这里开展研究工作。

馆内职工每日下午4点左右都有茶会，在会上随便交谈并讨论问题。郑作新在馆内从事研究时，也参加过几次。在紧张的工作后通过茶会漫谈，既感轻松，又是彼此会见的难得机会。

郑作新等在特林鸟类博物馆查看有关标本后，马修斯教授亲自开车，带他们浏览了伦敦附近各地的水禽观察站、天鹅站、环志机构、招引水禽的沼泽地，以及水禽研究所等。由于参观的地点与单位实在太多，目不暇接，他们确都很累，特别是亲自开车兼负责接待的马修斯教授。盛情难忘，当然也学到了许多新鲜的东西。

在天鹅站，有一间小屋，上下都装有玻璃。从窗户向远处望去，湖面上一片天鹅，有在湖上空飞翔的，有在湖中嬉水的，约有上千只之多。绿绿的湖水，一群群白色天鹅在湖面上自由翱翔，景色美不胜收，令人心旷神怡。每天晚上有人给天鹅喂食。站上装有高压灯，喂食时灯光普照如同白昼，附近天鹅竞相飞来，争先恐后啄食，毫不怕人，其场面非常动人。在城郊宁静处得见此奇观，实属意外。

12月1日，郑作新来到英国西部海岸附近的斯林布里奇（Slimbriage）水禽研究中心。这是由著名爵士彼得·斯科特（Peter Scott）创立的，建于1946年，是英国水禽保护区中建立最早、规模最大的一个。

斯科特是英国杰出的鸟类学家、画家、作家，世界自然基金会（WWF）创始人。他原先不是一位爱鸟者，相反却是一位猎鸟者。他在年轻时，走遍全国，以猎鸟为乐。在长期的猎鸟过程中，他成为一个最熟悉鸟、最了解鸟的人。

有一次他击中了一只大雁，那只雁落在沼泽里没有死，哀鸣了几个小时，他既无法走近救它，又无法把它击毙。那长时间的凄厉的哀鸣，震动了他的心，好像他击中的不是一只鸟，而是自己的朋友或亲人。从此以后，他成为一个狂热的爱鸟者。他在英国建立了8处水禽中心和旅游胜地。

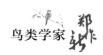

水禽保护中心分前后两个部分，前面是一个设计巧妙的人工鸟园，后面是一个开阔的水禽池塘。走进这个中心，就好像来到了一个人和鸟关系亲切的欢乐世界。这里饲养着180种2500多只来自世界各地的水禽，成为世界上一个收集水禽最多，规模最大的研究和展览中心。水塘分为许多小潭，每潭中养着一种水禽。这里有中国的鸳鸯、匈牙利的白头硬尾鸭等。

1978年12月，在苏格兰的因弗内斯与詹金斯（Prof. Genkins）教授合影

穿过水塘，就到后面的保护区，其面积比鸟园大9倍。这里最大的特点是，鸟是绝对自由的，而人是不自由的。人只能通过隐蔽小道进入观鸟棚里观鸟，棚里备有高倍望远镜，可以清晰地看到远处的水禽；残疾人可以坐着轮椅上去；为了方便儿童观鸟，还备有可以升降的坐椅。窗口外面是一片广阔的河面、沼泽和草原。到了冬天，铺天盖地的雁、鸭、天鹅汇集在这里，呈现出一派十分壮丽的景象。

郑作新他们在水禽局逗留几天后，又由马修斯教授开车送往苏格兰的因弗内斯（Inverness）开会。会场在一所豪华的旅馆里，主人把最好的房间留给中国客人住。会议是从12月4日开始的，参加的有70～80人，有英国、法国、美国、苏联、德国等各国代表。会上郑作新作了题为《中国的松鸡和黑琴鸡》和《中国雉类的地理区划》两篇学术报告，评价甚高，论文被选在该协会的会刊上发表。他还接受邀请到电台作了广播讲话。会议结束时，郑作新被选为"世界雉类协会"的副会长，后连任三届。1986年在泰国开年会时被选为会长。在该协会的历史上，第一次由中国人当会长。

会议结束后，他们又回到伦敦，由协会理事迪迪·格雷厄姆（Didy Graham）

亲自接待去参观牛津大学自然博物馆。它是国际公认的世界上第一个自然博物馆，创建于1683年，迄今已有300多年的历史。博物馆的创建人叫艾里阿斯·阿希莫尔（Elias Ashmole）。他青年时在牛津大学攻读自然哲学、数学和天文等课程。从政后，与一位富有的遗孀结婚，使他有了大量财富并有更多时间和精力投入研究和写作。

阿希莫尔参与了英国皇家学会的筹组工作，并在1663年被选为皇家学会会员。1675年，牛津大学授予他"医学博士"学位。他建议牛津大学筹建博物馆。牛津大学接受了他的建议，建起了一座漂亮的博物馆，于1683年正式开馆。阿希莫尔生前，多次给博物馆大批捐款。1692年他逝世前，又将手稿和1758卷图书捐赠给博物馆，所以博物馆就以他的名字命名。博物馆一直是牛津大学科学活动的中心。

在参观的同时，郑作新在牛津大学生物系，作了中国鸟类研究情况的报告；有些教授也参加听讲。报告的内容后来在英国的鸟类学专业期刊《Ibis》上刊出。英国鸟类学会还邀请郑作新为该学会的通讯会员。

伦敦人的爱鸟风气，给郑作新留下非常深刻的印象。

伦敦人认为，伤害野生动物是极不道德的行为。无论大人小孩，一般都不打鸟、不掏鸟蛋。一般人不养家鸽，但伦敦却有成千上万的野放家鸽。它们平日除了去野外觅食外，便是到人群中捡拾残渣余屑。

每当风雪交加的时节，便有人把食物撒在鸽窝附近或楼顶。游人最多的地方，鸟类也特别活跃。在一些广场上，总汇聚着数以万计的鸽子。它们一发现有人手捏食物，便竞相上前献殷勤，或亲昵地擦你的脖颈，或落在你的胳膊上啁啾，或在人们的裤管下拍打翅膀，以求得一些赏赐。

在这鸽子的队伍中也夹杂着天鹅、大雁、鸥类等，连刁滑的精灵鬼小麻雀，也模仿着鸽子的样子，混迹其中，加入讨食者的队伍。

有些胆大的鸽子，甚至登堂入室，到饭厅、厨房求食，谁想抓几只当佳肴是最容易不过的了；但是伦敦人不干这种缺德事。爱鸟的美德已深深扎在人们的心里。

出现的问题是由于鸟多，鸟屎也多，成为一种污染，清扫这些秽物耗去不少人力与物力，所以市政当局正在设法防止这种污染。

郑作新在英国约2个月，受到各有关方面的热情接待。为感谢他们的盛情，12月20日在中国驻英大使馆开了个答谢宴会。世界雉类协会主席、水禽局长、动物园主任及其他接待单位的负责人都来参加了。当时使馆的参赞胡定一同志帮了大忙，很多菜肴都是从国内运去的，大家饱尝了一席中国菜。外国朋友赞不绝口，吃得非常高兴。

在英期间，中国科学院给予郑作新较高的出国访问生活补助费；他们自己吃饭也很节省，所以节约了不少经费，回国后把这些英镑如数上交给组织了。他们认为国家的外汇来之不易，应该用在最需要的地方。

1996年，郑作新在家中

在赴英途中，郑作新曾在法国巴黎逗留一周，主要是在巴黎自然博物馆检视鸟类标本。法国著名鸟类学家多斯特·埃切尔科帕（Dorst Etchècopar）等得讯后，都特地安排时间前来看望，彼此非常高兴，洽谈甚欢。

32. 在日本

1980年，是郑作新参加各种国际交流活动最多的年份，他多次代表国家出访，其中就先后两次访问日本，圆满完成出访任务。

1980年1月，"国际水禽与鹤类会议"在日本北海道札幌举行。会议是由日本、英国组织的，日方向我国发出邀请，中国科学院就让郑作新率一个代表团参加这次会议。

当代表团到达日本东京时，在东京的山阶鸟类研究所、野鸟协会、国立科学博物馆以及其他有关单位盛情款待我国"文革"后派出的代表团。

国际水禽与鹤类会议在1月15日在札幌举行。与会各国代表约200人。郑作新、马逸清、周福璋、马国恩在会上作了学术报告。在会议期间，郑作新几乎每日晚上都接见媒体采访，次日见报或在电视台、电台播出，扩大我国鸟类研究在国际上的影响，反响强烈。当会议结束时（22日），会议主办方将报刊刊载的报道、相片等剪辑成册相赠作为纪念。

丹顶鹤的研究和保护是这次会议主要议题之一。丹顶鹤是亚洲的特有种，主要分布在我国、俄罗斯、朝鲜半岛

1980年，郑作新在日本受到山阶芳麿的欢迎（左起：董智勇、郑作新、山阶芳麿）

和日本北海道。这次会议的用语主要是英语。日本代表团用日语发言也被翻译成英语。丹顶鹤（*Grus japonensis* Müller, 1776）的名称英文是Japanese Crane，也有称Manchurian Crane的，多数情况下是用前者。

依据模式标本的产地定名的，而英文名称是来自拉丁学名，按照这个名称在命名法上并没有什么问题。但这次会议是在日本召开，不同语言叫法不一，"Japanese Crane"的叫法使人易误解为是指"日本的鹤"；其次，这个叫法还掩盖了一个重要的生物学特征，即丹顶鹤是典型的候鸟。

为此，郑作新在大会发言中建议道："大家知道，丹顶鹤是亚洲特有的鸟类，分布很广，为了便于交流让名称统一起来很有必要。关于丹顶鹤的英文名称是否统一叫Red-crowned Crane，好不好？"会场一时寂静下来，接着响起一片掌声。郑作新为丹顶鹤"正名"成为这次会议的美谈。

此后二十多年过去了，国际鹤类文献中丹顶鹤的英文名称基本上都采用郑作新建议的名称。

郑作新收到朱鹮邮票首日封后题词

在这次会议期间，有一天晚上临时召开关于朱鹮问题的座谈会。朱鹮的学名是*Nipponia nippon*（这些拉丁文是指日本），因而大家都认为它是日本国的象征。在座谈会上日本学者指出目前在日本境内仅存5只，而且已经5年没有繁殖，已属濒于灭绝的种群，应如何保护？各国鸟学专家先后发表各自的意见与建议。郑作新在最后发言中，提到我们中国在60年代初在秦岭地区曾捕获4只，这是中国国内最后的记录。

我国代表团回国后，在各地开展寻找朱鹮的工作，并于1981年在陕西洋县再次发现7只朱鹮。经过多年努力保护培育，现在我国朱鹮已繁殖成群。而在日本的朱鹮均已老化之时，由我国向日本提供的活鸟，也在日本繁殖后代，这些朱鹮的后代当然是"华裔"。

在这次会议期间，代表还参观"百鸟台"。在百鸟台向前望去竟是白白一片"天鹅湖"，有数不清的天鹅，景色非常壮观。以后又去丹顶鹤栖息地参观，看到由于定时投喂，有些鹤已成为"留鸟"。

会议结束后，代表团又途经东京回国。在东京这个世界闻名的繁华城市，高楼林立，人口稠密。在这样的地方还能看到成千上万只野生鸟类栖息的湿地。在东京上野公园内的不忍池，1962年从千叶县移入的19只鸬鹚经过繁殖加上招引（每日定时投喂），现有13种野鸭每年10月来池中越冬，最多时达到6000多只水禽，为动物园增添了迷人的景观。

在东京国立科学博物馆，这里不但规模宏大、收藏丰富、基础雄厚、设备先进，馆内主要展出日本的动植物、生物的适应与进化以及太阳与宇宙方面的知识。特别是中小学生在参观时可以自己动手操作，培养探索科学的精神，也给刚刚改革开放的我们留下难忘的印象。

到了1980年11月，为了与日本国政府进行候鸟保护协定的谈判，我国林业部派出由副部长董智勇任团长的代表团，郑作新、谭耀匡作为谈判代表随团前往。这样郑作新又一次访问日本。

这次谈判气氛始终和谐亲切，由郑作新代表中方提出的保护候鸟的名录准确无误，所以谈判进行得很顺利。当时就草签了协定，双方均感到满意。

谈判结束后，日本山阶鸟类研究所所长还特设茶会招待中国代表团，仪式很隆重，双方还互赠礼品，两国谈判代表还合影留念。

事后日方一位参加谈判的代表曾给郑作新来信说，她曾参加过类似的谈判，唯这一次中日谈判最为亲切友好，双方都感到愉快。

1981年3月3日，日本派代表到北京正式签订《中华人民共和国政府和日本国政府保护候鸟及其栖息环境协定》（简称《中日候鸟保护协定》）。协定内容共

六条,协定中所附应保护的候鸟名录暂定有227种,这个种数约占日本鸟类总数的45%,中国鸟类的20%。

这是我国第一次在鸟类方面与外国签订相关协定。依照协定要加强对候鸟的保护并引用环志的办法与设置候鸟保护区等措施,加强对候鸟的研究。这样可以使濒危和珍贵稀有的种群得以留存,优势种群在增产过程中可以合法、合理地加以适当利用。这不但保护生态环境也保护生物多样性。最终改善与美化人们的生活质量。

1980年,中日候鸟谈判代表团成员合影(前排左四为董智勇、左五郑作新、右二为谭耀匡)

绝大多数的鸟类对人类直接或间接都是有益的、有价值的。人们也常把鸟类作为和平的象征,保护在中日两国间迁徙的候鸟对促进两国之间鸟类科学交流具有十分积极的意义。

中日两国候鸟保护协定的签订,不仅加强两国之间对候鸟的保护与研究工作,而且进一步发展中日两国人民间的友谊。

在国内落实《中日候鸟保护协定》对推动鸟类学的研究与普及,起到积极的作用。从1982年开始在我国就开展"爱鸟周"活动,从而进一步推动了我国鸟类学的研究与普及。

33. 开展"爱鸟周"活动

在中日候鸟谈判的过程中,有关方面就考虑到落实保护条例有关内容的问题。1981年《中日候鸟保护协定》在北京签字后,林业部就联系有关部门进行研究。当年9月由7个部委联合署名向国务院提出《关于加强鸟类保护 执行中日候鸟保护协定的请示报告》。报告提出落实协定要做好的工作,其中就有"建议每年四月至五月初各地根据实际情况确定一个星期为'爱鸟周'"的内容。

当月,国务院就批转了这个"请示报告",要求各地执行。这样爱鸟、护鸟就上了一个新台阶,成为国家法定的要求。

于是从协定签订的第二年(即1982年)4～5月,在全国范围内普遍开展"爱鸟周"活动。中国动物学会鸟类学分会在北京就由郑作新主持召开在京理事的座谈会,讨论如何积极行动起来搞好向社会进行鸟类保护宣传教育的工作。会议明确"既要全面、又要突出重点,计划要实事求是、务求落实。要以对青少年教育为重点"的方针。

1986年4月3日,北京爱鸟周,郑作新在国家科委组织的招鸟工作座谈会上发言

事后,郑作新又亲自主持在京理事与媒体记者的座谈会,接受媒体的专访,做到写文章、上电台、参加科普讲座等。与此同时,许多科学工作者

除写文章作报告外,还举办展览、作画、作曲,广泛开展爱鸟、护鸟的宣传。邮电部还配合爱鸟周活动发行鸟类的特种邮票。

郑作新回国从事鸟类研究工作时,就一贯重视科普工作,现在有了爱鸟周这个宣传平台,他是更有计划、更有组织地投入到爱鸟、护鸟的宣传工作之中。在他心中的目标是:要使爱鸟、护鸟逐步成为我国社会的一种时尚;使爱鸟、护鸟成为每个公民应尽的义务;要使我们的国家成为一个爱鸟的国家。

经过多年的努力,现在人们对爱鸟、护鸟的认识有了很大提高,认识到鸟类是人类的朋友,搞好爱鸟、护鸟是搞好人与自然和谐发展的重要内容,是使人类获得可持续发展的重要组成部分。

1986年4月3日,在北京卧佛寺由国家科委主任宋健主持的爱鸟节大会后合影(前排左二为郑作新)

在爱鸟周活动开展10周年之际,郑作新还书写"爱鸟周十周年感言"。他一方面回顾这十年来我国在保护鸟类(包括其他野生动物)方面的成就,他写道:我国已建四五百个自然保护区,这些保护区是开展鸟类(包括其他动植物)研究的基地,同时也是开展爱鸟、护鸟教育的平台。而爱鸟的工作还应向纵深发展,将引向"三保"的方向(即保护、保育、保全)落实。"保护"我国野生动物种类很多,首先就是要保护我国野生动物(包括鸟类)中极危种,如朱鹮;"保育"就是使有益或有用的种类,得到增殖、增产。在鸟类中他认为应发展我国的养禽业，使褐马鸡、红腹锦鸡、黄腹角雉等得到繁殖，这实际上也是我国农业现代化的一个发展方向；"保全"就是保全野生动物的栖息环境。例如对雉类的"保护"和"保育"，就要"保全"其生存环境，对其他野生动物也是这样。他还进一步地提出保护区的建设可以与旅游业适当合作，以增进人们对自然的认识，还可以增加保护区活动经费。

现在国际上爱鸟活动开展得非常活跃，而且形式多种多样。为使保护鸟类，特别是那些珍稀濒危种类的保护工作变成全社会的共同行动，国际鸟类保护组织还呼吁世界各国选定"国鸟"，以推动这项工作的开展。

邮电部为配合开展"爱鸟周"活动发行益鸟邮票

世界上最早确定国鸟的国家是美国,他们将濒危的白头海雕作为国鸟,同时美国各州也确定自己的"州鸟"。

郑作新于1983年4月在开展第二个爱鸟周活动之际,应《北京晚报》之约发表《谈谈"国鸟"》的文章,他提出选择国鸟应考虑以下几点:①我国特有种类;②濒临灭绝的种类;③经济价值较高的种类;④对农业、林业、畜牧业益处显著的种类;⑤羽毛美丽、鸣声动听的种类等条件。

现在我国有的省份已确定自己的"省鸟",如甘肃就将红腹锦鸡(金鸡)定为省鸟,山西省鸟为褐马鸡,广东省鸟为白鹇,等等。对于我国的"国鸟",人们正踊跃发表意见。如今象征长寿的丹顶鹤(仙鹤)与华丽富贵,颇有经济价值,又是我国特有种的红腹锦鸡(金鸡)受到人们更多地青睐,相信再过一定时间的酝酿,将来全国人民代表大会将对"国鸟"作出决定的。届时,我国的爱鸟活动必将推向一个新高度。

动物科学工作三十年纪念章

34. 重访美国

1980年4月，应美国邀请，中国科学院方毅院长推派科学家代表团访美，由周培源任团长，秦力生任副团长兼书记，成员有化学所的蒋明谦，声学所的马大猷，动物研究所的郑作新及一位翻译人员，其中四位科学家都是早年在美获得有博士学位的。17日乘飞机经东京、旧金山抵达华盛顿。

在访问期间，美国国家科学院正在开院士大会，请代表团参加大会的闭幕式，会后还参加大型舞会。

美方安排代表团浏览了华盛顿市容。市内宽阔的林荫大道四通八达，路旁的树木郁郁葱葱。代表团参观了华盛顿纪念塔、林肯纪念堂和国家自然博物馆。

国家自然博物馆规模很大，是世界上最大的综合性博物馆，建于1855年。它收藏的标本很多，仅矿物标本就有1.8万多件，人类骨骼标本足足放满了1万个抽屉，也收藏着很多中国动植物标本。标本都放在密封的铁制或不锈钢制的标本柜里，柜上有电钮，室内有自动调温、调湿和通风等设备。用电子计算机检索标本目录。收藏标本，不仅可帮助人们了解大自然，而且在科技方面更有重要的现实意义。

1980年，郑作新在美国哈佛大学作学术报告后身穿该校赠送的圆领衫拍照

郑作新总忘不了他研究的鸟类，专门抽了一天时间，去波士顿哈佛大学查看中国鸟类的收藏，其中有些鸟还是英国人拉图史（La Touche）从福建挂墩采集的，而后把标本卖给了哈佛大学，所以郑作新特地要查看这些模式标本。

到了哈佛大学动物博物馆，主人热情接待。郑的老友、国际上著名的鸟类学家恩斯特·迈尔（Ernst Mayr）教授举办午宴。下午校园里贴了不少醒目的海报，内容说中国教授郑作新要来作鸟类学报告，欢迎听讲。

晚饭后，郑作新就开始作介绍中国鸟类研究情况的报告。出席听讲的人很多，整个大厅挤得满满的。郑作新幽默风趣的语言，引起了一阵阵掌声。

晚8点左右报告结束，但听众还不回去，里三层外三层地把郑作新包围了。

有的查问某种鸟类的研究情况，有的询问采集考察地点，有的提问国内政治环境、民生等问题。他们需要了解中国。

郑作新耐心地一一作了回答。已快11点了，幸亏有一位美籍的中国女教授来说有一家亲戚想见他，这才替郑作新解了"围"。回到旅馆已半夜，赶快接待来访亲友后才入睡，第二天早6点就乘飞机回华盛顿。

我国驻美大使来住地看望代表团。在华盛顿，郑作新会见了许多老朋友。四位科学家都希望回自己母校去

阿其博夫妇来京访问郑作新夫妇时合影〔左陈嘉坚、阿其博夫人、郑作新、阿其博（George Archibald）〕

看看。经美方同意，郑作新只身一人乘飞机到了密歇根大学。郑作新凭着记忆找到了生物系，已没有认得的人了；去拜访教务长、研究院院长，也均换了新人。郑作新离校50多年了，又没有事先打招呼，所以没有人接待。

国际鹤类基金会主席阿其博（George Archibald）博士，邀请郑作新往威斯康

星州的巴格布（Baraboo），去参观近年开始创建的国际鹤类研究中心。郑作新于4月30日到达，阿其博到机场迎接，亲自开车前往研究中心。

车开到中心的入口处时，有10多位学生组成的铜管乐队奏乐欢迎。郑作新心情激动，作了一次热情洋溢的讲话。

阿其博带郑作新到他的工作站去参观。工作站的房屋很简陋，几间平房，但书房里却堆满了书本。饲养场相当大，内有世界各国的几十只鹤类。这个研究中心是由阿其博和他的同学洛伊·索西（Ron Saucy）共同创办的。洛伊的父亲是个富翁，从前在此养马。他们是用洛伊家废弃的马场供作鹤类的饲养场。晚上在中心休息。第二天郑作新应邀前往附近明尼沃基的广播电台作学术讲话。

5月2日，郑作新飞往芝加哥，与代表团成员会合，并一同去参观芝加哥自然博物馆。

博物馆馆长开了一个宴会欢迎大家。在欢迎会上郑作新遇见了特雷勒博士（M. A. Traylor Jr.），即发现"郑氏白鹇"的那位专家。彼此相谈甚欢。

特雷勒博士邀郑作新到鸟类研究组作研究报告，当晚请郑作新住在他家里，第二天又开车送他去参观附近的自然保护区及国家公园。特雷勒博士谈起峨眉白鹇的新亚种时，对郑作新倍加钦佩，从此结交为异国的同行好友。

代表团在参观芝加哥后，就按期飞经旧金山回国，每人带回一大包图书资料，真是满载而归。

1981年9月。这一年郑作新又一次访美。当时中国科学技术协会要去美国访问，谈判关于大熊猫的研究问题，请郑作新任团长，中国科协的王政为副团长率领5人去美国。

郑作新是专门研究鸟类的，他一再推辞，建议另请研究兽类的同志前往。但中国科协仍坚持请郑作新赴美；他只好服从决定，按期出发。

9月17日到达华盛顿，翌日就往访史密森研究院（Smithsonian Institution）。该院规模很大，拟与我方合作研究大熊猫。

我们提出关于大熊猫保险的条款，研究院同意，而参与协议的律师认为，此条款不符合美国法律条例，因而谈判搁浅。

会后美方派人接待代表团并参观了国家动物园、国家自然博物馆、国家动物保护与研究中心等科研机构。

国家动物园规模相当宏伟，包括几座山丘、草场、河谷等。拥有3000多种动物，不乏稀世之珍，如白虎、駿犎（北美野牛）等。

一进园内，顿觉绿林葱郁，芳草遍地，真是满目青翠，景色宜人。

园内设有禽鸟实验室、动物实验室及大型鸟舍，动物园除展览动物外，同时进行科研工作。

在国家自然博物馆郑作新参观了兽类、鸟类的标本收藏和陈列，并与鸟类部主任会谈一些疑难标本的鉴定问题。双方都感满意。

国家动物保护与研究中心，分片放养着世界各地的濒危珍贵动物，如我国的四不像（即麋鹿）、阿拉伯长角羚等。这种饲养繁殖基地，确实为在自然界恢复濒危物种的一种有效措施。中心的设备比较先进，包括无线电追踪仪器（适用于大、中、小型兽类及鸟类研究）、野生动物自动摄影装置（利用光电管反应，动物活动时自动拍摄照片）、声谱仪（分析动物鸣声及行为等）以及各种类型捕兽笼、铁夹等。

9月20日，去纽约市参观了纽约动物学会所属的动物园、美国自然博物馆等。

动物园展出部分，结合全球各大洲生态环境及动物生存条件，给人以深刻印象，犹如周游全世界不同的生态系统一样。内有夜行性动物陈列馆及专为儿童设置的儿童动物园，以生动的方式，模拟动物的生活形式，既吸引儿童，又给儿童以生动的知识教育，搞得十分成功。人工饲养条件下繁殖的扬子鳄及密西西比鳄的对比研究均很成功。

美国自然博物馆历史悠久，是世界鸟类分类研究中心之一，拥有10多位知名学者。鸟类标本逾100万号，为全美之冠。郑作新详细观看了鸟兽部分标本，特别是采自我国的鸟类标本；并与鸟兽部的负责人会见，相互交谈学术问题，同时还参观部分考古陈列及动物标本制作部。

在交谈中，了解到美方工作均属世界范围的专类，如世界鹟类、蝙蝠等专类研究。他们的工作有不少涉及中国有关类群的分类。彼此交换意见是非常有益的。

9月23日又赴波士顿市，重访哈佛大学。哈佛大学也是美国鸟类学的发祥地，

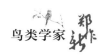

著名鸟类学家如路易斯·阿加西斯（Louis Agassiz）、约翰·詹姆斯·奥杜邦（Jhon James Aubudon）、詹姆斯·李·彼得斯（James Lee Peters）及恩斯特·迈尔（Ernst Mayr）等，均曾执教或工作于此。

9月26日，郑作新赴宾夕法尼亚州的匹兹堡，参观自然历史博物馆。我国动物学界元老秉志先生（现已逝世）曾在卡尼吉（Carnegie）研究机构就读。博物馆主人热情接待，要求与我国合作交流。

博物馆在郊区波地米尔有个工作站，为生态科研基地。站内设青少年教育部；为本单位职工休假并写作论文提供住宿用房；举行国内及国际学术会议的场所。他们重视鸟类环志工作，用网捕捉各种鸟类，随后秤重，鉴定种类，区别雌雄等。每年环志鸟类成千上万，数量相当可观。

9月27日下午，郑作新由匹兹堡飞抵密歇根州的安阿堡，重访密歇根大学和所属的动物博物馆、自然资源专业、中国研究中心和国际交换计划所等。这次因事前学校得到通报，郑作新受到欢迎。

代表团到达时，适逢该校的中国留学生庆祝我国国庆大会。郑作新应邀参加了庆祝活动。同时遇见了美驻华前大使伍德科克（Woodcock），他御任后也在校中任教授，他非常热情接待了大家。因为伍德科克喜欢鸟类，在华工作时，经常设宴邀请郑作新谈鸟，所以这次重见分外亲切。

学校专为郑作新开了一个隆重的颁奖会。经学校董事会通过，由校长代表校董事会教授会授予郑作新科学荣誉奖。参加授奖会的有动物学系的部分教授，有关的我国留学生及伍德科克教授等。大会的情况刊登在当日的校刊及翌日的当地报纸上（见彩插第4页相片）。

9月31日，他们乘飞机到达加利福尼亚州的旧金山，参观了加州科学院和加州大学伯克利分校。

加州科学院，鸟兽收藏的重点在美国西部地区，也藏有不少中国东北部的标本。鸟类鸣声的研究设备及水族馆的展出特别出色。

加州大学柏克利分校是美国著名的高等学府之一，各方面的科研工作均享有盛名。该校博物馆存有大量野生兽类的染色体研究资料和论文，以及长期以来野外考察的原始记录。这在美国其他研究单位是绝无仅有的，鸟类蛋白电泳的研究

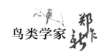

也是名列前茅的。

在柏克利大学访问时，郑作新遇到一位攻读学位的台湾省人喻丽清女士，她原想为代表团承担翻译工作，俟见到代表团后，觉得多数成员的英语水平很好，认为没有翻译的必要，于是就陪着大家参观各试验室，她用汉语讲解，并说"都是中国人"。当她知道代表团团长是郑作新时，她说："我在台湾念大学时，还学过郑教授所编写的课本呢！"

代表团到旧金山时，那里的华侨正纷纷举行国庆纪念活动。代表团也参加了一些庆祝会，深感海外侨胞爱国思乡之情，他们把代表团成员称为祖国来的亲人。在旧金山的中国领事馆，郑作新遇到驻英中国大使馆的前参赞胡定一同志，他现任领事馆的领事，在异国相见倍感亲切。此时恰逢领事馆正在举行庆祝国庆的茶会，郑作新询问可否趁这机会，招待陪伴我们的一些美国朋友，他欣然同意。

在旧金山时，郑作新由亲友接待去参观了红杉公园和黄石国家公园。红杉公园在加州中部，建于1864年。公园里是一个山谷，有陡峭的绝壁，巨大的红杉，壮丽的瀑布，碧绿的湖泊和湍流的河水，它的美景名扬全国。为了阻止商人任意砍伐红杉，1864年国会通过法律，将这山谷划为州立公园。当时美国总统林肯发表文告，明确写上这个山谷和距它几十千米的马列波沙巨树林子，"作为公共消遣之用，永远不得转让"。这是世界上为了保存自然风景而制定的第一个法律。

黄石保护区（国家公园）地处怀俄明州西北角，郑作新在40年代曾趁便往访。而今已成为美国著名的旅游胜地，每年到此的游客超过20万人次。世界上没有一个地方像黄石公园拥有这么多的温泉，特别蔚为奇观的是众多的间歇喷泉，其中最著名的"老忠实"间歇喷泉，每隔33~96分钟喷发一次，每次持续4~5分钟，滚热的水喷到空气稀薄的高空，热水与冷空气接触，凝成白雾，向空中蹿升，水蒸气闪出七彩颜色，极为壮观。园内还有200多头美洲黑熊，1万多头美洲马鹿；较小的飞禽走兽，更是种类繁多，处处可见。

代表团这次虽未能完成谈判任务，但增进了对美国的了解，对扩大科技知识见闻也是很有帮助的，当然也加深了中美两国人民的友谊。

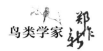

35. 赴澳大利亚参加年会

1980年，是郑作新忙于参加国际会议的一年。

1月去了日本，4月去了美国，5月在北京参加青藏高原综合考察的国际学术讨论会，9月又前往美国，10月赴澳大利亚悉尼参加国际博物馆年会。11月又一次前往日本。

赴澳大利亚参加博物馆年会，郑作新任团长，代表团成员中有北京自然博物馆副馆长张问松及北京、天津、上海等博物馆研究员各一人。

10月6日，中国鸟类学会在辽宁省大连市成立，郑作新是筹备组的成员之一，必须参加大会，当天上午还在开幕式上致辞；下午作了学术报告，当晚就回到北京，办理出国手续和准备发言、行装等。10月11日从北京动身，经东京飞往悉尼。

人们都敬佩74岁的郑老精力充沛，老当益壮，马不停蹄地像搞"穿梭外交"似的从这国到另一国，从澳大利亚回来后还要第二次赴日呢！（详见前文）其实他从60年代就患有高血压症，心脏的功能也有点问题。他一心就想着事业，在科学春天里对他是一剂强力兴奋剂，使他的精神处于高度兴奋状态，不知疲倦地干、干、干。

悉尼（Sidney）是澳大利亚最大的城市和港口，有全国最早建立的悉尼大学和博物馆。有一座悉尼塔，高达3048米，是南半球最高的建筑。有一座圆形大厦，地下4层，地面以上47层，楼顶有旋转瞭望餐厅，博物馆年会的会议就在这座大厦的会议厅举行。郑作新代表中国代表团在大会上致辞，并向大会赠送了"北京猿人"的头盖骨模型。会议开得很成功，我国代表团参加会议不但体现了我国改革开放的国策，既广交朋友，又扩大了影响。

会后，代表团被邀乘直升机去附近海域看珊瑚岛。岛的范围很大，所见的珊瑚种类繁多，鲜艳夺目。过去只在中学的教科书中读到珊瑚岛，这次能亲眼看到，真是终生难忘啊！

代表团还被邀参观泰隆加动物园（Taronga Park）。内有澳大利亚特产的珍禽异兽，与我国截然殊异，如鸸鹋，鸟体形硕大，高与人体相若，嘴强锐，两足亦强而善跑，常常咄咄迫近来客。

接着代表团前往澳大利亚北部参观园丁鸟（Bower Bird，亦称亭鸟）的野外研究工作。这种鸟栖息在林间灌木丛中，繁殖期中先筑一座凉亭，用草根细枝等筑成；亭中有较粗的嫩枝作为支柱，外面饰以苔藓、花朵、鲜草等，有时还筑成两层楼房。凉亭前面，还布置了一个鲜艳的草坪，犹如一个天然的跳舞场，供此鸟发情炫耀表演用。巢另置于树上，与凉亭有相当距离，这种繁殖习性是很特殊的，与一般鸟类不同。代表团员无不感兴趣。

中国博物馆代表团赴澳大利亚参加国际博物馆年会〔郑作新（中）、许维枢（右二）〕

自北部参观毕，又转往南行，经悉尼到澳大利亚首都堪培拉。这个城市的建筑，是一位美国设计师参照华盛顿的模式设计的。城中心是国会大楼，有道路向四周分出，整个城市建筑规划、布置得井井有条。代表团到达后，澳大利亚政府的一位部长接见了大家；澳中联谊会也设宴款待，亲切交谈。

代表团参观澳大利亚首都堪培拉后，再往墨尔本。当地华侨不少，在一个晚上召开欢迎会。当地华侨致词后，郑作新作学术研究报告，引起大家兴趣，不时报以笑声和掌声。

在墨尔本参观访问期间，市区接待团体还安排专车送代表团前往巴拉腊特，去看历史上有名的金矿。它是在美国的旧金山金矿开采后才发现的，现已开采完毕。代表团被邀去参观矿区的一个金矿博物馆。馆中展出开采出来的矿石，详细介绍了开采的历史、产量等，了解到华侨为开矿作了很大贡献。当时招募去的华工现在已延续到第五代了。当时艰苦的开采工作都靠华工，华工的吃苦耐劳精神是闻名的。在金矿附近有广东会馆建立的"关公庙"，每年有很多华工到庙里进行祭祀活动，他们非常敬佩关公的义气，这好像是他们的精神支柱，像一条纽带一样把大家联结起来，建立起华侨组织，互相关心，互相帮助，共同克服困难。见到代表团到达，像见到亲人一样，盛宴招待，吃的是广东菜，他们还保留了不少中国的传统风俗习惯。

从墨尔本乘机经阿德莱德及珀斯就到达泰国，稍事停留后，转机到香港。郑作新的学生及几位朋友前来看望。他们告知郑作新，他已当选为中国鸟类学会理事长，并向他祝贺。郑作新感到意外，因鸟类学会成立大会他只参加一天会就出国了。

郑作新等代表团员回国时带回一大包澳大利亚各大博物馆的文献资料及澳大利亚人民的深情厚意，可以说是满载而归。

郑作新走访了欧、美、亚、澳等国家，参加了一些学术会议，并作了有关我国鸟类学研究的报告，让国际上的同行们看到我国在鸟类学研究上的成就，受到他们的好评和赞叹，在国际学术交流的讲台上，也有中国人一席之地，大大地提高了我国的国际地位。同时也在国际上交了一些朋友，扩大了我国的影响。

36. 父亲带回宝贵的礼物

郑作新一贯廉洁奉公，公私分明。

20世纪50年代，郑作新两次出访苏联，享受苏联教授的较高待遇，回国时把节省的外汇，给中国科学院动物研究所买了仪器和半导体收音机（当时自己家里只有一台电子管收音机）。

1978年，郑作新在英国和法国约两个月，每天总是节省着花钱，不在旅馆的餐厅就餐，而是在附近的自选商场买了面包、牛奶、水果、香肠等回房间用餐。就这样省下了1000多英镑的外汇。回家后，家里人要看看英镑是什么样子的，他拿出几张给大家"传阅"后，很快就收起来。

他说："我们的国家还不太富裕，这点外汇来之不易，虽然是我们省下来的，也要留给国家用在更需要的地方。"第二天他就如数上交了。

80年代，他又多次出国，从未给家里买过一件高档家用电器。家中的电冰箱是雪花牌的。他戴的手表是"东风"牌的；这种"东风"牌手表，是他大女儿工作的天津手表厂设计与生产的。一台彩电是亲友送的，这还是他赴澳大利亚那一年，回来时路过香港，他在台湾的两位堂弟托人买了送他，以报他当年资助他们上学之情。

1981年，他是我国政府派出的科学家代表团的成员，享受免检的待遇。然而，他仍是没有给家里买什么东西，只带回亲友送他的一台小录音机，倒是为单位带回许多文献资料与书籍。当时去机场迎接他的孩子们真有些失望。以后他的长子郑怀杰写了《父亲带回宝贵的礼物》*，叙述了当时的心情：

---

* 此文刊于福建省政协文史资料委员会《科海风帆》一书中，1991年9月中国文史出版社出版。

年逾七旬的父亲，出国进行科学考察后，就要返回北京了。当日适逢假期，听说单位将派车接他，我们全家三代共10多人也都随车前往，为的是尽早见到亲人。

飞机在首都机场着陆后，我们看到不少出国的人，带着大大小小的许多行李，逐个通过海关关卡，心想这次父亲也许会带些外国货分送给我们。他的孙子更是这样盼望着。

终于看到年迈的父亲和他年轻的助手了。我们在检查大厅的玻璃墙外欢腾雀跃，他也十分高兴，频频向大家招手。不久，他们的行李也从自动运输带送到了检查大厅。由于父亲是作为政府的代表出国考察的，持的政府护照，享有免检的照顾，所以带着行李就径直出了关卡。我们帮他提着行李上了汽车。

1980年，郑作新夫妇与子女在一起（前排左起：郑怀明、郑作新、陈嘉坚、郑怀音；后排左起：吕杨生、闫平、郑怀竞、郑怀杰、杨群荣、王大安）

我们都喜欢自己的父亲，孙子更是爱他的爷爷。在回家的路上，当别后重逢该谈该问的话都说得差不多时，母亲问道："这些行李包里都是些什么东西？"父亲以得意的神态说，他将节约的津贴和在国外进行学术交流的收入都为单位买了急需的仪器与图书，就是在路过香港时，

把剩下的一点零用钱为弟弟买了两盘录音带,给他学外语用,其他就没有了。母亲是最理解父亲的,但是又怕孩子们失望,尤其是小孙子。最后,让他把民航班机送的钥匙链给了孙子。

父亲"文革"前曾多次出国,每次回来都是这样。记得一次去民主德国参加学术会议,带回一架高级望远镜和收音机,也都送给单位。他说用的是出国经费中节约的钱,买的东西当然应归公。可惜,"文革"中这些东西却不知去向。

父亲在科学研究与教育的道路上,已整整度过了六十个春秋。他一贯治学严谨,视事业胜过自己的生命,更胜于钱物。出国回来没有带几大件,不是家里不缺,而是他认为不能用节约的津贴买。有一次他去英国,剩下不少英镑,本来可以归己,但他回国后也上交了。

我从父亲身上,看到老一代科技工作者为振兴中华执著奋斗的精神,这是可贵的精神财富,也是他事业成功的秘诀。这次迎接他回国,我们又一次受到教育。是的,他带回了宝贵的礼物。

郑作新出国节省的外汇,都上交国家了。但在家中时常有外宾来访,有时要准备家宴招待。一次,一位中国科学院动物研究所的干部到他家里商量工作,碰巧赶上招待外国专家。那干部说:"这样因工作需要的开支,可以申请报销一部分费用。"郑作新夫妇感到,还是为国家节省这笔开支吧!

热情接待外宾,进行学术上的探讨,既能增长见识,又有利于科研工作的开展。凡是有利于事业的事,他们是非常乐意做的。

37. 鸟类谱志工作的三台阶

新中国成立初期，中国动物学会理事会于1951年6月在北京开会，讨论关于全国性的动物学研究规划问题。

会上，会员们一致认为，我国动物资源十分丰富，各高等院校、学术团体虽然也开展了一些研究，但都是分散进行的，甚至连名词也不统一。新中国的成立，创造了空前优越的条件，可以统一各方面的力量，有计划地开展工作。

于是，理事会决定，动员全国动物学有关工作者，撰写动物图谱，把国内比较常见的经济动物、特产以及在学术上有特殊重要性的种类，按不同的纲目汇总起来。图文对照，以便在科研与教学工作上统一认识，也可推动科研的进一步发展，同时还有利于普及动物学知识。

郑作新当时负责鸟类图谱的编写工作。这是为鸟类谱志的第一台阶。1958年，出版了《中国鸟类分布名录》。1959年出版了《中国动物图谱·鸟类》第一册与第二册，受到动物学界的重视与欢迎。1966年再版时，将两册合为一册，不久立即售罄。1987年再出第三版，仍然供不应求。可见，这些书是社会非常需要的。

中国科学院早在1962年6月1日，设立《中国动物志》编辑委员会。聘任包括郑作新在内的12位委员。他们分别是（以姓氏笔画为序）：王家楫（原生动物类）、刘承钊（两栖类）、伍献文（鱼类）、寿振黄（哺乳类）、郑作新（鸟类）、陈心陶（寄生虫类）、陈世骧（昆虫类）、秉志（无脊椎动物）、柳支英（昆虫类）、张玺（软体动物类）、童第周（脊椎动物）、杨惟义（昆虫类）。这些委员经过"文革"，多数辞世。迨1980年，编委会复增聘30余位委员，加强编志的力量。

《中国动物志》分脊椎动物、无脊椎动物与昆虫三集。各集又分为若干纲。

鸟纲属于脊椎动物。《中国动物志·鸟纲》计划编写14卷。把国内所知的鸟纲

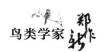

种类,加以全面而系统地综合研究。这在当时,不失为有远见的决策。它既是总结国内历年鸟类区系调查及有关的鸟类鉴别特征、形态、分类、生态、分布与经济意义等研究成果,又可指导全国各地鸟类学研究的方向,向着完成编写全国鸟类志的目标前进。

中国科学院关于编辑出版各种志书的决策,极大地调动了全国各地动物学工作者的积极性,又统一了力量,充分体现了新中国成立以后在科学研究工作中的优越性。

郑作新身为鸟类志编委,一方面积极从事鸟类志编写的组织工作,同时,他又认为要出全这14卷鸟类志,必然需要一段较长的时日。因此,为了满足当时社会经济生产与生活的需要,1963年,先组织编写《中国经济动物志·鸟类》一书,全书共列241种,分别隶属于18目56科。书中还列有各层次的检索表,并在各种鸟类的"经济意义"项目或附录中,涉及鸟类的狩猎、饲养、开发利用及鸟害防除等问题。这为进一步研究和利用鸟类资源,提供了比较完整的科学资料。

《中国经济动物志·鸟类》一书的出版发行,解决了当时社会生产的急需,受到普遍欢迎,还译为英文版,并摄制为微型胶卷,广为发行。它的出版,实际上是为鸟类志的全面编写创造了条件。

1978年,郑作新找回几乎丢失的书稿,经补充修改后,重版了《中国鸟类分布名录》,开始了鸟类谱志的新一阶段的工作。为了适应国际交流的需要,中国科学出版社和联邦德国Paul Parey科学出版公司邀请郑作新用英文编写《中国鸟类区系纲要》,并于1987年出版。此书印刷精美,图例清晰,约120万字,共1224页,原定价人民币120元,而在国外则按163美元出售。因印数有限,至今已很难买到。全书列入我国到1982年底已知的全部中国鸟类,共计1186种953个亚种。记述了各种鸟的名称(学名、中文和英文名称)、分布和亚种的分化,繁殖环境及现时状况等。此书与郑作新所著《中国鸟类分布名录》相比,增加了20种44个亚种,并增"繁殖环境"和"现时状况"等内容。它是至今对中国鸟类最完整的记述,是首次对我国整个一纲动物(鸟纲)进行全面而又系统的综合性总结。这不仅为我国现代鸟类学研究打下了必要的基础,而且为世界鸟类学提供了有关中国鸟类的完整资料。

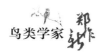

目前，科学研究提供的数字表明，全世界鸟类共有9021种（据1980年统计），我国已发现的鸟类就有1186种（据1982年统计）*，几乎等于欧洲和大洋洲两大洲鸟类之和。而美国只有770种左右。日本还不到510种。原苏联国土比我国大，鸟类却不及我国，因为它们只处在一个动物地理界里，而我们却地跨两大动物地理界，这正是得天独厚之处。要在世界上比鸟类资源，中国拿"金牌"是当之无愧的。但是，在没有搞清"家底"之前，在世界科学的殿堂上，也还是没有发言权的。因此，《中国鸟类区系纲要（英文版）》的出版，有重要意义。

《中国鸟类区系纲要》摸清了中国鸟类的"家底"，为它们立了"家谱"，这为资源动物学提供了科学资料，也是我国动物区划和农业区划不可缺少的参考文献。书中把国内鸟类区别为留鸟、繁殖鸟、旅鸟、冬候鸟等，为鸟类迁徙研究提供依据。在各种鸟的"现存状况"中特别记述了濒临绝灭种类的状况，成为自然保护的科学数据库，并为国家公布的《野生动物保护法》提供具体资料。这本书在国外发行后，欧美各国鸟类学书刊都曾给予很高评价。这本研究专著于1989年获得中国科学院自然科学一等奖及国家科委自然科学二等奖。中国科学院学部委员会还颁给郑作新一枚荣誉奖章。

1989年5月26日晚7时，在北京五星级宾馆——香格里拉饭店的宴会大厅，灯火辉煌。各界著名人士、生物科技工作者，以及国务委员兼国家科委主任宋健，全国人大常委会副委员长程思远和中国科学院动物研究所领导与同事100余人，欢聚一堂，参加由美国国家野生动物学会举行的颁奖大会，把1988年自然保护特殊成就奖授予著名的鸟类学家——郑作新教授。

在一份精制的请柬里是这样介绍的：

美国国家野生动物学会发给自然保护特殊成就奖的受奖人郑作新的请柬

---

* 目前，全世界鸟类共有11000种，我国发现鸟类1500余种。

鸟类学家郑作新

郑作新博士是中国动物学会、中国鸟类学会的创始人和领导人。他在过去的50年中,全心全意地致力于中国鸟类研究,并且发现了中国15种鸟类新亚种。他发表了许多有科学价值的论文和著作,他最近编写的英文版《中国鸟类大全》(即《中国鸟类区系纲要》)一书详细记录了中国鸟类分布状况。

郑作新博士是中国鸟类研究领域中的杰出领导者。他的博学多识为世界所瞩目。他曾热心协助美国、英国、联邦德国和苏联的科学家、大学研究所以及博物馆进行鸟类鉴定工作,因此,美国国家野生动物学会代表她的500万会员和51个分会,将1988年自然保护特殊成就奖授予中国的郑作新博士。

1989年5月,郑作新获美国国家野生动物学会授予自然保护特殊成就奖(右一为该学会主席J. D. Hair)

郑博士早年毕业于美国密歇根大学,他目前还担任世界雉类协会会长,国际鹤类基金会顾问,美国、联邦德国、英国鸟类学会通讯会员,还兼美国鸟类学会的荣誉会员。

在这个隆重的颁奖大会上,许多贵宾还泼墨题词表示祝贺。程思远副委员长的题词是"求索创新",这四个字概括了郑作新一生从事鸟类学研究的轨迹,也为郑作新所喜爱。

颁奖仪式开始时,年已83岁的郑教授,在夫人陈嘉坚女士的陪同下,在全场热烈的掌声中,健步走上主席台接受奖章及纪念品——一只仙鹤模型。

美国国家野生动物学会主席海尔博士(J. D. Hair)在发言中说,这是对郑教授半个多世纪中,对中国鸟类研究所作出的卓越贡献的奖励。学会首次把奖颁给一位中国学者,而颁奖大会在美国以外的地方举行也是破例的。

郑作新在致辞中除了表示谢意与高兴之外,特别指出自己所取得的一切成就都是在党的领导下，特别是在改革开放政策指引下，在广大生物科学工作者的支持协助下所取得的。在宴会桌上，宋健同志对郑作新说："郑老，在今天这样的场合，你作了这样的讲话，党和人民谢谢你了！谢谢你对党的信任与支持。"

1993年，郑作新又根据《中华人民共和国野生动物保护法》的精神，对他主编的《中国经济动物志·鸟类》作了修订。同时补充这20多年来鸟类学研究的成果，其中不乏许多新的见解与观点。例如，进一步论述鸟类在国计民生中的作用。从前是着重鸟类的直接利用，多提及有关鸟类的狩猎以及羽毛和活鸟的外贸问题；其实鸟类的直接利用远不如它们在自然界中控制害虫和鼠类的益处大。

鸟类是自然界中不可或缺的一部分。它是维护生态正常平衡的一个要素。所以对鸟类，首先要加以保护，它们是人类的朋友。至于鸟类资源也应在加以必要保育的前提下，加以利用。不言而喻，这种利用一定要合法、合理、细水长流，使国内种类繁多的鸟类，不但对我们这一代人增进了生态上及经济上的效益，而且还能经久不衰地为我们的子孙后代留下取之不尽、用之不竭的财富。

其实，这次修订《中国经济动物志·鸟类》就是贯彻了郑作新对野生动物事业的发展要做到"三保"的观点。这"三保"就是前面提到的"保护、保育、保全"。

因此，这次对经济鸟类志的修订，不是一般的补充与订正，而是反映了这20多年我国鸟类工作者的最新研究成就的修订。

现在，《中国动物志·鸟纲》的编写工作，在全国各地鸟类学工作者的共同努力下，已出版13卷。

在出版的这13卷鸟类志中，郑作新做了大量的工作，他主持了其中7卷的编写工作。在全国动物志的规划中，中国鸟类志出版的卷册是最多的，其中第四卷鸡形目（1978年出版）又是《中国动物志》中最早问世的第一卷。中国鸟类志的编写可以讲有"两个最"，即最早出书，出的卷数最多，图书编写的质量也是公认最好的。

回顾这40多年，关于中国鸟类谱志撰写工作的过程，初从《中国动物图谱·鸟类》，继以《中国经济动物志·鸟类》，终以《中国动物志·鸟纲》这三个台阶连在一起，说明我国鸟类学的研究成就，而这些成就又与郑作新的名字紧密地联系在一起。

所以，20世纪90年代台湾报刊曾以"国宝"级专家来称赞他，国外同行也以"中国鸟类学之父"来称谓他，他的学术成就是为中国现代鸟类学研究奠定基础，这是国内外公认的。

38. 求索创新

"求索创新"是全国人大常委会副委员长程思远参加美国国家野生动物学会在北京举行颁奖仪式时,送给郑作新的题词。

这言简意赅的四个字是概括了郑作新一生从事鸟类学研究的轨迹,其实也是人们获取科研成就应遵循的规律。

郑作新早年在美国学习胚胎学时,解剖青蛙研究其卵细胞的发育过程就有所发现,以后对家鸡祖先的考察中以及对白鹇亚种分布的研究中都是在求索中有所发现。也就是说,他在科研道路上没有停留在描述的水平,而是进一步探究事物的本质联系,从而有所发现与创新。

他在动物地理分布的研究中也体现出不断求索、不断创新的特点。这说明人们对客观世界的认识是不断深化的,是永无止境的。

早在1947年,郑作新总结国内外对鸟类的研究成果,发表《中国鸟类名录》这部著作时,对鸟类分布的情

1993年,郑作新在家中

况加以概括,接着就发表了《中国鸟类地理分布的研究》。文中就开始对古北界与东洋界以南岭为界的观点提出质疑,并将古北界和东洋界划分为3个"亚界"。

1956年他在全国鸟类普查的基础上,又发表了《中国鸟类分布名录》(上、下册),进一步将3个亚界划出7个一级区。这是他对区域划分的进一步细化。1959年与张荣祖合作发表《十年来动物地理成就》时,又进一步将动物地理的7个一级区细分为16个二级区。这是对动物地理学进行第三级区划,并论证在中国动物地理界的划分应以秦岭为界。

以后,又随着对鸟类、兽类生态情况的深入研究,郑作新还进一步将3个亚界重新划分为4个亚界,将16个二级区重新细分为19个二级区(参看本书第26节)。

他在近半个世纪的时间里,在动物地理学上的探索与创新是随着科研工作的不断深入而不断发展的。这反映了人们对客观世界认识是没有止境的,他认为在这个领域今后还有创新的空间。

正因为这个题词是十分贴切地反映了他一生科研工作的轨迹,所以这个题词受到他的钟爱。事后他将题词挂在客厅里并拍照留念。

他逝世后,这份题词已捐赠家乡长乐市院士馆永久收藏。

郑作新的工作曾感动许多人。作家张飙曾写《鹧鸪天》题赠郑作新(该诗词的条幅已赠家乡收藏):

> 鹤傲鸥柔百灵姗,
> 痴情束束系蓝天。
> 千古睢鸠唱今曲,
> 万顷科海树奇帆。
>
> 丛林热,高原寒,
> 人逐雁迹度云山。
> 辉煌生命化鸟史,
> 九旬熊熊志犹酣。

选自《张飙诗词选》
四川科学技术出版社出版

39. 呕心沥血育后生

我国以地大物博著称于世，自然环境十分优越，鸟兽资源十分丰富。这是世界许多国家难以比拟的。

我国已知鸟类有1186种，953个亚种，数量之多，是世界各国少有的。可是，我国研究鸟类工作者仅有100多人，这与我国丰富的鸟类资源是很不相称的。特别是"文革"的影响，鸟类学科技人员更是后继乏人。年已88岁时郑作新目仍带着两名博士研究生。

几十年来，他已培养了几十名鸟类学进修生、保送生、研究生，帮他们选择研究课题，指导他们阅读有关文献，以及进行野外考察、搜集标本和生态资料；亲自给他们讲课，审阅他们的文稿，甚至逐句修改他们所写的英文文章，以提高他们的英文写作水平。他所带的研究生中有不少人已成为副教授、教授、研究员等，建立起一支中国鸟类研究的队伍。他的学生分布在全国和世界许多地方，并正在各自岗位上发挥自己的聪明和才干。

1980年，郑作新在给研究生上课

郑作新认为，依靠大学教育培养专业人才固然重要，但数量有限，是远不能满足鸟类学研究的需要。于是，郑作新还注意培养鸟类业余爱好者，从他们中间选择一些具有一定基础知识和技术水平，又富有事业心的鸟类爱好者，进行在职培养，以扩大鸟类学工作者的队伍。

多年来，总有鸟类业余爱好者，寄来稿件，向他请教，郑作新总是逐字逐句地修改；对他们提出的问题，也亲自复信作答；即使病在床上，也要由他口授让子女代为复信。

一位在山西的爱鸟青年巨喜江，与郑作新保持了30多年的通讯联系。1993年春节前，巨喜江利用到北京出差的机会，偕爱人拜望他久仰的老师。

1983年，郑作新在北京市少年宫对小朋友讲爱鸟

郑作新还与很多业余爱鸟者保持着联系，其中有学生、中小学教师、医生、干部、工人。1980年云南东北部的乌蒙山区，有三个中学生宋耀、唐玉平、刘勤对鸟类发生兴趣，参加了学校业余鸟学研究小组，后来他们能识别300多种鸟类，采制了1000多号各种鸟类标本，其中二人还参加了滇西动物考察队。他们希望能够从事研究鸟类方面的工作。当年，他们曾给郑作新写信，汇报自己的工作与想法。郑作新去信鼓励他们努力学习，打好基础；以后看到他们在鸟类研究工作上的进步和成就时很高兴，认为他们是有培养前途的鸟类学科技人员。

郑作新总是说鸟类研究需要接班人，现在这方面人才太少。所以，他以宽厚的

1994年，郑作新的博士生毕业（左起：雷富民、丁长青、徐照辉）

胸怀，对待"文革"中整过自己的人，从来没有歧视那些犯过错误而又知错能改的人，他以事业为重，认为只要对鸟类研究有好处，照样安排这些人工作，甚至重用。

郑作新的座右铭是："人生的意义在于奉献，要无愧于祖先和后代。"无数的事实说明他对后代是充满殷切的期望与爱心的。

郑作新深知要提高全民族的科技意识，培养爱鸟美德，必须从小抓起。1983年，北京少年宫在金山组织夏令营，请他参加营火晚会。在篝火旁，他兴致勃勃地讲起了鹫与鹰的区别。

1983年，他受北京少年宫之请，在北京市青少年爱鸟周大会上，给小朋友讲鸟的知识。整个会场鸦雀无声，小学生们一个个瞪大了眼睛，看着郑爷爷手拿各种鸟的标本，做着生动的讲述。一会儿是满堂笑声，一会儿又是轻轻的叹息声，最后是掌声四起。只见不少孩子涌向讲台，他们要仔细看看标本，还想听郑爷爷讲点什么。

1986年4月，国家科委在人民大会堂召开北京市招鸟工作的万人大会上，郑作新充满激情地作了"爱鸟"的讲话。他认为自己有责任对他们宣传爱鸟的科普知识。让他们发挥更大作用。

1992年5月，北京市第一师范学校邀请他参加科技节活动，会上要表彰北京市开

1992年5月，参加北京第一师范学校科技节活动

展科技活动成绩突出的学校和学生。此时郑作新因心脏病住了8个月医院刚出院不久，医生还不同意他外出参加社会活动，家人也劝说他写封信祝贺一下就可以了。但他坚持要去，那天他系上绣有飞禽的领带，精神饱满地在老伴陪同下参加了科技节活动。

当郑作新到达北京第一师范学校门口时，受到师生与铜管乐队奏乐欢迎。在校园里，他看到学生写的《为麻雀平反》的黑板报时笑了。当他在展览室里看到师生制作的诸多动植物标本与撰写的科普教材或文章时，更感高兴。在会议室，老校长葛守熙指着一只苍鹭说，这是她当飞行员的儿子，驾机在杭州降落时撞死的，后捡回做了标本。

郑作新说："鸟类与我们的关系是密切的，现在研究'鸟撞'是一个新课题"。他向学校赠送了他编译的达尔文《物种起源》《中国动物图谱·鸟类》《中国珍稀动物》三本书。还在大会上作了即兴讲话，他说："我希望你们做到'三实'，一是忠实，就是忠于国家忠于党，也就是说要热爱我们的祖国；二是要务实，就是要有事业心，热爱我们所从事的事业；三是踏实，就是要根据国家需要，踏踏实实地做好工作。"他认为"三实"是他工作中遵循的原则，也希望学生这样要求自己。这次活动《北京晚报》《北京日报》等多家媒体先后作了报道，赞扬了老一代科学家对青少年的关怀和殷切希望。

为了鼓励广大科技工作者投身鸟类科学事业，促进我国鸟类科学研究的发展，郑作新将《中国鸟类区系纲要（英文版）》所得的奖金和中国科学院与国家科委等颁发的奖金，捐赠给中国鸟类学会，设立了郑作新鸟类科学青年奖基金会，授予从事鸟类研究作出突出贡献的青年工作者，以表达他对青年的厚望。

现在郑作新鸟类科学青年奖基金会的首届管理委员会，已由中国动物学会鸟类学分会推荐的5名鸟类学专家组成，鸟类学分会理事长郑光美教授任委员会主任。自1994年起，每2年颁发一次，每次奖励3人。《郑作新鸟类科学青年奖评奖条例》亦已公布。基金会同时还向国内外发出集资倡议，受到国内外关心鸟类学研究的同行与爱好者的关心与支持。

40. 一份入党申请书

1951年,郑作新加入九三学社;他在社内曾任过中央委员,中央参议会委员。

1956年,郑作新又正式向中国共产党组织提出入党的要求。由于当时的历史原因,郑作新的愿望没有实现。

时过境迁,一晃就是30年。在这30年中,中国的大地发生了巨大变化,尤其是党的十一届三中全会以来,尊重知识,尊重知识分子,确认知识分子是工人阶级的一部分。对郑作新本人来说,这几十年始终不渝地跟着党,经受考验,在科学实践中、在革命斗争中,努力实现自身世界观的转变。终于,在1984年郑作新78岁高龄时,加入了中国共产党。

郑作新从一个留学美国的教授转变成为伟大的中国共产党的党员;从一心走科学救国道路的爱国者成长为一个有共产主义理想的优秀知识分子,这是党长期

1997年7月6日,郑作新住院前参加院士大会时的留影

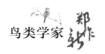

教育的结果,是党的政策落实的结果;也是他本人经过长期不懈地努力,执著追求与不断学习提高的结果。

郑作新从自己切身的经历,从两种不同社会制度的对比中,感到自己的命运是同党的事业,同国家的前途密不可分的;并且以自己几十年不断努力与积极争取的实际行动,实现了入党的愿望。

郑作新入党的消息不胫而走,1984年的《经济日报》登载他的《入党申请书》,同时发表了该报评论员文章。

郑作新在《我的入党申请书》里写道:

> 我早在50年代就有入党要求。近年来,我要求入党的愿望更加迫切,这不但是由于我已年逾古稀,更主要的是这几年来我深切感到自己的一切是与党的关怀、党的事业紧密相关,我几十年的经历说明了没有党的领导,没有社会主义事业的胜利,就不会有我的今天。每当我专心进行科学研究的时候,每当我为国家的科学事业做出点滴成绩的时候,每当我与满堂儿孙欢聚的时候,我都深深地感到党的温暖、党的伟大,记得1981年我曾病重住院,当时回顾往事,感到最大的遗憾是自己未能成为伟大中国共产党的一员。病愈出院后,虽年益见老,但要求入党的愿望却与日俱增,无时不在自勉,决心以实际行动来表示自己的入党要求。
>
> 对于中国共产党的认识,我是有个过程的。
>
> 新中国成立前,我对党是不了解的,革命道理也知之甚少。现在回忆起来,当时我所走的只是一条自我奋斗的道路,但爱国之心还是有的。记得我在美国留学,获得博士学位后,曾经有一个待遇优厚的工作要我去做,但我总想自己是中国人,我的科学事业应该在中国,因而回到了福建,在协和大学任教。当时我认为科学可以救国,教育可以救国,但是……
>
> 新中国成立后,我看到人民解放军纪律严明,政府处处为人民着想,物价稳定,人民生活不断改善,感到新旧社会有根本的不同。我和我的爱人都进入了新的天地。1949年底,组织上调我来北京,中国科学

院正在成立的时候，组织上就让我参加筹建动物研究所。党为我们提供了良好的科研条件，使我得到了学以致用的机会。我多年来搞科研的愿望终于实现了。多年来梦寐以求的事变成了现实，这是中国共产党给我的，这个机会是许多同志流血牺牲换来的。它来之不易，我多么珍惜它啊，我日夜勤恳地工作着。

50年代，组织上给了我两次出国访问的机会，执行科学交流任务。由于我国国际地位的提高，作为一个中国的科学工作者，再不会被人歧视了。我感到扬眉吐气，深感作为一个中国人而自豪。这一切都是共产党领导的结果。在这种感情的驱使下，1956年我写了第一次入党申请书，得到了党组织的鼓励和热情帮助。

十年动乱中，我进了"牛棚"，是当然的"资产阶级反动学术权威"，受到严酷批判和斗争。我迷惘了，心想：党怎么会这样对待知识分子？我心疼的是新中国成立以来发展起来的科学事业遭到了摧残。我虽遭受侮辱，但总想念着自己从事的科学事业，觉得社会主义也离不开科学。在接受批判之余，仍偷偷地搞业务，即使在1976年唐山大地震期间，我也仍躲在楼里修订《脊椎动物分类学》这本书。明知道有危险，但不干工作，活着还有何意义？直到粉碎"四人帮"我才明白，给科学的春天带来狂风恶浪的，其实是一小撮阴谋分子、野心家组成的反动集团。

党的十一届三中全会之后，特别是听了邓小平同志强调知识分子是劳动者，社会需要体力劳动和脑力劳动的必要分工的讲话，我感到又一次得到解放。这时我已经74岁，但觉得自己就像47岁的人一样。自此时起，我又是干劲冲天了，天天早出晚归。我是想把被"四人帮"耽误的时间再夺回来。这时，党组织又帮助我把十年动乱中遗失的《中国鸟类分布名录》的手稿找到。不久，我写的《脊椎动物分类学》出版了，并获了一等奖。同时，我自新中国成立以来同年轻同志一起写出的《中国动物地理区划》《中国经济鸟类志》《秦岭鸟类志》等研究专著，在全国科学大会上获得重大科学成果奖。国家先后派我去英国、法国、美国、日本、澳大利亚等国家进行学术交流和科学谈判。由于我国日益富强,我们在国外能与外国专家平起平坐,在学术交流和谈判中也为国争得了荣誉。

我由衷地感到兴奋,深深感到"只有社会主义才能救中国",这是千真万确的真理。领导社会主义事业的是中国共产党,没有中国共产党也就没有社会主义,没有新中国。

党的十二大提出了建设社会主义现代化强国的宏伟蓝图,党的工作重心已经转到了社会主义现代化的建设上来,我衷心拥护这个转变。因为这个转变,也使我更感到自己生活和工作的意义。我认识到,党在这个时期会需要知识分子,作为知识分子的我,更需要党的领导和帮助。我年纪大了,但在党的面前我感到自己像个迷途的孩子。我从新中国成立初期认为共产党好,到今天这种认识经过了30多年,因此特别感到党的亲切,感到自己同党的宏伟事业的紧密关系。

当然,在我们前进的道路上还会有困难,但我相信,只要有党的正确领导,我们的事业就一定会胜利。我愿成为中国共产党的一员,为实现四个现代化贡献余年。

郑作新入党后,常说自己是个新党员,和一个优秀的共产党员相比还有很大的差距,他继续认真参加党组织的各种学习活动,每天阅读报纸,听新闻广播,按时参加党的会议,听取党内文件的传达(1991年后,组织上为照顾他的身体,才不让他到单位参加党的生活会),认真响应党的号召。组织号召买国库券,他总是尽力买得多些;向灾区捐献,也是尽力多捐献些,还有集资助学、残疾人福利基金……只要他认为国家需要,他都认真地去做。

星期日,儿女们回家探望老人。中午就餐时,总要议论一些国家大事。他对有些问题,终要追根究底,问个明白。老伴嗔怪地说:"你又不去作报告,问这么详细作啥?!"他总说自己是党员了,必须更好地理解党的方针政策。

老伴替他领工资时,他总是要一再嘱咐代他交党费。他在入党前,对争取入党是认真的;入了党,做个普通的共产党员,也是很认真、严肃的。他已78岁了,论名誉与社会地位应该说都有了,为什么还要争取入党?!这无非是实现他

的宿愿，为理想、为真理而奋斗。也正因此，78岁的他，不但没有老年人的暮气与俗气，相反，倒体现出那种对事业成熟的热爱，在他身上跳动的那颗对事业执著并充满激情的心。

郑作新对党内存在的不正之风，真是嫉恶如仇。开始他不相信，接着是不理解，他认为共产党是廉洁的，党员应是清白的，怎么党内会有不正之风呢？以后，听得多了，报刊、文件中也一再揭露、声讨了，他不得不承认了，接着他表示了极大的义愤与不满，尤其是听说偷猎珍稀动物时，他表示要管。他也问道："这些事为什么不管？""共产党不是最讲认真吗？"

1989年，郑作新（站前排右二）参加党支部组织生活后与支部成员合影

是的，在郑作新的心里，保持着一块净土，那里是鸟儿自由翱翔的天堂，是绝容不得半点污染的。

41. 不成文的家规

1992年春,林业部办的《中国林业报》为了迎接每年一度的爱鸟周活动,举办鸟类知识竞赛。报纸上刊登的试题多是家中成员经常关心与议论的问题。儿孙们都不感陌生,而且认为有爷爷做顾问,这些问题,不用多少时间,就可以答出来。

正当大家兴致勃勃地向爷爷核对答案时,出人意外地,作为爷爷的郑作新却不让他们参加这次鸟类知识有奖竞赛,免得损害"公平"原则。

郑作新的态度,出乎孩子们的意料。为何天天离不开鸟的爷爷,却不让他们参加竞赛活动。是怕他们答不好?那么,当爷爷的可以指点。更何况,他们答对是有把握的呢!正因为是这样,郑作新才有意地让他们"回避"。

不让孩子们参加鸟类知识有奖竞赛,实际上是郑作新职业道德的体现。他研究鸟类数十年,家中从来没有陈设过一件鸟类标本。是他不喜欢鸟吗?当然不是。是鸟类标本没有摆设的价值吗?也不是。是他弄不到珍稀的鸟类标本吗?更不是。如果需要,郑作新完全可以从各地鸟类学工作者手中收集若干,甚至可以从国外友人赠送的标本中留下几个。然而,郑作新家里向来没有收藏过鸟类标本。这个事实,充分地反映了他几十年来,始终自觉地遵守着自己的职业道德规范。

郑作新认为自己是搞鸟类研究的,家中如果摆设着各种鸟类标本,会被误认为是公私不分。这就像搞文物鉴定的专家,自己不收藏文物的职业习惯一样,他是那样的清白,对公对私就如"小葱拌豆腐"一样地一清二楚。

郑作新与国内外的同行、朋友、学生,经常有信件来往。这些信件多由儿女帮着回复。每当此时,郑作新总是再三叮嘱他们,不要用公家信封、信笺作复。

记得1992年春节前后,一位德国工程师送到家来一只鹗(大型猛禽)标本。两翼展飞,雄伟无比,非常好看。儿孙们都很想把它放在家里摆着,也显得气派些。但大家知道郑作新是不同意的，于是，主动地讲："只摆几天，让大家在假期中欣赏欣赏。"

可是，郑作新还是执意要趁早送到单位。在争执中，老人家一直坚持自己的主张。最后，还是由最理解他的老伴出来圆了场，由老伴带着孙儿将标本送到单位收藏。

作为鸟类专家的郑作新，原来家中连活鸟也没养过。只有50年代在家中养了一些麻雀，以计量它们的食量。当时，粮食已有定量的规定。他用家中粮食喂养麻雀，这时公私虽然混淆了，而郑作新认为这倒是可以的，也是应该的。

"文革"之后，家中开始饲养一些笼鸟，如虎皮鹦鹉、珍珠鸟。一则这些鸟都是人工饲养的观赏鸟，并非国内自然界的野生种类，因此，也不是他们的研究对象；二则是对倡导观察和了解鸟类也有一定好处。全国开展"爱鸟""护鸟"就是反对捕杀野生鸟类，他们提倡用饲养鸟来取代对野生鸟类的捕捉。

现在，如果有人来访问他，可以看到窗前摆着几个浅绿色的笼子，里面养着几对白色的珍珠鸟。每日老伴饲养它们，这些笼鸟经常叽叽喳喳地叫着，吸引着来客的注目。

父亲郑森藩与郑作新夫妇和郑作光（左一）

回顾这个家庭几十年来，有一条最重要的规矩，就是一切以事业为重。1953年，郑作新的大儿子郑怀杰，高中毕业后考上了北京钢铁学院（现为北京科技大学）。但当时北京市缺少教师，动员一批优秀学生留校当中学教师。郑怀杰当时已是共青团员，想带头响应号召，便回家征求父母意见。郑作新说："你中学学的知识是最基础的，应该到大学去学习提高，掌握一门科学技术，为国家多作贡献。"

儿子说："我可以坚持自学，掌握大学知识；再说大学还为我们保留学籍两年哩！"

郑作新当时很难理解儿子考上大学却不去读的决定；但他懂得一个革命者应

该服从组织的需要,听从组织的分配,终于说:"这就由你自己选择了。"

郑怀杰在父母的支持下,留校当了中学教师。以后在教育战线上整整工作了50年,1960年提升当了副教导主任。在"文革"中受到"批斗",落实政策后当了校长,党支部书记。1989年3月,北京市教育局为这批留校从教的学生举行了工作35周年纪念招待会。一位记者采访他,请他谈谈留校后的感想。他说:"爱我所爱,无怨无悔。"那位记者的采访报道,刊登在1989年3月5日的《北京日报》上。

郑怀杰把自己的青春,几乎是一生都献给了普教事业。1991年教师节前,国家教委和中央电视台录制了电视系列片《忠诚》时,把他的事迹收录在第1集《向往》中。郑怀杰感到几十年来,若没有父母在精神上、物质上的帮助和支持,他的工作是不可能有所成就的。

郑作新的二儿子郑怀竞在1968年从北京医学院毕业(现为北京大学医学部)后,被分配到宁夏山沟里一个轴承厂去当厂医。郑作新夫妇积极支持他到基层去锻炼。郑怀竞工作很出色,在厂医院开展了多项外科手术,挽救了不少危重病人的生命。他在宁夏工作了8年,直到落实两地分居政策才回到了北京。

2009年全家福(前排左起:郑伟、郑怀杰、许鹤译、郑怀音、陈嘉坚、闫平、郑歆烁、杨群荣、王石可;后排左起:郑岩、张志华、蒋红艳、郑奕鸣、郑星、郑刚、郑怀竞、王大安、许晓胜)

在出国潮涌起的时候，郑怀竞也很想去美国进修一下，有着广泛海外关系的郑作新却说："要我推荐，我也只能推荐我的年轻同行和动物研究所的同志。"

郑作新可以为他的研究生卢汰春去英国进修写信联系，周密计划；可以推荐王香亭、李湘涛、何芬奇等同志去英国；刘如荀等去泰国，丁文宁、徐延恭等去美国参加学术会议。可从未为子女的出国留学操过一点心。

郑作新的子女们，很理解父亲的为人，他们靠自己的努力，迈出国门去了解世界。郑怀竞曾被单位派往法国参加学术讨论会；大女儿郑怀明以天津技术监督局副局长身份去日本、美国考察。

家庭成员的关系是民主、平等的。1992年11月，在郑作新生日前夕，在南方老家养病的大儿媳杨群荣给他写了一封贺信，他在11月8日给她复信时写道：

"你的热情祝贺信，使我感到十分高兴，所说的都是实在的话。遗憾的是你没有跟我提出缺点，帮助我改进。我是有不少缺点和错误的，希你以后多提提，促进我的改造。你的信非常宝贵，我要永久保存它。"

这封信反映了家庭里两代人的关系。在生活上，父母对子女关心照顾也很多。怀杰夫妇有三个儿子，他们因为忙于工作，从未带孩子去看过一次病。从小学到中学，也从未出席过一次孩子的家长会。陈嘉坚总是说："你们忙工作吧，我代你们去。"

在"文革"期间，造反派说请保姆是剥削，硬是让家里辞退了跟随30年的老阿姨。当时郑作新最小的孙子才4岁。为了大家上班不迟到，有几个月郑作新还曾担负接送孙子上幼儿园的任务。怀竞、怀音在外地工作，他们的孩子也是父母帮着照看。孩子们不忘父母养育之恩，非常尊敬、关心父母，连孙儿们也是如此。爷爷年纪大，走路不方便，便买来多功能手杖放在他身边。爷爷视力减退，看书有些费劲，一把放大镜放在桌上；爷爷成天坐着写作，应给他买把软椅……总之他自己没想到的，儿孙都细心观察到，替他办到了。因而郑作新给大儿媳的信上还这样说："我最感到幸福的，就是我的四对孩子都满有孝心，真是天下难有的幸福家庭！"

民主、平等、和睦、尊老扶幼的家庭，是老人健康长寿的重要条件，当然最重要的还是政治思想上的一致，郑作新一家四代大大小小21口人中，有共产党员10人，已足够成立一个党支部了。

42. 无法自抑地湿了双眼

在人们与家人的眼中,郑作新总是忙于事业,平时很少过问家事,家中里里外外都是由老伴陈嘉坚打理的。

他有时也过问子女的学习与工作,但总是很简短。在子女眼中父亲是严肃的,很少看到他表露出对子女的感情。

其实他对家庭对子女付出很多,但说的很少,子女只能通过切身的领悟才能深切地体会到他对自己(子女)的期盼与爱护。

在他身后,人们整理他留下的文稿中,意外地发现在他九旬的时候,深情写下的《明儿生辰纪念》,回忆59年前长女郑怀明出生的经历。时隔半个多世纪了,他还能如此细腻地追述当年紧迫情况。文中蕴藏着他对子女的深厚的感情。难怪当怀明看到这份《明儿生辰纪念》时,是无法自抑地湿了双眼。

1996年,郑作新、陈嘉坚夫妇与女儿郑怀明

《明儿生辰纪念》这篇短文,反映了他内心世界是充满人情味的。他的一生对家庭付出很多,而自己享受很少,他帮助与提携家中许多亲友的生活与学习,促进他们成才,从不求回报,他是全家的好兄长也是孩子的好家长。

现将《明儿生辰纪念》附后:

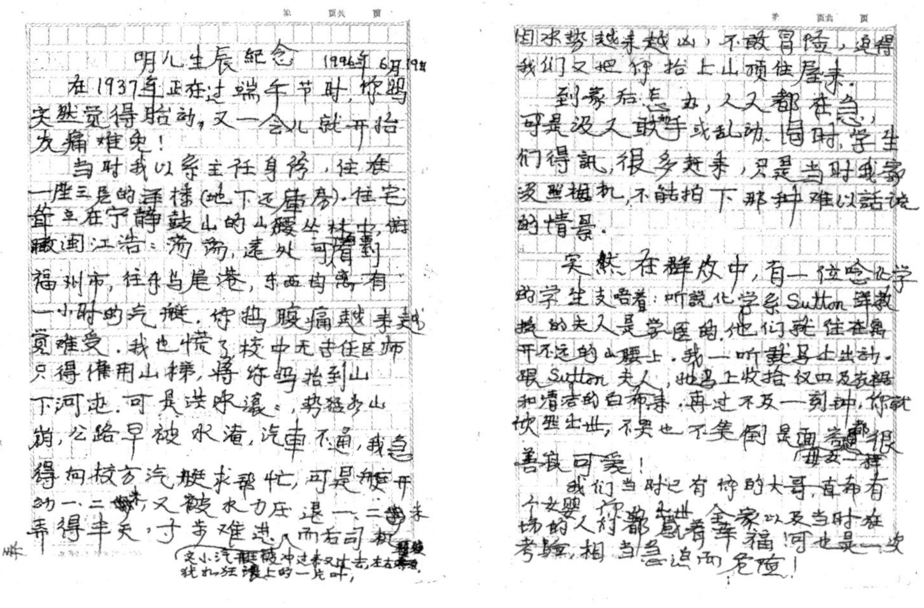

明儿生辰纪念

1996年6月19日

在1937年正在过端午节时，你妈突然觉得胎动，又一会儿就开始发痛难免！

当时我以系主任身份，住在一座三层的洋楼（地下一层是厨房），住宅耸立在宁静鼓山的山腰丛林中，俯瞰闽江浩浩荡荡，远处可向西看到福州市，往东马尾港，东西均离有一小时的汽艇。你妈腹痛越来越觉难受，我也慌了，校中无专任医师，只得雇佣山梯，将你妈抬到山下河边。可是洪水滚滚，势猛如山崩，公路早被水淹，汽车不通，我急得向校方汽艇求帮忙，可是艇开动一二米，又被水压退一二米，弄得半天，寸步难进。这小汽艇被冲过来又过去，左右颠簸，犹如狂浪上的一片叶。而后司机因水势越来越凶，不敢冒险，迫得我们又把你（妈）抬上山顶住屋来。

到家后怎（么）办，人人都在急，可是没人敢动手或乱动。同时，学生们得讯，很多赶来，只是当时我家没照相机，不能拍下那种难以话

明儿生辰纪念（原稿）

说的情景。

突然在群众中,有一位念化学的学生支吾着:听说化学系Sutton洋教授的夫人是学医的,他们就住在离开不远的山腰上。我一听马上出动。跟Sutton夫人(说),她马上收拾仪器及衣裙和清洁的白布来,再过不及一刻钟,你就欣然出世,不哭也不笑,倒是面容母女一样,都很善良可爱!

我们当时已有你的大哥,一直(希望)有个女婴,你的出世全家以及当时在场的人们都感(到)着幸福!可也是一次考验,相当急迫而危险!

看了这段《明儿生辰纪念》,不难让我们看到父亲对子女的爱多么深沉,内心情感是多么丰厚。半个世纪之后还能写出这样的《明儿生辰纪念》,的确无法自抑地湿了双眼。

1993年,在北京家中(左起:吕扬生、郑怀明、郑作新、陈嘉坚、郑怀音、王大安)

43. 集邮与爱鸟

郑作新从小喜爱大自然，探讨自然的奥秘，这可能是他成为一个鸟类学家的渊源。除此之外，他还有广泛的爱好，在美国留学时他爱好打网球、看橄榄球比赛，回到协和大学工作时，经常看到他与学生、爱人打网球，这网球拍在他"喜结良缘"中起过作用，所以至今家中还保存着这副从美国带回的球拍。有时周末还会打桥牌，象棋也下得好。"文革"前，工作之余还弹几首钢琴曲，调剂一下生活，缓解疲劳。50年代偶尔也参加一些周末舞会，陈嘉坚是他的当然舞伴。近几年青年舞兴起时，孩子们请他们示范一下。在孙子的钢琴伴奏下，俩人在小小的会客室里翩翩起舞，舞姿还不减当年风采。

郑作新还喜欢集邮。他曾是中国科学院集邮协会会长、名誉会长。他对集邮的认识有独到之处。他认为集邮是项有意义的社会性活动；通过集邮可以扩大眼界，从中了解到各国政治和文化生活的演变与发展，同时还可以丰富生活内容，使自己在紧张工作之余，得到生活调节，陶冶情操，还可以以邮会友，促进科技工作者的文化交往，使人们更多地体会人生的乐趣。同时他还认为集邮犹如科学研究一样，也要搜集资料，积累分析各种邮品，从而培养审议、分类与分析的能力与习惯。所以集邮对科技工作者有着特殊的意

中国科学院集邮协会聘书

义。

他的这种见解，曾写成《集邮使我进入大千世界》一文，刊在《邮识》这个刊物中。郑作新对集邮与科技关系的认识，是他切身体会的总结，这种见解独到之处是将邮票的搜集、分类与研究联系到鸟类标本的收集、鉴定与研究，这里存在着某种关联，这种关系就是他将集邮看成是科学研究，在业余爱好中培养他从事科学研究的能力与习惯。他对集邮的认识，自然与商业行为无关，他向来没有将邮票作为有价证券与他人交换过。

郑作新正是从研究工作出发，最喜欢收集各种鸟类邮票，许多在国外的亲友、学生，也常常寄上几枚鸟类邮票，作为礼物送他。所以他珍藏了不少各国的鸟类邮票。可惜，他的许多邮票在"文革"中被当成"四旧"，集邮被认为是资产阶级的闲情逸趣，保存清代、民国的邮票被认为是怀念过去，要"复辟"，于是邮票在抄家时被付之一炬。

当然，在"文革"中，被毁、被抄的不仅仅是邮票，郑作新在美国获得学位的证书、照片与博士礼服、博士帽，以及他从美国和苏联、民主德国带回的大量保护区风景区的照片、图片，甚至他穿的西服和戴的领带……一句话，凡是红卫兵看得不顺眼的都在破除之列。所以，郑作新拿不出他的毕业照片与结婚照片（还是从亲友处要回来的）……家中比较有点"古老"的"文物"，就算是那副网球拍了。这可能是红卫兵当时还不知道这是干什么的。所以，这球拍才幸免于难。

然而，对郑作新的这种集邮见解是"破"不了的。因为他的集邮，有益于鸟类研究。新中国成立以来，全国就发现鸟类亚种24个，其中有16个新亚种的发现与他有关。这里面，集邮与爱鸟是存在着某种联系的。

44. 情系故土

郑作新生于福州，祖籍长乐，他自1948年离开福州之后，一直没能回乡探望，这成为他的憾事。

在20世纪50年代，他从北京到全国许多地方搞鸟类资源的调查，当时他认为对福建的资源情况比较了解，没有专门安排回福建搞调查；以后虽也有一些会议在福建召开，邀他前往，不是工作分不开身，就是医生不允许他远行。总之，没有一次成行。

然而，他思乡之情经常溢于言表。思念着故乡的父老、亲友、同行与学生，他对福建的情是不会断的。在工作顺利有成绩时，总忘不了是故乡的热土哺育他成长，是故乡的学校、师长为他打下牢固的基础。在困难的时候，想起家乡人民对游子的深切期望，增加了自己克服困难的信心与勇气。

每逢他的生日，福州的亲友也总要寄来线面、燕皮、粉干等他爱吃的土特产；即使他在"文革"时被关在"牛棚"中也不中断邮寄。他总感到家乡人民给了他很多很多，而自己却做得太少太少。

1991年，郑作新将自己获奖的书籍，亲笔签名后寄往福州，送给他当年的助手、福州著名的世代猎户唐瑞干同志，以表半个世纪前，为福建协和大学采集诸多鸟类标本的

2004年，郑怀杰、杨群荣回家乡福州长乐与郑氏宗亲合影（左起：郑秀璈、杨群荣、郑怀杰、郑更生）

感谢之情。郑作新关心武夷山自然保护区的建设，每期《武夷科学》他都认真阅读，重要文献还认真做出标记，有的还转给其他同行参考。他关心仍在福建从事科研与教育工作的老同事及学生们，与他们保持密切的联系。当然更关心改革开放后的福州建设与发展。他对故乡的山山水水是意浓情深的。

2006年，郑怀音（左三）、郑怀杰（左四）与福州长乐郑氏联谊会乡亲（郑更生左二）合影

1992年，福建师范大学举行建校75周年校庆。郑作新带着病，在眼力不济的情况下，单独横穿中关村的两条马路，亲自去邮局拍发校庆贺电。回来时，路上车水马龙，实难横穿马路；还是一位好心人扶他过了马路，才回到家。家人正在四处寻找，责怪他单独行动，多么危险。可他认为这个电报一定要亲自去发，以表其情。

郑作新自己未能回福建，但这几十年来，他的老伴、儿女、孙子等先后回福州探亲访友，回京要向他详细叙述家乡情况。同时，他在北京也不断接待从福建来京的同行、亲友。1993年4月福建师范大学校长陈一琴、党委副书记胡绍樵一行，代表母校来看望他，郑作新非常激动，除热情招待外，还与他们倾心畅谈。他衷心祝愿母校越办越好。

这几年，福州市政府在北京西直门内建立了福州会馆，过年过节邀请郑作新到会馆团聚，他都争取参加。有一次见到长乐县的"父母官"，他倍感亲切。

1993年2月长乐县委书记林义杰、县长杨爱金来京，邀请他参加春节联谊活动。因是严冬时节，寒流袭来，北风呼啸，他行动不便，只好委派老伴及儿子坐了出租车前去参加。长乐县还赠送家乡特产，他品尝了长乐的文峰牌高级茉莉茶，赞叹不已；他平时还不轻易饮用，将它珍藏着，准备有贵客临门时才与大家共享。

领导准备为他出版"论文选集"，他考虑再三，最后还是选中并委托福建科学技术出版

福州长乐区中心的名人公园内的郑作新纪念碑（碑文："乐天才能超世，克己才能助人，勤奋才能创造"）

社出版。多年来，不少记者、作家来探访他，写了百余篇有关他的报道或通讯。然而，他对福建家乡来的记者最感亲切。在他心中，总感到这是对家乡父老汇报自己的情况，企望家乡的报刊能为他传递"八闽游子"思乡之情。

1982年，福建工人杂志社特约记者王金石采访了郑作新，王金石在《天高任鸟飞》的访问记中写道："当他看到《福建工人》的特约记者来采访时，就像遇上知音一样，同我整整谈了一个上午。我的感情的浪花随着郑老的回忆而翻滚，同他一道体会艰苦岁月的辛劳，一道分享他成功时刻的欢乐……"很少题字的郑作新这次还是通过《福建工人》写了一首诗：

遨翔武夷江山丽，奔腾五虎险景奇；
心怀祖国劲倍增，遥望闽中材辈起！

郑作新1982年4月于北京

这些年来，郑作新看到福建省的领导，重视科技、尊重知识分子，感到十分振奋。他相信福建的经济一定会很快腾飞，福建人民一定会富裕起来，百年来的梦想终会变为现实。他在北京时时能听到这种前进的脚步声。

45. 海峡两岸的深情

郑作新早年在闽江口外，连江县川石岛采集时，他就知道在东边不远处就是我们的宝岛——台湾。但是，甲午战败后台湾岛被割让给日本，成为日本的殖民地。在那样情况下，他是想去而不能去的。日本是不会让他们去的。

1948年底，大陆解放前夕，倒是有人劝他去台湾，而他却选择留在大陆，当时的台湾是能去而没有去。

以后两岸对立，在国际会议上为防止制造"两个中国"的图谋，两岸学者在国际会议上是难于谋面的。

"文革"以后，我们实行改革开放政策，郑作新在参加一些国际学术活动中就开始与台湾的亲友恢复往来。有时他路经香港，就有在台湾的亲友专程到香港看望他。而在这

1995年，郑作新在家中会见台湾友人余如季先生
（左起：陈嘉坚、许维枢、郑作新、余如季、颜重成、郑光美）

时，也有台湾学者像颜重威教授还通过日本的友人向他咨询有关鸟类学的问题并索要资料。台湾这个亲切而陌生的地方，往来还靠第三方转递，实在是不方便。他想，何时才能"破冰"建立更密切的联系呢？

台湾解禁之后，两岸学者往来开始频繁起来。1994年决定在台湾召开第一届海峡两岸鸟类学术研讨会时，台北市野鸟学会刘小如教授特别来到北京邀请他出席大会。

当时郑作新年事已高（88岁），不但早已停止参加所有离京的活动，而且"办公"地点也改在家中，还经常是边吸氧边工作。但是他还是很高兴地接受了邀请，并开始做赴台的准备工作。

首先他准备在这次两岸鸟类学术研讨会上的学术报告《台湾省鸟类区系及其与附近地区的比较》。他从鸟类学角度论述台湾与大陆的密切关联；同时他还让家人帮他收集有关台湾的资料，他要了解台湾的现状；而且他还写信给在台湾的亲友与学生通报自己赴台的消息，他要借参加这次研讨会的机会，会见亲友与同行的热切愿望与兴奋的心情溢于言表。

在台湾的协大校友，如世新大学原董事长叶明勋曾回信表示来台后将提供专车供他使用。

1993年，叶明勋夫妇回大陆看望他的老师（前排右为萧乾夫妇、左为郑作新夫妇；后排右二叶明勋、台湾世新大学原董事长、协和大学旅台校友会会长，右四严停云、著名作家、严复孙女）

他还耐着性子填写十分繁琐的入境登记表。但是临行前中国科学院院部认为郑作新在缺乏医疗保障的条件下，不宜长时间乘飞机出行，遂劝告他还是不去为好（当时恰有著名演员赴台途中猝死）。

郑作新这次是能去，但是去不了了。他想如果飞机不必绕行港澳直飞台湾，那么旅途就不会那么艰辛，他还是可能参加会议的。但是"三通"尚未实现，他只好作罢。

台湾《民生报》于1994年1月15日曾以"国宝级鸟界耆老未能访台"刊登记者朱家莹的文章,表示"遗珠之憾"。

当时他只好让参加会议的同仁带去问候以及有关专著,赠送在台的同行与亲友。

从首次海峡两岸鸟类学术研讨会之后,两岸学者的交流日益频繁,到1996年在内蒙古呼和浩特市召开第二届海峡两岸鸟类学术研讨会时,他仍不能亲自参加会议。但是这次研讨会出版的《中国鸟类研究》的专辑,是以"郑作新院士90华诞暨第二届海峡两岸鸟类学术研讨会纪念"为副标题的。这说明他是两岸公认的鸟类学泰斗。

在这个专辑中,中国鸟类学会秘书长许维枢不但在前言中历数郑作新在鸟类学方面的贡献,而且还有许多领导祝贺他90华诞的题词。如国务院原副总理、中国科学院原院长方毅题写的"老当益壮",全国人大常委会副委员长、中国科学院原院长卢嘉锡题写的"学而弥笃志且益坚,公诚鸟类巨匠;我颂学者楷模,桃李满园硕果流芳",原国务委员、国家科委主任宋健题写"鸟类研究先驱,攀登科峰导师",中国科学院院长、中国科学技术协会主席周光召题的"一代宗师"等。

而郑作新自己也写下了"勤奋耕耘——为了创造更美好的明天"以自勉。人们认为"勤奋耕耘"正表达了郑作新一生研究鸟类的心态,至于他的成就,在这个专辑中由他的学生雷富民、徐延恭撰写的"郑作新院士与中国鸟类学的发展"曾作全面的概括。

在两岸学术交流的过程中,台湾学者到大陆参访或参加会议都会来北京访问他,有的还专程抵京来看望他。

而郑作新也一直对台湾寄托他的深情。记得在1987年还曾书写《"爱鸟"声中话台湾》一文,论证"从台湾省繁殖鸟类区系的分析,可知台湾不但目前在鸟类区系上与华南地区具有特别密切的关系,而且在地质年代已经几次与祖国大陆连接起来。这种科学研究资料,对台湾归隶祖国的问题,提供饶有参考价值的佐证。"我们认为这是他对台湾一片深情的本质原因。

郑作新病危期间,还嘱咐子女在他身后将刚出版的《中国动物志·鸟纲 第一卷》赠送台湾同行。在他不幸逝世后,在台湾的协大校友还专门举行追思会悼念他们的师长与朋友的离去。

46. 协和大学在京校友的欢聚

1991年11月17日下午，福建协和大学（新中国成立后并入福建师范大学）北京校友在中国农科院召开了母校建校75周年纪念会，并热烈祝贺郑作新老师85寿辰。庆祝活动始终洋溢着对母校的深切怀念之情和对郑作新的敬仰之意。校友会向郑作新献上祝寿礼物——一个漆上校友名字的大漆盘——"金鹿献寿"。接着朗读了北京校友的祝寿词。一些校友用诗词表达了对郑作新的敬意。

1991，协和大学校友祝贺郑作新85寿辰（北京）

千秋岁——祝贺郑作新老师85寿辰（1991年11月18日）

祝您健康，贺喜福人类。

郑学*兴，作品粹。

---

* "郑学"，指汉代郑玄以古文经学为主，兼采今文经说，遍注群经，成为汉代经学集大成者，故谓"郑学"；今引申为郑老师集古今中外科教之精华，著书立说的意思。

新陈代谢，老骥伏枥贵。

师表率，八闽学子紧相随

十风五雨*时，五湖四海归。

寿星照，辰时辉。

永恒真理在，远见卓识规。

幸运来，福如东海成双对。

2006年，陈嘉坚与参加郑作新诞辰百年活动的协和大学校友合影（前排左起：王栋炜、张雅英、黄和荣、陈嘉坚、俞永新、嵇迈东；后排左起：陈佩惠、王阳胗、李梦鹤、叶美叶、郑光华、林国志、苏荣汉）

浣溪沙——祝贺郑老师85寿辰（1991年11月18日）

寿辰欣逢八五秋，

科教名望誉寰球。

桃李满园庆丰收，

老骥伏枥人称颂。

振兴祖国壮志酬，

为人师表千古留。

---

* "十风五雨"，即风调雨顺，引申为政通人和，政治社会稳定，经济繁荣的意思。

祝寿对联

作风民主，治学严谨，勇于探索、功绩卓著，羡高年、精神矍铄，
　　花甲重添二十五载，老寿星长寿长寿再长寿。

新陈代谢，实事求是，追求真理、无私奉献，居上寿、齿德俱尊，
　　松年永享八千余秋，众校友祝福祝福还祝福。

（作者：王栋炜、李美容）

校友林国志献给郑作新夫妇一幅墨竹国画，象征其清风高节，并蕴含着他的学生祝愿他事业节节高。

这些在北京的协和大学校友，多系郑作新的学生，他们绝大多数均已退休、离休；这些六七十岁的老校友，相聚一堂，回首往事，充满激情，从激动中迸发出对青年时代的回忆。他们都颇有所成。因而感谢母校，也感谢教授当时对他们的帮助与教育。

我们找到一份1948年协大生物学会成员的名单，从名单中可以看出：40多年后，这些会员的成就。现仅就我们认知的专家、学者，初步列后：

郑作新院士、唐仲璋院士、林琇英教授、赵修复教授、周述龙教授（卫生部专家委员会委员）、陈佩惠（北京市劳模、北京医科大学寄生虫病专家）、林宇光教授、罗慰慈（北京协和医院胸科专家、首长保健医生）、李梦鹤（妇产科专家、教授）、宋振能（中国科学院动物研究所党委书记兼副所长）、俞永新院士、黄和容（中国科学院微生物所研究员）、张雅英（高级教师）。

这些名单仅限1948年的会员，在这

2006年，李梦鹤代表薛攀皋、苏聚汉（1947级协大学生）送的贺词

之前或以后协和大学的学生，学有所成，成专家学者的绝不限此数。

正是因为这些学生学有所成，他们在北京才能组织起协和大学在京校友会并开展联谊活动。

郑作新是没有想到，自己当年在福建的工作，而今会在北京得到收获。他总认为，自己做得还不够，欠学生的情，欠事业的债。所以，在这种场合，他本应该讲许多感谢的话，然而他却表了态，他讲今后还要好好努力工作。

两年后的1993年，在春夏之交的季节，协大校友会北京分会又在中国农科院为年满80的陈嘉坚祝贺寿辰。这些老校友又一次欢聚一堂，格外显得亲切。其情之浓烈，其意之融洽，是局外人很难体会的。

当郑作新夫妇赶到会场并带来糕点时，老校友回忆起当年"先生娘"（师母）亲手烤制西点招待他们的往事。那个时候，西式糕点还不普及。现在，社会发展了，生活改善了，西点也更普及了。

郑作新夫妇，在这种场合，感到时间过得快，与过去的同

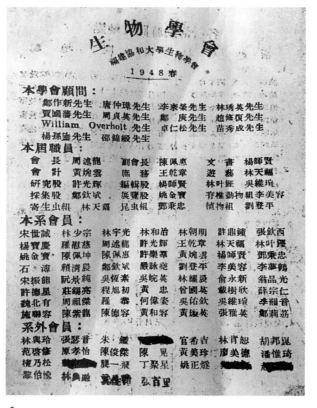

福建协和大学生物学会成员名单

事、学生总有说不完的话。过去，那些值得回忆的事，也实在太多，更何况，他们阅历又那么丰富，工作也多有成就呢！

校友会向陈嘉坚赠送了礼物，她想的是，自己能与协大有这么密切的关系，那是一种缘分。因为她到协大工作与学习，认识了郑作新；与郑作新的结合又促进了她与协大的关系，那是他们一生中最宝贵的青春年华。

47. 金婚佳侣

1935年正月初六，郑作新、陈嘉坚结婚了。经过半个多世纪的风风雨雨，有过坎坷和坦途，有挫折和成功，有困难的磨炼与胜利的喜悦。58年中，他们夫妻相依为命，同甘共苦。对事业的执著追求，对爱情的忠贞不渝，是他们"金婚"的基础。

婚后的陈嘉坚，除了工作、料理家务外，对郑作新的科研工作也倾尽全力相助。

在协和大学时，晚上去他的办公室"陪读"，星期日帮他逮青蛙做实验，替他绘动物画，有时还陪他打网球。有了孩子后，除照料孩子外，为了让作新专心从事工作，她"包"下了看望父母和年事已高的奶奶的职责；安排和资助弟弟妹妹、堂弟的学习；人来客往的应酬；还要为招待学生来家，照书本学习做西点，等等，几十年如一日，任劳任怨地操持着家务。

1992年，郑作新夫妇参加北京市民政局举办的金婚庆典

抗日战争爆发后，学校内迁邵武。当时只带了一些衣物和粮食离开，把家门都锁好，认为几个月就可回来。谁知几年后回家一看，被洗劫一空；夫妇二人只好重建家园。那时靠郑作新一人工资已不能维持一个大家庭的生计。陈嘉坚只好到小学去任教，同时发动家中老小种菜养猪、养鸡，以补贴家用。

1950年，陈嘉坚一人从南京到北京时，郑作新到北京火车站去接她，夫妻久别重逢，格外高兴。但在出站时，所带行李超重，两人摸完衣服上的口袋，就是凑不够支付超重行李的补款。郑作新突然想起身上还有一张出版社寄来的领取稿费通知单。他飞快前往附近的商务印书馆会计室，支取了稿费，再回到火车站取出行李，与陈嘉坚一起回家。

当时，单位分给他们一处住房，在东城一个旧庙里，打了隔断，有好几家人一起住。所缺家具多数是从旧货市场买来的；那张旧饭桌至今还保留在家里放杂品，成了"文物"了。

当时，生活虽然艰辛些，但全家互相谦让、互相关心，生活很愉快。不久陈嘉坚参加全国妇联工作，虽然也是供给制，但生活总有所改善。

1951年，中国科学院分给郑作新位于西城区石板房胡同里的三间平房，居住条件也有了改善。由于房间很小，仍显拥挤，

1992年，郑怀竞（左）、郑怀音（右）陪伴父母参加金婚庆典

所以郑作新把一切工作都带到办公室去做；晚饭后，宁可步行20分钟，到办公室去工作几小时（当时，中国科学院在文津街，距石板房不远）。到1955年，中国科学院在中关村盖了动物研究所、数学研究所等，也盖了大批宿舍楼。郑作新分到五间一套的新居，加上调整了工资，生活上有了很大提高，衣着、家具也逐步更新。条件好了晚上他还是到办公室去工作，这已成他的习惯了。

从20世纪50年代到60年代初，郑作新经常外出考察，像只"候鸟"似地从春季到秋季奔赴各地山林去了。陈嘉坚在工作之余忙着给他准备行装，直到雪花飘落的冬季他才"飞"回家里。当然家里的一切郑作新是无暇过问了，有个贤内助替他料理着一切。郑作新也总是内疚地笑着说："我的成绩里，也有你的汗水！"

"文革"中，郑作新关进"牛棚"，每月只发33元生活费；大儿子也被隔离

审查,每月发20多元生活费。陈嘉坚一方面紧缩开支,另一方面只好动用近几年的积蓄,因为有2个儿女还在念大学,3个孙子还幼小,家里仍需请保姆照看。

经济上的困难还是可以克服的,主要是精神上的思念。她怕郑作新这个人心直口快,思想不易转弯,要遭受皮肉之苦;想他已60多岁的人了,又患有高血压,怕他经受不起无情的批斗。每日总是担惊受怕,她慢慢开始神经衰弱了,整夜睡不着觉。

有一天,单位派人到家送工资,她赶紧在签收时写上"要相信群众、相信党"几个字。以后允许家属给他送药,陈嘉坚在熬降血压的松柏汤中,掺上牛肉汤、鸡汤,好让他补补身子。用这个办法,保证郑作新的营养供应,这可能是她的一项创造。

半年后,郑作新被"解放",回到了自己的家,两人相逢,激动得不知说什么好。陈嘉坚连声说:"回来就好!回来就好!"。

1966年8月,红卫兵扫"四旧",抄了郑作新的家,让他穿上博士服、戴上博士帽在阳台示众。家中的钢琴、沙发、电视机、衣柜、棉被等衣物装了一辆10轮大卡车拉走了。最让郑作新心疼的是,抄走了他近几年才购买的新式打字机。陈嘉坚告诉他:"只要有了钱,第一件要买的东西就是打字机。"郑作新感到,妻子的理解是他最大的安慰。

1986年,参加"家家乐"歌咏比赛前在家合练

1971年,陈嘉坚因病提前(多次在河南干校晕倒,回京检查患有心脏病)退休后,她把主要精力投入到协助郑作新的科学研究工作中去,画图、查地名、打字、抄写、编索引……动物研究所的领导和群众都夸奖郑老有个"贤内助"。在她的协助下,郑作新的《秦岭鸟类志》(1973年)、《中国动物志·鸟纲 鸡形目》(1978年)、《中国动物志·鸟纲 雁形目》(1979年)、《西藏鸟类志》(1982

年）先后出版了。

自1987年后，郑作新因心脏病两次长期住院。陈嘉坚总是日夜守候在他身旁。她自己也已70多岁了，并患有冠心病，就这样带病坚持着，对郑作新真是耐心又细心，称得上是精心护理了。

她怕儿女们陪郑作新住院会耽误工作，陈嘉坚就日夜一人守候。有一年，陪住了8个月，等郑作新病情好转，她却住进了医院。在北京医院住院部他们所在的病区，人们用赞叹的目光看着这一对头发灰白的老夫妻搀扶着在楼道散步，夸他们是一对恩爱的老伴侣。

陈嘉坚从全国妇联退休后，除料理家务外，订阅了很多报纸杂志，以了解国内外大事和党的方针政策。怀着老年同志"发挥余热"的心情，义务担任了中国科学院中关村管理局所属几所幼儿园的顾问工作，人们尊称她为"陈老"。

她给幼儿园老师讲辅导课，与她们一起备课，听她们讲课，带她们到先进幼儿园去参观，使教养员的业务水平有所提高。她还长期做街道居委会的工作。事情繁杂琐碎，楼上楼下忙个不停。

1984年，陈嘉坚被选为中关村街道妇女委员，出席了海淀区第六次、第七次妇代会。

1986年，参加"家家乐"歌咏比赛

1985年，她被评为海淀区老龄工作先进个人。11月受到北京市的表彰，曾被全国妇联、团中央等单位称誉为"退而不休"的老同志。

1986年5月，她组织全家参加北京市"家家乐"歌咏比赛。每逢星期天，就把儿孙们召集起来练歌。郑作新也表示支持老伴的工作，并自告奋勇担任指挥。老两口的认真劲儿，真让晚辈们服气，乖乖地参加练习。

比赛那一天，郑作新一家子10多人参加演出，这个节目荣获海淀区比赛一等奖，并被推荐到北京市去参加比赛。演出那天，陈嘉坚正住在医院，大家劝她不要参加了，她坚持要去。上午医生给她打了退烧针，下午区文化馆同志用车把她从医院接出，直接送她到剧场。结果演出成功，又获北京市优秀节目奖。电视台现场录像，在电视台播放了数次。当时一位记者还拍下了郑作新指挥家人唱歌的照片，登载在《人民画报》英文版上。

1988年3月，陈嘉坚又出席了北京市"三八"红旗手五好家庭标兵表彰大会，当然她操持的家庭几乎年年被评为"五好家庭"。她还参加了北京市的"家教研究会"，与大家一起探讨家教问题，在这方面她是有丰富经验，最有发言权的。她在50年代就申请加入中国共产党，1987年，在她75岁高龄时如愿加入中国共产党。1991年被选为党支部的宣传委员，1991年、1992年均被评为"优秀党员"。

由于他们俩相亲相爱地走过54载光阴，以及事业上的成就，因此在1989年全国"金婚佳侣"评选活动中，被评为"金婚佳侣"。

1989年10月8日，在颁奖大会上，陈嘉坚还代表全国103对得奖者在大会上致辞，当天的电视新闻作了报道。他们的事迹被收入中央电视台电视片《半个世纪的爱》中，数次在电视台播出，收到各地亲友的祝贺。

1990年3月10日的《北京日报》，介绍《半个世纪的爱》的电视片时写道：

> 在这部电视片的画面中，几次强调了著名生物学家郑作新绣在领带上的一只仙鹤。随着故事发展，人们才知道郑作新、陈嘉坚夫妇对鹤的特殊感情。在飞禽家族中，形影相随的鸳鸯，只是做表面文章的夫妻，而一对仙鹤夫妇中，如果有一只逝去，那另一只也会销声匿迹。郑作新总是带着夫人亲手绣着鹤的领带，这一细节的内涵太丰富了。

作者最后写道：在婚姻生活中，最动人的一幕也许还不是最初时那如醉如痴的爱恋，而是步入晚年后，夫妻之间的依恋和理解。他们相坐在一起，不说一句话，却什么都知道了。

他们的金婚纪念活动一直延续到1992年3月，北京紫房子婚礼中心，为在京的金婚佳侣举行了隆重的金婚仪式，并互赠礼物，郑作新把保存几十年的金钥匙赠给陈嘉坚，而陈嘉坚回赠的是一枝金笔，是郑作新日常离不开的"武器"。他们俩携手高举致谢的照片，被刊登在1992年3月8日的《光明日报》头版的右上角（见本书彩插第5页）。

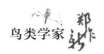

48. 谁要放弃时间，时间就会放弃他

这是郑作新最信奉的格言。他认为人的生命是有限的，所以要抓紧时间，多学习，多工作。他的日程总是排得满满的，生活很有规律。

郑作新的生活很有规律，这是大家公认的。他的生活规律是建立在对生物科学认识的基础上。

平时，他作息有常，早睡早起；饮食讲究的是营养构成，一日三餐虽平淡无奇，但只要他认为是人体需要的，则从不挑食。

在节日中遇到美味佳肴，也是定量，从没有暴食暴饮的事。平时烟酒不沾，没有不良嗜好，他是"科学"地生活着。从而保证他有健壮的身体，年轻时能够跋山涉水，几乎走遍祖国的山山水水，到了退休年龄后，还能有饱满的

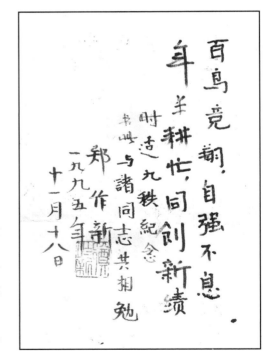

精力从事科研工作。身体是他执行这条格言的物质基础。

在年轻时，郑作新由于要到野外观察鸟类，已养成早起的习惯。他每天5点起床，自己做早餐，6点钟就到动物研究所的大门口，传达室的师傅总是为他提前开门，迎来所里第一个上班者，几十年如一日，直到80岁因患心脏病，医生不让他上班，改在家中工作为止。

郑作新原来的生活内容是很丰富的，他注意劳逸结合；但随着年事增高，感

到时间有限时，就有一种紧迫感。特别是"文革"耽误他10年的时间，他要补回失去的时间，他想一一落实他心中的计划，以便将来给国家给后人留点东西。

正像《中国当代科学家锦言》一书编录郑作新讲的"要为祖国的明天自强不息，耕耘不止"一样，在他的头脑里除了工作，还是工作，没有星期日与节假日要休息的观念，不管是刮风下雨，还是骄阳似火，天天如此。

一天三个单元的时间，他都在办公室工作。单位的领导都知道郑作新在大年初一也要上班，所以，总是关照保卫干部，除夕夜封门时，对他的办公室不贴封条。工作紧张时，他就吃在实验室，睡在办公室。

直到70多岁时，他的时间表还没有多大变动，只是在上班的路上，手里捧着一个装中药的小暖瓶。

有一次天下大雨，马路中间的积水都要没膝了，而他仍坚持要去上班，家人拗不过他，只好送他去。行至半路，一位素不相识的司机主动请他上车，把他送到单位。

医院因他血压高，心脏有病，每周都给他开假条，他总是将假条装在衣袋里，从来不交，舍不得

位于福州闽江北岸江滨公园福州名人纪念碑

休息。他说："时间不等人啊！"郑作新就是这样长期带病坚持工作，1990年12月他终于晕倒在动物研究所的楼梯上，被同事们送进医院输氧抢救。等他醒来，大家劝他一定要搞好劳逸结合，好好休息，他却说："正是一想到年岁老了，没有多少时间了，才发自内心珍惜每一寸时光。"

以后，在北京医院体检时，被医生留下住院，他对医生说："我只想问你一句话，我还能不能工作？凡以我能工作为目的的治疗方案，我都接受。如果我不能工作了，仅仅为了延长寿命，又有什么意义？"

对他来说不能工作怎么行。于是他把病房变成了工作室，书籍、资料陆续运到医院，连打字机也搬到病房。经常是写作、改稿、复信和接待探望者和记者等

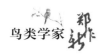

来访。并且,常常打电话,让他的同事、研究生到医院交代工作……于是已稳定的病情发生了变化,心房颤动频繁,因此,医生下令,禁止他一切活动,只能静卧床上,并谢绝探视。

从此,他的一切不利于养病的要求都被拒绝了,他要求大夫准他听听半导体收音机,这一要求,大夫还是同意了,因听音乐对康复是有益处的。

一次,大夫经过他的房间,听到的不是音乐与新闻,而是像啄木鸟的声音"得儿达,达得儿达……"的学习外语声。他对这位老科学家肃然起敬,他早过花甲之年,又精通英语,并懂德、法、俄语,还在孜孜不倦地学习外语,这是一种多么崇高的精神世界啊,大夫实在不忍心去劝阻他,只好悄然离去。

郑作新住了8个月医院,工作了8个月,修改了《中国经济动物志·鸟类》,主编了《中国动物志·鸟纲 第十卷》,拟出了培养博士生的计划,等等。

郑作新出院后,他表示今后不能再住院了,这并非医院不好,北京医院为他提供了第一流的医疗条件和护理服务。应该讲,医院的条件是无可挑剔的。但是,他实在太计较时间了,住在医院总没有那么多的"自由",他要抓紧一切时间,完成每年的写作计划。

新中国成立以来,领导给了他多次去庐山、青岛、海南岛等地疗养的机会;他除了去过一次北戴河以外,其他都因工作太忙而放弃了。他多次在各地考察,但从未领略过西子湖畔的美景、桂林山水的仙境。对这些闻名遐迩的风景胜地,他是几次"过门而不入",他是舍不得时间去欣赏风景。他最讨厌家人聊天,有时儿女、孙子们回来要与妈妈奶奶聊聊家常,他总要干预,让大家抓紧时间干点正经事,有时让人感到他有些"不近人情"。

正是郑作新抓紧时间,充分利用时间,在半个多世纪的时间里,做了大量的野外考察、搜集材料与研究整理工作,也写下大量的著作,计有研究专著20余部,专业书40余本,研究论文140余篇,科普文章200多篇,共计1000多万字,这里倾注了他多少心血啊,这是一笔多么宝贵的财富。

有人问他:"郑先生,你的座右铭是什么?"

他回答:"生命有限,学问无涯,不能浪费时间。"

又问:"您的最大心愿是什么?"

他回答:"一个中国人,总要为中华民族留下一点东西,增添一点东西。"

49. 在病中

郑作新在"文革"前就患有高血压，当时他往往将医生开的病假条藏起来而坚持每日工作，而且是上下午及晚上三个单元地工作着。"文革"以后他已经年过七十，还曾因前列腺增生动过手术，心脏病等原因也让他多次住院。每次住院都是老伴陈嘉坚陪伴。在住院期间，病情略有好转就开始在病房工作。

然而，1997年9月他因感冒发烧后转肺炎而住进北京医院，却一直未能出院，于1998年6月27日永远离开了他日夜操劳的岗位。他有许多工作还没能完成，他是带着无尽的牵挂走了。

郑作新这次住院10个月，他的所想所思可以用他的次女郑怀音撰写的《忆父亲病中二三事》（刊于1998年10月23日《人民日报·海外版》）来表述。

附原文：

忆父亲病中二三事

郑怀音

1998年6月27日，我们亲爱的父亲——郑作新永远地离开了我们。父亲作为中国科学院院士，著名鸟类学家，他一生致力于鸟类研究，被中国乃至全世界的鸟类学和动物学界人士誉为鸟类学研究的一代宗师。他去世后，世界各地的业内学术团体纷纷发来唁电，表达他们对父亲逝世的沉痛哀悼。

现在父亲离开我们几个月了，但我们总不能相信这是真的。我们总觉得他是赴外地采集动物标本，或是去国外进行学术交流了，甚至还觉得他就在北京参加院士会议。我们相信，不久他就会回家的，因为他知道家里在等他回来。再说,这样一个热爱大自然,热爱生活,热衷于自己的事业,同时又无比疼爱我们的父亲怎舍得离开我们呢?

然而,父亲毕竟是离我们而去了,我们再也见不到他那平易的笑容,谦和的举止和他那伏案工作的身影……父亲真的是离我们而去了!一想到这里,我们做儿女的就无比心痛。而每每痛定之余,又总是不觉地想起他老人家病重住院时的许多事情。

父亲这次患病住进北京医院,前后约10个月。住院期间,他曾三次病危,病情非常严重。然而重病在床的他,依然特别关心国家大事,尤其是党的十五大、九届人大和中美两国首脑会谈的有关消息。经常要我们带报纸去,他自己用放大镜看,精力不够就让我们念给他听。

有段时间病情有些好转,他就急着让我们把他的书稿捎到医院,因为他主编的《中国动物志·鸟纲 第十二卷》还没完成。他说,身为院士怎能净躺着不工作?他几次发自内心地说:"惭愧呀,惭愧!"然而,这一次他实在是起不来了,干不动了,就让我们通知他的助手到病榻前听他交代任务。从这次在南非举行的第22届世界鸟类学大会到撰写《中国动物志》,从鸟类分类调研到野生动物保护,内容广泛。他讲的实际上是他对今后鸟类学研究的设想。甚至

郑作新在病房会见第22届世界鸟类学大会秘书长沃尔特·巴克(Walter J. Bock)

半夜醒来也让我们请助手来,说要开会研究工作。有一次父亲居然在睡梦中用英文演讲他准备的第22届世界鸟类学大会的发言。可见父亲满脑子牵挂的仍是他耗费生命中60多年时光为之苦苦奋斗的鸟类学事业。看到他这样执著地对待工作,连负责治疗他的大夫都说,他长得完全是一个"科学家的脑子"。

住院10个月中，曾有几次会见外宾的安排，最后一次是会见世界鸟类学大会终身秘书长沃尔特·巴克（Walter J. Bock）。医生只给他半个小时，但作为大会名誉会长的父亲，对这位秘书长自然有许多话要说。半个小时无论如何是不够的。讨论了即将在南非召开的第22届世界鸟类学大会的有关事宜之后，他提出一个重要的建议：2002年第23届世界鸟类学大会在中国召开。他

1997—1998年，陈嘉坚陪护郑作新住院

是多么企盼将我国鸟类学研究事业推向世界，推向更高的水平呀！（刚刚收到南非来的消息，在第22届世界鸟类学大会上，已确定北京为下届大会的举办地点，父亲的愿望实现了！）

在治疗的后期，使用了多种抗生素都控制不了高烧，不得不让他躺在冰毯上退烧，承受着这么大的痛苦。这个92岁的老人也曾拒绝治疗。病痛固然是一个方面的原因，但更重要的是他觉得自己不能工作就不用治疗了，不能浪费药物，他要医生用药物去医好还能工作的人。医生与家人就用还有许多工作等着他去完成话劝告他。这似乎又给了他治疗的动力。耄耋之年的父亲以顽强的毅力忍受着每天长达10余小时的输液，就只为了"还有许多工作等着我去完成"的信念。我们看了这情景，既心疼又爱戴！联想到1976年唐山大地震那年，由于险情未过，时有余震发生，人们纷纷撤出办公楼。但一天晚上，细心的民警发现动物研究所大楼的四层有一间办公室还亮着灯，到楼上查看见到的是一位老人还在忘我地伏案工作。这就是我们敬爱的父亲，他把他的一生全部贡献给了科学事业。他说："我活着就要工作，我只能在工作中死去，我不能活着而不工作。"

10个月来父亲的病情一直没好转，他似乎预料到留给他的时间不多

了，于是向母亲详细交代，将藏书捐给中国科学院动物研究所图书馆（实际上他住院前就已开始赠书）。将遗体献给医院。就是在这将要告别人世的时刻，他也很少提到家事。对和他相濡以沫60多年的妻子，他讲得最多的话也是要妻子继续完成他身后的工作，要与他助手一起完成《中国动物志·鸟纲 第十二卷》的出版任务。父亲数十年的辛勤工作，使他在科学事业上作出了突出的贡献，在国内外赢得很高的声誉，并多次获得过奖金。他交代将这些奖金继续用于科研事业即郑作新鸟类科学青年基金奖，以奖励那些有成绩的青年鸟类科学工作者。

父亲对自己的生活小事要求也是十分严格的。他自己的衣服从来不让多做，开会、接见外宾也只有两身西服，一套深色的，一套浅色的。给

1968年，郑作新、陈嘉坚夫妇

父亲送行的那天他老人家穿的就是那一套深色西服，带着的是他最珍爱的绣着仙鹤的黄色领带……

父亲离我们而去了，然而他老人家一生热爱祖国、热爱科学、朴实无华，给我们留下了一笔丰厚的精神财富，他在我们心中重于泰山。

亲爱的父亲，您永远活在我们心中。您安息吧！

看了这段回忆会让我们更深入地认识与理解作为一位终生从事科学研究的学者是怎样对待事业，对待生活的。我们想正因为他这样专心致志地对待事业，才造就了他今天的业绩。

50. 莺歌燕舞的愿景定能实现

2002年夏季，第23届世界鸟类学大会在北京隆重举行。这是世界鸟类学大会历史上首次在亚洲、在中国召开。这既标志着中国鸟类学研究水平取得世界同行的认可，也标志着中国鸟类学研究正走向世界，更标志着我国国际地位的提高。

在这次大会的正式宴会上，大会筹备处正式邀请郑作新的夫人陈嘉坚女士赴宴。她在参加这次宴会时亲自带去四部专著送给大会主席巴克以及大会主席团成员。

这几部专著是郑作新在生前一直想修订的专著，但他是心有余而力不足，一直没能完成。病重时他嘱托夫人依靠学生的帮助，继续完成他未竟的事业。陈嘉坚就在失去郑作新以后，化悲痛为力量，带着对郑作新的深爱，克服难以想象的许多困难（陈嘉坚所学专业是师范与英语），她先后完成《中国鸟类种和亚种分类名录大全》的增订，完

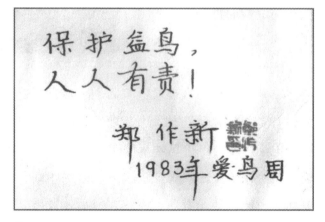

1983年，郑作新为爱鸟周题词

成《中国鸟类系统检索》的修订（此书同时也由郑作新的研究生译成英文同时出版），接着又完成《世界鸟类名称》的增订，在2002年世界鸟类学大会在北京召开时奉献给大会。

这次大会之后，她又组织、策划出版《与鸟儿齐鸣》《天高任鸟飞》以及《飞翔的生命》三部科普著作。同时将郑作新的著作、文献捐赠中国科学院图书馆及郑作新家乡——长乐市的院士馆。其中《天高任鸟飞》是领导、同事、亲友缅怀

与纪念郑作新的文集。这部文集集中反映了郑作新的教育思想、科研精神、工作与生活态度等内容。这部文集是对郑作新的一生最生动、最具体的评价,也是对他最好的纪念。

2006年11月,在家乡长乐市与中国科学院动物研究所分别隆重举行纪念郑作新院士百年诞辰纪念活动。

2008年9月,首届全国鸟类系统分类与演化学术研讨会暨郑作新院士逝世十周年纪念活动在长乐举行。

2010年,在郑作新院士逝世12年后,《中国动物志·鸟纲 第十二卷》在他夫人亲自关心下出版。

无数事实说明,鸟类学的研究工作既能促进自然生态平衡的发展,又会随着科学发展观的贯彻与社会的进步而得到进一步发展的。当人们还没有解决温饱问题的情况下,谈爱鸟、护鸟似乎不太现实;当人们生活逐步进入小康水平的情况下,爱鸟、护鸟才会有实现的物质基础。今后随着我国经济发展与繁荣,人们生活水平与科学素质的提高,爱鸟、护鸟才有可能成为良好的社会风尚。

这从旅游业的发展变化也可以得到印证。当社会刚开展旅游业初期,当时到各地旅游的内容是看庙、购物;以后才发展到休闲旅游;进而发展到生态旅游的范畴。观鸟之旅在有些国家已成为一项新兴产业,每年创造数十万个就业的机会与数百亿(美元)的产业市场。

所以我们有充分理由相信,郑作新生前盼望的"鸟语花香"的美景、"莺歌燕舞"的场面,必随着我国经济与社会的发展和进步得到实现。人与自然、人类与鸟类和谐发展的局面必将实现。中国必将建设得更加美丽,我们有理由相信郑作新一定会含笑九泉!

竭诚纪念恩师郑作新院士百年诞辰

卢汰春　魏天昊　徐延恭　邹昭芬　何芬奇
李湘涛　毕　宁　徐照辉　雷富民　丁长青

2006年将是郑作新院士百年华诞，是值得中国和世界动物学界和鸟类学界纪念的！郑作新院士是中国现代鸟类学的奠基人、动物地理学的开拓者，中国乃至全世界鸟类学和动物学界的一代宗师。

郑作新院士是中国野生动物保护协会、中国动物学会、中国鸟类学会和中国"爱鸟周"的发起人和领导人之一。

郑作新院士1906年11月18日生于福建福州，祖籍长乐。早年留学美国，23岁获得美国密歇根大学研究院科学博士学位。由于成绩卓著，被推荐为美国科学院荣誉协会会员，生物系还授予他科学金钥匙奖。

郑作新院士历任福建协和大学生物系教授、系主任，先后兼任教务长、理学院院长、福建科学院研究员、福建省科学馆生物学部主任。1945年，应美国国务院邀请赴美任客座教授。1948年，

1978年，郑作新与卢汰春在英国

任国立编译馆自然科学组编纂。1950年，任中国科学院动物标本整理委员会（中国科学院动物研究所前身）委员兼秘书。1953年，任中国科学院动物研究所研究员、中国科学院编译局编审暨名词室主任。1956年以后，历任中国科学院动物研

究所鸟类研究室、脊椎动物分类区系研究室主任，北京自然博物馆业务副馆长兼自然历史研究所所长，中国科协全国委员会第二届委员，中国动物学会理事长及名誉理事长，中国鸟类学会理事长及名誉理事长，《动物学报》主编，《动物分类学报》副主编，《中国动物志》编委会副主任，《中国大百科全书》动物组主编，中华人民共和国濒危动植物种科学组组长，中国野生动物保护协会副会长、中国科学院生物学部委员，中国科学院院士，世界雉类协会会长、终身荣誉会长，世界鹤类基金会首席顾问，第22届国际鸟类学大会名誉主席，日本、美国、英国、民主德国等国鸟类学会通讯会员，美国鸟类学会荣誉会员，等等。

1930年秋，郑作新院士怀着炽热的报国之心，放弃丰厚的待遇和优越的工作条件，毅然回国，投身于祖国科学事业之中。

郑作新院士是我国鸟类学的奠基人。从1930年至1998年6月27日的60多个春秋，他一直全身心地投入在鸟类学研究工作中。他历尽艰辛，呕心沥血，辛勤耕耘，无私地奉献了毕生的精力。

抗日战争爆发后，他随福建协和大学内迁到闽西北山城邵武。那里是鸟类的"世外桃源"，绵延起伏的武夷山高耸入云，形成天然屏障，到处是郁郁葱葱的绿色海洋。那里地处"古北界"和"东洋界"两大动物界交会的边缘，是东亚鸟类南迁北徙的重要"驿地"，被誉为"鸟类天堂"。闻名于世的鸟类模式标本产地——挂墩就置身于群山峻岭之中。

在那极为艰难的战争岁月里，郑作新院士和他的学生们起早摸黑地深入到深山密林中开展鸟类调查研究，发表了《三年来（1938—1941年）邵武野外鸟类观察报告》。这是我国鸟类数量统计的第一篇报道。

在内战烟云密布的20世纪40年代中期极为艰苦的岁月里，郑作新院士继续调查福建鸟类，全身心地投入到查阅和分析国内外有关中国鸟类的标本和文献资料中，并于1947年发表了《中国鸟类名录》专题论文，首次系统地研究了中国鸟类的"家底"，为今后全面考察和研究中国鸟类奠定了基础。

自《中国鸟类名录》发表之后，郑作新院士深感要彻底摸清我国丰富鸟类资源的家底，除了要全面查看国内外有关文献资料和世界各地各大专院校及研究机构的有关中国鸟类标本，尤其是模式标本，还必须在全国范围内全面开展鸟类调查，收集鸟类标本，深入地研究鸟类的分布、栖息地、习性、数量、食性、繁殖等。

自1953年起的4个春秋，郑作新院士和助手们在河北昌黎的果园里夜以继日地观察食虫鸟类的习性，经过长期艰辛的努力，撰写了《河北昌黎果区主要食虫鸟类的调查研究》一书。这是我国有关鸟类生态学研究的第一本专著。

继《河北昌黎果区主要食虫鸟类的调查研究》（1953—1956）之后，郑作新院士先后主持了山东微山湖及其附近地区食蝗虫鸟类的初步调查（1953—1954）；中苏合作亚热带生物资源考察（1957—1958）；海南岛鸟类调查（1960）；南水北调勘察工程中的鸟类调查（1957—1960）；青藏高原综合科学考察（1956—1967，1963—1967，1973—1976）；江南一带及东北地区水禽考察（1974—1976）；南迦巴瓦峰登山科学考察（1982—1984）；青藏高原横断山区科学考察（1981—1985）；西南武陵山地区生物资源考察（1988—1990）；福建省龙栖山自然保护区生物资源调查（1990—1991）等重大生物资源考察项目。

几十年来，郑作新院士和助手们踏遍了长城内外、大江南北的山山水水，采集到了6万多号标本，尤为重要的是采得模式标本（包括正模、地模和副模标本）51号，其中包括3个新命名的新种（四川柳莺 *Phylloscopus sichuanensis*，峨眉柳莺 *Phylloscopus emeiensis*，海南柳莺 *Phylloscopus hainanus*）和22个新亚种的正模标本，建立了全国乃至亚洲最大的鸟类标本和模式标本馆——中国科学院动物研究所国家动物博物馆。为开展中国鸟类分类和系统发育研究奠定了坚实的基础，也为全世界鸟类工作者提供了优越的研究基地。

郑作新院士的一生呕心沥血、历尽艰辛，查看了世界各国有关科研单位和大专院校博物馆、标本馆中收藏的中国鸟类标本，特别是成百上千采自中国的模式标本，包括柏林动物博

1993年，郑作新与卢汰春

物馆，莫斯科大学博物馆、列宁格勒（圣彼得堡）动物博物馆，山阶鸟类研究所标本馆、东京国立科学博物馆，悉尼大学博物馆，巴黎自然历史博物馆，英国自然历史博物馆特林鸟类分馆，牛津大学动物博物馆，剑桥大学博物馆，密歇根大学博物馆，美国自然历史博物馆，美国国家自然博物馆，史密森研究院动物博物馆，哈佛大学博物馆，芝加哥自然历史博物馆，匹兹堡自然历史博物馆，加州科学院博物馆和帕克利大学博物馆等，查阅了数以万计的鸟类专著、论文和原始文献，并在研究了国内鸟类分布、生境、数量、食性、繁殖等最新成果的基础上，先后出版了《中国鸟类分布名录》（1958年、1978年两次出版）和《中国鸟类区系纲要（英文版）》（1987年）。

《中国鸟类区系纲要》凝结着郑作新院士57个春秋的心血和汗水，包括了截至1986年底我国已知的全部鸟类，共1186种（2139种和亚种），分别隶属于389属81科21目。全书共1280页，约120万字。该书着重于亚种分化研究，包括1949年以来发现的24个新亚种，并且通过亚种特征和分布分析推测种的起源地和种的进化趋势。

值得一提的是，郑作新院士首次提出比较低级的亚种所在地不是这个种的起源地，而是被排挤到此种分布范围的边缘而残留于该地的理论。这种排挤观点与达尔文的优胜劣汰的提法恰恰相吻合，可以算是对生物进化论的一种有意义的论证，因此引起国内外学者的重视。

1994年，丁长青、郑作新、雷富民合影

《中国鸟类区系纲要》参考了国际上各权威的分类系统，又结合我国鸟类学的研究成果，既考虑亲缘关系，又力求简化，自成一套分类系统，是当今中国最完整的鸟类学巨著，是中外学者对中国鸟类研究必不可少、极为珍贵的参考书。

该专著出版后不久，世界各国和中国有关动物学刊物都进行了报道，并给予很高的评价，成为国际上重要鸟类学著作而被载入史册。该著作已获得中国科学院1989年自然科学一等奖，1989年国家自然科学二等奖，1990年全国优秀科技图书特别奖。

为表彰郑作新院士对中国科技事业作出的杰出贡献，1989年11月中国科学院授予他中国科学院荣誉奖章。自20世纪70年代起，郑作新院士就主持《中国动物志·鸟纲》的重大项目。在已出版的11卷中，由他主持的就有6卷。在他的带动下，全国各地相继开展鸟类资源的调查和研究，并不断取得新进展，前后发现4个新种、25个新亚种。

因在《中国动物志》编写工作中所作出的突出贡献，作为科学家代表之一，1996年郑作新院士荣获香港"求是"科技基金会颁发的杰出科技成就集体奖。

美国国家野生动物学会因郑作新院士半个多世纪来对中国鸟类研究所作出的卓越贡献，首次将美国国家野生动物学会自然保护特殊成就奖颁给一位中国学者，而颁奖大会也破例在美国以外的地方——北京举行。

颁奖请柬中特别指出："郑作新博士是中国动物学会、中国鸟类学会的创始人和领导人。他在过去50年全心全意致力于中国鸟类研究……郑博士是中国鸟类研究领域中的杰出领导者。他的博学多识为世界瞩目。他曾热心协助美国、英国、德国和苏联科学家、大学研究所及博物馆进行鸟类鉴定工作。美国国家野生动物学会代表500万会员和51个分会，将1988年自然保护特殊成就奖授予中国的郑作新博士……"

郑作新院士也是我国动物地理学的开拓者。经过几十年的实地考察和对中国特殊自然地理位置及鸟类分布状况的研究，他感到原来划定的动物地理界并不完全符合中国实际状况。根据中国兽类、鸟类特有种、优势种和经济种的分布状况分析，1959年郑作新院士与张荣祖教授撰写了《中国动物地理区划》，提出以秦岭为我国古北界和东洋界的分界线，改变了传统的以南岭为界的提法。该《中国动物地理区划》将我国划分为7个一级区，19个二级区。该区划在动物地理上有世界意义，并得到国内外专家的公认，一直沿用至今。

《中国动物地理区划》获得1978年全国科学大会奖。

郑作新院士是自然保护生物学的积极倡导者和参与者。1973年，已经67岁高龄的郑作新院士仍老骥伏枥，带领助手先后亲临"三废"污染较严重的张家口和宣化地区，进行鸟类与污染的初步调查；1974年到上海、大连、天津和苏州进行水禽调查；1975年又深入黑龙江省大兴安岭地区呼伦贝尔盟、齐齐哈尔的扎龙和吉林省长白山进行鸟类调查。

考察期间，郑作新院士向齐齐哈尔市林业局和黑龙江省林业管理总局首次提出建立扎龙自然保护区，主要针对国家一级保护动物丹顶鹤的设想。回京后，他又向林业部提出此项建议。翌年（1976年）经黑龙江省林业管理总局批准，正式划定我国第一个鸟类自然保护区——扎龙鹤类自然保护区。

在郑作新院士积极创议下，中国科学院、林业部等八个部委于1982年提出了"关于加强鸟类保护，开展群众性爱鸟周活动"的倡议。经国务院批准，1982年后在全国展开，取得了空前的社会效益，为保护我国鸟类资源和维护生态平衡及美化环境作出了积极贡献。

郑作新院士也是我国濒危雉类研究的首倡者，从1982年起，在郑作新院士领导下，由卢汰春主持，邀请了郑光美、许维枢、李福来、杨岚、李桂垣、诸葛阳、王香亭、何芬奇、邹昭芬、卢春雷等组成了"中国珍稀濒危雉类生态生物学

1995年11月，鸟类组同事贺郑作新89寿辰（左起：刘如笥、郑作新、丁文宁、陈嘉坚、俞清、张荫荪、尹祚华、卢春雷、谭耀匡、何芬奇、徐延恭）

研究"中国科学院重点科研项目课题组,对我国11种珍稀雉类的分布、现状、数量及其繁殖习性进行了深入广泛的研究并已取得显著效果:①采用了新技术、新方法,如聚焦蛋白电泳、无线电追踪技术、染色体及鸟声声谱分析等,从而使古老的鸟类分类方法推进到细胞和分子分类的新水平。用无线电追踪方法比较准确地掌握鸟类的活动和繁殖等诸多生态问题。②在分布调查和数量统计的基础上,对所研究种类的濒危程度作出评价并提出相应的保护措施,为我国国家保护动物名单制定及野生动物的保护和管理提供了科学依据。③开展了一系列繁殖行为、食性、习性、生长发育等笼养鸟类学研究,并成功地繁殖了褐马鸡、黄腹角雉等。④在全国范围内首次对我国珍稀濒危雉类生态和生物学进行了系统的研究。以上成果获中国科学院科技进步二等奖,使1989年10月在北京召开"第四届世界雉类大会"成为现实。

鉴于郑作新院士在鸟类研究和保护上取得的卓越贡献,1993年中国野生动物协会给他颁发了中国野生动物保护终身荣誉奖。

郑作新院士还为中国鸟类学中新的研究项目的开展给予了热心的关注。他对中国的候鸟迁徙、鸟类环志标记、航空鸟害(即飞机鸟撞事故)的防治、分子分类学的研究、鸟类绘画工作,以及全国各地鸟类学者的研究工作给予了极大的关心、支持和热情的鼓励。

郑作新院士已经桃李满天下。他一生言传身教,培养了成百上千名进修生、大学生、硕士和博士研究生,由他带出的学生也已构成我国一支颇具规模的鸟类学研究队伍。他的学生和弟子已成为鸟类学专家、教授和院士,他们都在各自的岗位上发挥自己的学识和才智,为鸟类学研究贡献出自己的聪明和智慧。

为鼓励更多青年人献身于鸟类科学研究工作,促进我国鸟类学研究事业的发展,1994年郑作新院士将他《中国鸟类区系纲要》获得的国家自然科学二等奖、中国科学院自然科学一等奖及全国科技图书特别奖的全部奖金用于设立了郑作新鸟类科学青年奖。

半个多世纪来,郑作新院士为鸟类学的研究呕心沥血,无论节假日还是星期天,甚至在生病住院期间也从不停止工作,把病房当作工作室,书籍、资料,甚至打字机都搬到病房,在病榻旁写作、改稿、复信,接待国内外探访者和记者。

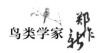

郑作新院士的一生历尽艰辛，废寝忘食地潜心研究，为中国鸟类写谱立传，共出版或发表研究专著20余部、研究论文140余篇、专业书籍40多部、科普作品200多篇，共计千万字，为中国乃至全世界鸟类研究作出杰出贡献。

郑作新院士的声望像鸟儿一样飞越五洲四海，为中国鸟类学争得了荣誉。

郑作新院士为我国鸟类研究付出了全部心血和毕生精力，他的一生是为科学事业奉献的一生。20世纪中国鸟类研究的历史是和郑作新院士的名字紧紧连在一起的，他成为我国现代鸟类学当之无愧的奠基人，中国乃至世界鸟类学界、动物学界的一代宗师，是中华瑰宝!

郑作新院士的名字享誉世界。是中国动物学界、鸟类学界的骄傲!

（原刊于《天高任鸟飞》，2005年11月）

难忘谆谆教导情

徐延恭

（中国科学院动物研究所副研究员，中国鸟类学会副理事长）

历史的机遇使我于1978年成为郑作新先生的研究生。我在他的谆谆教导下学习、工作了20年，许多感人的情景至今历历在目。

上高中时，我是班上的生物课代表，对生物学自然有所偏爱。大学生物系毕业后分配到东北教了10年中学。但在考研究生面试时，几个关键的问题我都没答好。郑老问，你在东北这么久，东北有哪些鸟类呢？我只答出雉鸡、乌鸦、朱雀、麻雀等几种。郑老说，光看书本是不够的，你要多到大自然中去学习。郑老又让我读一封英文信，我却一句也读不出来。郑老仍鼓励我说，知道你初试考的是俄文，以后还要好好学英文，因为许多专业书籍都是英文的。面试成绩虽然不太理想，但郑老和蔼可亲的话语仍使我心中热乎乎的。在郑老开始讲专业课时，

1957年，几位世界著名鸟类学家合影（右二郑作新）

是用英语讲的两节课后，他发现我们在理解上有差距时，就主动作了调整。为了让更多的人受益，他开放了自己的课堂，欢迎所内外的年轻人旁听。为了扩大我们的眼界，他不仅邀请钦俊德、罗泽珣等所内专家教授来兼授他们所特长的相关课程，而且还安排我们到北京大学、北京师范大学去兼听有关课程。在毕业实习时，我们几个学生来到云南西北迪庆藏族自治州的一个山沟，那里只有4户藏民，在我们的地图上没标出这里的小地名。令我们惊讶的是，在郑老发给我们的第一封信中就准确地指出那里的地名叫"尼落布"。回到北京，看到郑老是从上百年前外国传教士出版的地图上找到我们的位置的，使我们真心感到导师对我们的关切。第二年，我再赴云南补充资料时，不小心被当地老乡的狗咬伤了腿，我并没在意。郑老得知消息后却立即电报通知我马上去打狂犬病疫苗。我这个学生真是让导师费心了。

在郑老的悉心指导下，我学会了如何将收集来的资料整理为研究成果，并终于通过了论文答辩。当我将论文送出发表时，郑老却不让署上他的名字。但我知道，经过三年的精心培养，这反复修改过的短短论文中早已浸透了导师的心血。在我撰写论文时，有一篇1933年的外国文献在国内查不到。郑老亲自写信给国外的学者，为我索来了该文献的复印件，保证了我的论文在科学上的严谨性。

《中国动物志》工作人员为郑作新贺寿（前排左起：黄大卫、郑作新、戴爱云、陈嘉坚；后排左起：赵仲苓、徐延恭、崔云琦、宋大祥）

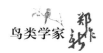

毕业后，郑老安排我参加横断山综合考察。他说，参加这样的考察可以使专业基础打得更坚实。随后几年的综合考察确实开阔了我的视野，丰富了我的知识。在第二年的考察中，不幸我的猎枪走火，打伤了一位年轻科考队员的腿。那时我已经留所工作，不再是学生，郑老完全不必为我的行为负责，但76岁高龄的郑老仍亲自到伤员的家中慰问，代我致歉。这使我深深感到自责。在工作中，郑老对自己要求很严。记得有一年，所里推广一套新的广播体操，要求大家参加。在全所验收评比时，80多岁的郑老排在研究室的队伍中，那认认真真、一板一眼的体操动作给大家留下了深刻的印象。

郑老在学术上总是严格要求、一丝不苟。在审查《中国动物志》稿件时，凡是觉得标本或文献有没查到的地方，他都要求作者返工。有些稀有的鸟类在国内收藏的标本非常少，他总是在确认作者真正查阅了标本而不是照搬他人资料后才肯通过。这种严谨的治学作风是值得我们学习的。

郑老对于国际上的学术发展非常关注，也对国内的落后状况十分焦急。他希望国内鸟类学界的研究能尽快赶上世界先进水平。在我到德国进修期间，他多次给我写信，嘱咐我注意学习国外的先进的学术思想，了解新的仪器设备，掌握新的技术手段。郑老为了使更多的人学到新知识，把在出国访问时买的书籍和与国外学者交换的新书送给图书馆。他还经常查阅国外出版界的书目，通过图书馆购进新书，使国内的鸟类学术研究能保持与国际同步。

郑老的学术成就享誉世界。在德国2005年出版的《激流时代的科学家》一书记述了20世纪50位著名自然科学家传记的专著封面上，有12位学者的照片，其中就包括郑老。能成为他的学生，的确是我一生中最幸运的事。2006年是郑老100周年诞辰，我也已经退休，但恩师的谆谆教导之情时刻铭记在心，永不敢忘。

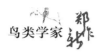

从郑老留下的书信说起

徐延恭

(中国科学院动物研究所副研究员,中国鸟类学会副理事长)

2013年3月27日,百岁高龄的师母安排我整理郑老遗留的部分往来信件(一些重要信件已分别上交中国科学院和福建长乐珍藏)。我怀着崇敬的心情拜读了郑老1701封往来信件。

这批信件既包括了郑老收到的来自国内外各地的原件774件,也包括了郑老发出信的复写存档件927件(其中52件是郑老病中由亲属或学生代拟草稿)。从时间上看,这部分信件始于1956年3月23日日本京都大学鸟类学家森冈弘之教授写来的联络信,止于1998年3月23日日本东京都业余鸟类爱好者池本和夫先生写来的感谢信,前后历时跨度长达整整42年。

郑作新子女向中国科学院动物研究所党员教育基地捐赠郑作新使用过的物品,动物研究所颁发捐赠证书(左起:聂常虹、郑怀杰、郑怀竞、杨俊成)

在这42年中,由于经济困难(1959—1962年)和政治运动(1967—1971年)等原因造成信件缺失的有9年。部分年份缺失待查的信件有77件。

往来信件的高峰期是1978年到1983年(均超百件,以1979年的209件为最多),在这段时间里,郑老已超过72岁的高龄,为加强国际间的学术交流,为开展遍及全国的爱鸟周活动,为组织撰写《中国动物志》,为筹建中国鸟类学会,为培养一届届的研究生,为我国珍稀雉类和鹤类的保护研究奉献了自己的全部心血。这部分信件中有162件是外文的(英文138件、日文20件、德文2件、朝鲜文2件),日文部分大多是委托脊椎室鱼组的张世义先生和鸟组的刘长江先生代为翻译的。

从地理范围上看,国内包括除海南和澳门以外的所有省、自治区和直辖市(以北京、上海、云南、广东、吉林、黑龙江等省市为多,共1467件),国外涉及日本、英国、德国、美国等15个国家,共234件。这部分信件所涉及的人员阶层也很广泛,既有亲朋好友间的亲切问候,也有同行学者间的学术交流,还有与新闻出版界的业务联系,更有对青年学生和普通民众的答疑解难。尤其是对于来自最基层群众的咨询信件,郑老不仅耐心解答,还会推荐他们去联系当地的学者专家。

和郑老有个人信件往来的共有430人,其中日本的森冈弘之先生从1956年到1980年,长达24年之久。

从这些信件中,我们看到郑老日复一日、年复一年的辛勤劳动。郑老从来没有节假日的概念,不论新年、春节、"五一"、国庆,他都在工作,而且是从清晨6点开始。

从这些信件中,我们看到郑老严肃认真、兢兢业业的工作精神。郑老做事当日事当日毕,往往在收到来信的当天,甚至当时就提笔回复,从不拖延。

郑老信件对鸟类学的学术研究是极其珍贵的历史文献,对于晚辈的思想品德教育是一笔弥足珍贵的精神财富,值得我们好好珍藏。

追忆郑老给我们第一堂授课之开篇

何芬奇

（中国科学院动物研究所）

研究生院一年的学习已结业，我们一期四位同学回到动物所。暑假结束前我们即被告知，新学期开始郑作新先生将亲自给我们讲授鸟类学课程。

开课那天，郑老一身正装，以年逾古稀的学者所特有之风范，侃侃而谈。几句开场白过后，郑老话锋一转，向我们询问道：何谓科学研究的完整过程？

见我们无人作答，郑老以一种倒叙的方式启发我们说：著书立说，一般而言，书中的内容已经是几年前的成果了；发表论文，其中的结果也是一两年之前的了；而最新发现和研究成果应当是发表在如《Communication》或者《Newsletter》那一类刊物上的。

课毕，我一直在回味、试图理解和印证郑老所说的那番话的内涵。那年（1979年）岁尾，传来美国物理学家史蒂文·温伯格（Steven Weinberg）与他人共获当年诺贝尔物理学奖的消息，而我得知史蒂文·温伯格的名字，还是从《Scientific American》上。20世纪70年代中期，为了学习英文和增长科技方面的见识，我在1976、1977连续两年订阅了该杂志的影印版，也就是在那两年，《Scientific American》几乎每期都转载有关史蒂文·温伯格在高能物理和粒子研究上的报道。噫吁，郑老，名师也。

郑老此番所言，连同我在《在"科学的春天"里》回忆中所提及的他首次面试我时所给予我们的教诲，实是他20世纪30年代在大洋彼岸求学和工作时的所见所闻，乃至亲历亲为，那是郑老所坚守的理念和学术意境，并为其之实现而矢志追求。

郑老对中国鸟类分类的研究，一如汉学中的训诂学。郑老以一己之力于20世

纪50年代和60年代前期将中国鸟类每个种和亚种的由来及分布态势重新作考、订正、厘清，先后完成了两部《中国鸟类分布名录》。当时，稿件的中文部分全靠手工誊写，再用手动打字机敲出每一页中的西文部分，并配以数百张分布图……其工作量之繁浩，几难想象。

曾听郑师母言讲，《中国鸟类分布名录（第二版）》在20世纪60年代中期已送交出版社，而出于众所周知的原因，那一摞摞单摞盈尺的手稿在出版社的储间蛰伏了整整十年，直至1976年方得重见天日、刊行问世。

试想，倘若《中国鸟类分布名录（第二版）》的手稿在"那十年"中佚失，又当如何。郑老能否以古稀之年继而重新来过；若否，则其后《中国动物志》鸟类部分的编纂工作又会延宕至何时。

"整理国故"，为郑老求学时代之学界贤达所倡。郑老的工作，虽为异域，却同道同理，须孜孜以求。此恰如蔡元培校长所言：无恒产而有恒心者，惟士为能。

值郑老百年诞辰，丁长青先生曾以"郑老是座山"为题撰文，言"我从未见过有如郑老这般勤奋之人！"

廿载之后，回望郑老，犹见一智者由盛年至耄耋终其一生奋而砥砺前行。

就我在动物所期间之所见，有两位老前辈以一册小书为收山之作：其一，陈世骧老的《进化论与分类学》（科学出版社，1987）；其二，郑作新先生的《鸟类及其亚种分化》（科学技术文献出版社，1994）。

郑老在《鸟类及其亚种分化》中，深入浅出地讲述了鸟类的亚种分化及新种生成的过程，集中代表和体现了郑老一生研究中形而上的思辨内涵。

以我之识，郑老那历经磨难于1976年方得问世的《中国鸟类分布名录（第二版）》，实为承前启后之巨著，又为研究中国鸟类分类最重要之典籍，至今无出其右者。

从这一点上说，郑老的后半生又多少有几分孤独，犹如一位无双剑客或棋坛之顶尖高手，孤独求败。通俗地说，绿茵场上，时而可见两三名球员在敌军阵前打出令人眼花缭乱的"撞墙式"配合……而纵观郑老一生之著述，几乎看不到有与郑老在学术上相得益彰的同道。

遗憾的是，时至今日，在郑老为之终生奋斗的领域内，状况依然如故。

就传统动物学而言，鸟类学无疑（应当）是最具活力的分支之一。只可惜，即使在当前，中国鸟类学研究依然大部分停留在探究以知其然的水平，遑论知其所以然。

在学术界，一般来说新人是十年一代。十年，是完成从本科生到研究生学业教育与研究实践的全过程。如是，从郑老学成回国算起，三代之内，若不能出现如郑老那般饱学而又勇于践行的新人，郑老落寂恐无可避免。

恰是在那个特定的时段，"科学的春天"，郑老胸中燃起新的冀望，于是有了初次与我们见面时的那段告白，以及此番解译何谓学界所应有的结构与学风的那段话。为此，我一直觉得，我们那一代研究生足够幸运，纵使未能亲历，闻之亦昭。

由此想到那著名的"钱氏之诘问"，当如何作答又如何化解，虽不易却已非艰矣。

近些年来，分类学在分子水平上的快速发展，给传统分类学体系带来巨大冲击。然而，就中国鸟类而言，郑老在种与亚种之进化关系上所秉持的理念，未见有撼。这是否在某种意义上或是从某种程度上反映了形而下与形而上之间的异别。

斯人已逝，风范长存。理解郑老的学术思想，需相当时间；而感悟郑老的精神世界，则……

20世纪20年代后期，为悼念一位国学大师的辞世，在清华园矗立起一座质朴的石碑。历经近百年之风雨，虽字迹已见斑驳，但篆刻于碑上那珠玑之言常为历代后辈学人所咏诵：

先生之著述，或有时而不章；先生之学说，或有时而可商。惟此独立之精神，自由之思想，历千万祀，与天壤而同久，共三光而永光。

郑作新先生与鸟类科普

李湘涛

(北京自然博物馆研究员、科学研究部主任,中国鸟类学会常务理事)

我尊敬的导师,我国杰出的鸟类学家郑作新院士离开我们已有21年了。直至今天,先生的渊博学识、卓越贡献和高风亮节,仍然令我们的内心充满着高山仰止般的崇敬和涓流不息的思念。

在大学期间,动物学是我最喜爱的课程,而郑作新的名字更是给我留下了深刻的印象,因为我们所学的动物学课本中的很多内容乃至插图,都是引自郑老撰写的《脊椎动物分类学》等教科书和其他专业著作。后来,在中国科学院动物研究所师从郑老攻读研究生期间,则直接体会到他不但在鸟类科学研究方面多有建树,享有极高的声望,而且也非常重视鸟类科学普及工作。他认为,提高全民族的科学文化水平,是每个科学家的任务,而鸟类的研究和保护更需要广大人民群众的理解与支持。他一生笔耕不辍,不遗余力地进行鸟类科普教育,仅撰写的科普文章就多达260余篇。从这些文章中,可以看出郑老的博学多才、幽默风趣,更可以看出他对鸟类、对大自然的无比热爱。

一、求真务实,笔耕不辍

鸟类广泛地分布在地球上。从寒带到热带,从陆地到海洋,到处都有它们的踪迹。从体形庞大的鸵鸟,到小巧玲珑的蜂鸟,千姿百态的鸟类世界对人们充满着极大的诱惑力。鸟类的类群如何划分?鸟类的身体有哪些奥秘?鸟类有哪些奇特的行为……这些都是广大人民群众渴望了解的科学知识。因此,郑作新先生的鸟类科普工作首先就是从介绍鸟类知识,让广大人民群众正确认识鸟类入手的。

例如,涉禽是我国常见的湿地鸟类,类群多样,由于大多具有嘴长、颈长、

白鹭等鹭类可以在树枝上站立

腿长的特点，极易被人们混淆，特别是鹭类与鹤类，甚至在国画中常有画家把鹤画在松树上，并名曰"松鹤图"，这其实是不科学的。郑老在《大自然》杂志1982年第4期上发表文章，指出：北京太庙"树上栖鹤成群"的说法是错误的。后来又于1983年3月在《北京晚报》上发表了《鹭与鹤区别何在？》一文，告诉大家：鹭的后趾发达，与向前的三趾同在一个平面上，因而易于握住树枝，而栖息于树上；至于国内所产的鹤，其后趾均短小，而且位置高于前三趾，难于握住树枝，所以不栖息于树上。故不能把鹤画在松树上，此外，郑老还从分类、外形，以及它们在飞行姿态、叫声、筑巢环境和方式等方面详细介绍了它们之间存在的差异。

对于很多人询问为什么有的候鸟在脚上挂着一个铝环？有何用处？郑老在1965年9月24日的《人民日报》上发表了知识小品《野鸟脚上为啥挂铝环？》。文中详细介绍了候鸟迁徙的相关知识以及人类研究候鸟迁徙的起源、目的和方法，尤其对鸟类环志的意义、如何给鸟佩戴脚环、脚环上都有哪些信息，以及科学家通过环志工作可以研究哪些问题等，一一作了解答。

更多的鸟类科普文章的写作，都是建立在郑老自己科学研究的基础之上的。尽管对于中国鸟类物种数量的科学总结，最早可追溯到1863年，但无论是英国人施温霍（Swinhoe）于1863年给出的454种（1871年增订为675种），法国人戴维（David）等于1875年给出的807种，

丹顶鹤

还是美国人祁天锡（Gee）于1931年给出的1093种，都是外国人作出的结论。这个历史事实，让年轻时在美国密歇根大学攻读博士学位的郑作新在感情上难以接受，以至于他毅然放弃了他所学习的胚胎学专业，作出了回国研究中国鸟类这个"终生无怨无悔"的决定。在半个多世纪的科研工作中，为中国鸟类写谱立传始终是郑作新魂牵梦萦的追求目标之一。他亲自对我国很多地区进行实地野外调查，并且在综合了前人的工作成果并更正了其中的谬误的基础上，在1947年出版《中国鸟类名录》一书，指出中国有鸟类1087种。这是中国学者撰写的第一部关于中国鸟类"家底"的著作，它的诞生标志着中国人自己独立开展的鸟类学研究已达到了一个相当高的水平。

李湘涛、严丽、郑作新合影

新中国成立后，郑作新先生又根据全国各地开展的各种鸟类普查的成果，于1955年、1958年先后出版了《中国鸟类分布名录》（上下卷），到1976年出版《中国鸟类分布名录（第二版）》时，已收录中国鸟类1166种，而到1987年出版英文专著《A Synopsis of the Avifauna of China》时，则记录中国鸟类达1186种，这部专著也成为国内外鸟类学的经典著作之一。郑老还因此获得美国国家野生动物学会授予的1988年度自然保护特殊成就奖。100多年来，中国鸟类的种数不断攀升，新的纪录不断被打破，这些科学成就凝聚着郑老等鸟类学前辈和几代鸟类学工作者、爱好者的心血。而每当中国鸟类的种数有了新的突破，郑老总是在获得成果的第

鸟类学家郑作新

一时间就及时以各种科普形式通报给鸟类学同行和广大人民群众，与大家一起分享这些成果。

在半个多世纪的科研工作中，郑作新先生始终坚持科学探索要"求真为本"的真谛，在科普工作中亦是如此，通过很多事例我们都可以看到他在做鸟类科普时的严谨态度。

在20世纪中叶，由于我国的国民经济还比较落后，鸟类的益害问题比较突出。因此，哪些鸟类是农林益鸟？哪些鸟类对庄稼有一定的害处？危害的程度如何？这些都是当时的鸟类学工作者需要回答的问题。不过，对待这些问题，郑作新并不是简单地通过查阅书籍资料就予以回答，而是秉承了实事求是的原则。例如，1956年3月《中国青年报》的"科学与卫生"专栏把读者询问乌鸦是不是害鸟的信转

小嘴乌鸦是北京常见的乌鸦

到了动物研究所，郑作新先生于4月3日给《中国青年报》的复信中则表示："因目前手头资料还不够，所以不能确切肯定地说是益鸟还是害鸟。"

郑作新先生当然不是用这样的回答来搪塞读者，而是随后就亲自前往河北昌黎等地，就鸟类的益害问题开展深入、系统的科学研究工作，取得了大量的第一手资料，在此基础上不仅完成了《河北昌黎果区主要食虫鸟类的调查研究》，还撰写了《农林的益鸟和害鸟》一书，由农业出版社出版。

他在为麻雀平反的问题

麻雀

上，也是采取了同样的科学态度。在当时的《农业发展纲要（草案）》中，将麻雀和老鼠、苍蝇、蚊子一道列为"四害"，从而掀起了一场全国范围内的消灭麻雀的运动。尽管当时包括郑作新在内的许多生物学家都表示反对，但轰轰烈烈的向麻雀宣战的人民战争已属不可阻挡，其高潮出现在1958年的"大跃进"运动中。据粗略统计，从1958年3月到11月，全国消灭的麻雀竟达到了19.6亿只！

由于麻雀数量锐减，而在一些地方害虫则迅速繁殖，酿成严重的虫害。因此，郑作新再次提出应为麻雀"平反"，并以科学的数据和分析论述了麻雀益大于害，终于取得成效。1960年中央关于卫生工作的指示中写道："再有一事，麻雀不要打了，代之以臭虫，口号是'除掉老鼠、臭虫、苍蝇、蚊子'。"至此，一场空前的消灭麻雀的运动终于基本结束。

郑作新的这种"求真"精神十分难能可贵，在今天对我们仍有现实的教育意义。

李湘涛与郑作新合影

二、宣传爱鸟，不遗余力

生活在地球上的那些形形色色、千姿百态的鸟儿，好比趣味盎然的一簇簇会飞的鲜花，成了最惹人喜爱的一类动物。它们有矫健轻盈的体态，鲜艳绚丽的羽毛，婉转悦耳的鸣声，不仅美化了自然环境，而且为人类的生活增添了情趣。

遗憾的是，由于人类经济活动的迅猛发展，导致许多鸟类灭绝或濒临灭绝，这种现象对于整个地球所带来的危害和威胁，以及对人类社会发展带来的损失和影响都是难以预料和挽回的。因此，了解保护鸟类的意义，提高保护鸟类的自觉意识，也是人们素质教育的一个重要内容。

郑作新先生认为，由于我国的文化教育事业还不够发达，保护鸟类的意识还有待于进一步提高,所以宣传教育工作是一项长期而艰巨的任务。在半个多世纪的岁月中,在他繁忙的科研工作与教学工作中,始终没有忘记抽空去参加鸟类科普的宣传活动,到电视台、少年宫、学生夏令营……他总是热情对待全国各地喜欢鸟类的业余爱好者,关心他们,支持他们。1982年,郑老曾应邀在科学电影制片厂拍摄的《丹顶鹤的一家》影片中担任顾问。此片放映后,社会效果很好,并获得了科教片一等奖。他曾为《邮票中的鸟类世界》一书作序,也曾受《集邮》杂志之约,为天鹅邮票的发行撰写了《从天鹅邮票漫谈科学》一文,并由此引来不少集邮爱好者请他在天鹅首日封上签名。

开展爱鸟护鸟活动是一个国家社会文明进步的一个重要标志,郑作新先生则是我国"爱鸟周"的积极倡导者、支持者和实践者。在他的建议下,从1982年开始,我国在全国陆续开展了爱鸟周活动,全国和各省、自治区、直辖市都确定了本地的爱鸟周,有的确定为"爱鸟节"或"爱鸟月"。开展各种宣传教育和保护鸟类的活动。虽然我国自古以来就有保护鸟类

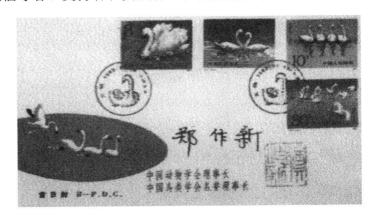

天鹅邮票首日封

的习俗,但以法令的形式开展全国性的爱鸟护鸟活动,还是一个创举。开展"爱鸟周"活动近40年来,参加者达数亿人次,使广大群众基本上树立了"爱鸟护鸟光荣,伤鸟害鸟可耻"的观念,增强了保护鸟类的自觉性。

在爱鸟宣传上,郑老极力推荐在国外大多数国家普遍采用的确定"国鸟"的做法。1983年,他在《北京晚报》上发表《谈谈"国鸟"》一文,认为应该从特产、稀有、有益、美丽以及与我国传统文化有密切关系等几个方面来考虑选择我国的"国鸟",并期望选择"国鸟"的事情能够引起人们的广泛关注,从而使我国人民的爱鸟意识达到一个新的境界。他的这篇文章后来被《北京晚报》"科学长廊"专刊评为优秀作品。

李湘涛在工作

郑老还积极提倡观鸟，而这种"环保消闲"活动当时刚刚被人们所认识。观鸟能够帮助人们对鸟类的生活及大自然的规律有更深入的了解。人们通过和大自然的接触，也增加了对大自然的感情，领略了它的美丽，使人们不但懂得欣赏大自然，而且能够尊重大自然的生命。观鸟还能使人们从紧张、压抑的都市生活中解脱出来，与大自然融为一体。

自然保护区是国家将珍稀动植物的天然分布区、典型的生态系统等具有代表性的自然景观地域划分出来，设置机构加以管理和保护的特殊区域。郑作新先生很早就呼吁在我国大力开展自然保护区建设，以便对包括鸟类在内的珍稀动植物进行严格保护。现在，我国已建立各种类型的自然保护区2000多处，居世界前列，其中包括很多以保护鸟类为主的自然保护区，不仅使鸟类的主要栖息地、主要繁殖地，以及越冬地和迁徙路线中的主要停歇地等得到了很好的保护，也成了进行鸟类科普教育的重要基地，为保护、拯救鸟类起到了积极的作用。

三、博物馆事业的引领者

北京自然博物馆是新中国依靠自己的力量筹建的第一座大型自然历史博物馆，从1951年4月2日在筹备伊始就有一个阵容强大的科学家团队，而郑作新就是自然博物馆筹备委员会中的7位科学家之一（见本书彩插第1页*），后来还兼任

北京自然博物馆

---

* 彩插第1页中的中央自然博物馆在1962年改名为北京自然博物馆。

了副馆长及自然历史研究所所长，在北京自然博物馆的创立和发展过程中起到了非常重要的作用。

郑作新与自然博物馆的渊源颇深，早在留学美国时的一个十分偶然的事件，改变了郑作新的一生。一天，郑作新到当地一家博物馆参观，一只美丽动人的金鸡标本映入他的眼帘。金鸡又叫红腹锦鸡，仅产于中国，本应由中国人自己研究，但由于国内缺乏鸟类研究人员，这种美丽的鸟类被外国研究者定了名，连年的战争又使大批珍贵的标本流失海外。严酷的现实使富有爱国心的郑作新在回到祖国之后专注于当时基本上属于空白的中国鸟类学研究工作。

红腹锦鸡

1945—1946年，郑作新被纽约美国自然博物馆聘请担任客座教授，更加深刻地体会到一个位于国家首都的自然博物馆的重要性。郑作新认为："北京自然博物馆必须办成研究性的博物馆。"他不仅把国家各有关部委和中国科学院的科研工作的一部分让自然博物馆的科研人员承担，还在20世纪50年代初就安排自然博物馆的科研人员前往云南西双版纳进行野外鸟类考察。自此以后，自然博物馆的科研人员先后参加了海南岛、西沙群岛、西藏南迦巴瓦峰、珠穆朗玛峰和希夏邦马峰，以及新疆天山托木尔峰、吉林长白山等全国各地的野外科学考察工作。

在郑作新先生的引领

李湘涛在野外考察

下，不仅自然博物馆的鸟类学研究颇有起色，科普工作更是呈现了勃勃生机，利用各种出版物、陈列展览、网络、科普讲座等各种形式不遗余力地宣传鸟类知识，对公众进行保护鸟类的科学教育工作。

了解保护鸟类的意义，提高保护鸟类的自觉意识，是自然博物馆对广大青少年进行素质教育的一个重要内容。因此，当我研究生毕业来到自然博物馆工作后，郑老建议我在继续从事鸟类科学研究的同时，还要积极开展科学普及工作，体现了郑老的深邃的洞察力和远见卓识。从那时起，我主持设计了《动物——人类的朋友》《动物的奥秘》《动物之美》和《动物奥运会》等大型基本陈列以及"生命如歌""鸡年鸡展""猛禽""鸟的世界""珍禽异兽""北京爱鸟赏鸟""鹦鹉世界"等以鸟类为主题或与鸟类相关的很多展览，有的展览还到北京市的偏远地区以及全国各地进行巡展，参观这些展览的人数超过千万人次，取得了较大的社会效益。

鸡年鸡展

科学思想和科学方法等方面的教育是青少年素质教育的一个重要内容，也是自然博物馆展览设计的一个重要内容。郑老是中国现代鸟类学的奠基人，生前曾发现16个鸟类新亚种，特别是他在20世纪60年代初通过白鹇的一个新亚种的研究，得出

白鹇

了"进化程度比较低级的亚种并不分布在这一物种的起源地和分布中心,而是被排挤到该物种分布范围的边缘地带"这一观点,支持了达尔文的进化论学说。郑老的学术研究既折射着科学思想方法的熠熠光彩,又为科学思想方法增添了无限的活力。

为了使广大观众,特别是青少年了解郑作新先生的研究成果,而且能够受到科学思想和科学方法的教育。我在北京自然博物馆《动物的奥秘》基本陈列中设计了"郑作新的科学思想"这一专题。在以珍禽白鹇的美丽形象和郑老发现白鹇亚种的科学故事为背景的展板前面,矗立一尊栩栩如生的"郑作新院士铜像"。郑老的铜像面部带有温和、平易的微笑,表现了他开朗性格、善于交流的学者风度。通过这个专题展示,可以使更多的人认识郑老生前积极倡导和宣传的保护鸟类的

郑作新院士铜像

重要意义,提高人们保护鸟类的自觉意识。这既是郑老的遗愿,也是我们纪念郑老,继承郑老遗志的最好方式。

我的面前是一位世界级的学术大师

张正旺

（中国动物学会副理事长，中国动物学会鸟类学分会前秘书长，
北京师范大学教授、博士生导师）

在20世纪，任何一位与中国鸟类结缘的人，都会知道郑作新这个名字。在国外学者的眼中，他是一位世界著名的鸟类学家，而在国内同行的眼中，他是一位大师、是中国现代鸟类学的主要奠基人。我有幸与郑作新院士相识，曾亲自聆听他的教诲。在我的面前，他是一位前辈师长，是一个了不起的世界级学术大师。

在上大学的时候，我就曾拜读过郑作新院士的著作。1987年6月，研究生答辩之际，我与他有了首次近距离的接触。我的导师郑光美教授邀请郑作新院士担任我们硕士毕业论文答辩委员会的主席。在一位大师级的学者面前，我当时感觉十分紧张。他则用慈祥的目光和爽朗的笑声，给了我很大的鼓励。在对我的毕业论文进行了评述，他还问了我几个有关黄腹角雉生态学的问题，其中一个就是黄腹角雉的拉丁学名是什么，是谁命名的。渊博的学识、幽默的谈吐、缜密的思维是郑作新院士给我留下的第一印象。

毕业留校之后，我与郑作新院士的联系逐渐多了起来，曾多次向他请教鸟类学问题，也曾陪同外国友人一起去拜访他和他的夫人。1988年，我到英国访学一年，临行之前也曾专门到中关村向郑作新院士道别。他给我介绍了很多有关英国鸟类学研究机构的情况，其中就包括世界雉类协会（World Pheasant Association，WPA）。

1994年，由杨群荣女士撰写的一本记述郑作新院士生平事迹的著作——《郑作新》在国内出版发行。世界雉类协会主席凯思·霍曼（Keith Howman）先生知道后，亲自写信给郑作新院士，希望能将这本书翻译成英文，由世界雉类协

会资助出版。受霍曼先生之托，我承担了郑作新院士传记的翻译工作，并找了丁长青、石建斌两位师弟协助。当时我正在郑光美教授的指导下攻读在职博士学位。在紧张的学习、工作之余，我们用了大约半年的时间完成了这本传记的翻译工作。1995年，郑作新院士传记的英文版《Cheng and the Golden Pheasant:a biography of China's leading ornithologists》在英国正式出版发行。该书一问世就受到来自各国鸟类学家的热烈欢迎，世界雉类协会还曾将该书作为礼物赠送给出席国际雉类学术研讨会的贵宾。

杨群荣著的《郑作新》（左图）及张正旺译本（右图）

在翻译郑作新传记的过程中，我一遍遍地阅读原文，也曾多次向郑作新院士当面请教一些问题，包括对"福建协和大学"等一些特定名称的翻译。通过长期的交流，我对他的一生有了更为全面和深入的了解。他的成长经历和光辉事迹，一直存留在我的脑海之中。

郑作新院士出生于1906年11月18日，祖籍福建长乐。少年时代，他勤奋好学，成绩优异，仅用4年时间就完成了中学6年的课程，15岁便被福建协和大学破格录取，成为该校有史以来最年轻的大学生。1926年，他提前半年毕业并获得学

2006年，鲍伟东、马鸣、陈嘉坚、赵正旺、张淑萍合影

士学位之后，18岁进入美国密歇根大学生物系深造。1930年，年仅23岁的郑作新以优异成绩获得了动物胚胎学的博士学位。

在美国留学期间，一个偶然事件改变了郑作新的一生。一天，郑作新到一个博物馆参观，一只美丽动人的金鸡标本映入他的眼帘。金鸡又叫红腹锦鸡，仅产于中国，本应由中国人自己研究，但由于当时国内缺乏鸟类研究人员，这种美丽的鸟类被外国人定了名，而中国对这种鸟类却没有任何科学研究。严酷的现实使富有爱国心的郑作新改变了研究的方向，从自己十分熟悉并已初有成就的动物胚胎学改为中国尚无人专门研究的鸟类学。这个转变使世界上少了一位优秀的动物胚胎学家，却使中国产生了一位世界著名的鸟类学大师。在以郑作新院士为代表的一批鸟类学家的共同努力下，中国现代鸟类学在20世纪20年代得以建立。

1930年9月，郑作新从美国回到了福州，任教于福建协和大学生物系并担任系主任职务。从这时开始，他开始研究中国的鸟类。在此后长达60多年的时间里，他与助手们跋山涉水，考察了祖国的大江南北，在全国各地一共采集了6万余号鸟类标本。在大量野外工作的基础上，郑作新开始了中国鸟类系统分类的研究。从1947年出版《中国鸟类名录》起，《中国鸟类分布名录》《中国经济动物志·鸟类》《中国鸟类区系纲要（英文版）》《中国鸟类种和亚种分类名录大全》等一部部鸟类学专著相继出版发行。自20世纪80年代以后，我国的鸟类学开始在国际学术界拥有一席之地。1993年出版的《中国鸟类种和亚种分类名录大全》共记录鸟类1244种，其中包括郑作新发现的16个鸟类新亚种。

动物地理学是郑作新院士学术研究的重要领域。早在20世纪50年代，他就开始了中国动物地理区划方面的研究。1959年，他与中国科学院地理研究所的张荣祖研究员合作出版了我国动物地理学的第一部专著——《中国动物地理区划》。在这本书中，他们创新性地提出了古北界和东洋界在中国西部的分水岭位于秦岭的新观点，得到了学术界的一致赞同。此外，他们根据实地考察，进一步将我国的2个动物界划分为4个亚界、7个一级区和19个二级区。这种动物区划方法在国际上尚属首创，并为国内外学术界一直沿用至今。

原鸡（*Gallus gallus*）及其近亲分布在亚洲热带地区，是目前我们养殖的各种家鸡的祖先，这是人所共知的事实。但家鸡最早是在哪里驯化的，国际上一直存在着不同的观点，包括达尔文在内的许多人认为，原鸡最早是在印度驯化的，后来又被传到了中国。郑作新院士对上述观点产生了质疑，因为在中国南方地区就有原鸡的自然分布。难道我国人民不会自己饲养驯化原鸡，反而要从遥远的印度引进吗？后来他亲自到云南进行野外考察，以大量的事实和资料论证了中国的家鸡不是从印度引进的，而是由我们祖先将原鸡进行驯化而来的。

《中国动物志》是反映我国动物资源的系列著作，其中鸟类资源部分共分14册。从70年代中期开始，郑作新便主持《中国动物志》鸟类卷的编写工作，组织国内专家开展科学考察，采集标本，收集各种鸟类的生态学、生物学的资料，同时制订编写规则。1978年，《中国动物志·鸟纲 第四卷 鸡形目》正式问世。作为该书主编的郑作新教授为此付出了很多心血。该书的出版，为我国动物志的编写树立了典范，对推动我国《中国动物志·鸟纲》其他卷的出版发挥了重要作用。

郑作新院士十分重视鸟类学的国际交流与合作。自上世纪80年代，随着改革开放，郑作新院士重新走出国门，相继访问了英国、美国、日本、德国、澳大利亚、俄罗斯等国家，推动了中外鸟类学的学术交流和科学合作。在他的努力下，中国动物学会鸟类学分会陆续与世界雉类协会（WPA）、国际鹤类基金会（ICF）等国际组织建立了联系，一批批中国鸟类学工作者从此有了出国进修和参加国际学术会议的机会。在郑作新院士的支持下，中国鸟类学会于1989年成功地举办了第四届国际雉类学术研讨会（The 4th International Pheasant Symposium）。

两年后，我国正式加入了世界雉类协会，并在北京师范大学建立了世界雉类协会中国分会（WPA-China）的秘书处。

郑作新院士积极倡导我国珍稀鸟类的保护工作。在他的建议下，1976年我国的第一个以丹顶鹤为主要保护对象的自然保护区——黑龙江省扎龙自然保护区正式成立。1980年11月，作为中国代表团的首席科学家，郑作新教授参加了中、日两国政府关于保护鸟类的谈判，为最终签订《中日保护候鸟及其栖息环境协定》作出了重要贡献。1987年，郑作新的巨著《中国鸟类区系纲要》出版发行，获得国内外学术界的一致好评。为此，美国国家野生动物学会向他颁发了1988年度自然保护特殊成就奖。1988年，我国正式颁布实施《中华人民共和国野生动物保护法》，其中我国重点保护动物名单就是由郑作新等专家提出的。

郑作新院士是我国鸟类学界的一代宗师，是中国动物学会鸟类学分会的主要发起人和创会理事长。为促进中国鸟类学的发展，郑作新将自己出版《中国鸟类区系纲要》一书所得的稿酬和奖金全部捐赠给中国动物学会鸟类学分会，设立了郑作新鸟类科学青年奖，奖励在我国从事鸟类学研究并作出突出贡献的青年鸟类学工作者。1994年，我和浙江大学的丁平一起荣获了首届郑作新鸟类科学青年奖。迄今这一奖项依然在鼓励着我国青年鸟类学家的成长。

郑作新院士一生著述颇丰。他主编的研究专著有20多部、专业书籍40余册，发表的研究论文140余篇、科普文章200多篇，总计1000多万字。这些成果的取得与他勤奋求实的工作作风是分不开的。他曾说过，"谁放弃时间，时间就会放弃他。"几十年来，郑作新总是自强不息、耕耘不止，一心总想着所从事的科研工作。有人曾采访他"郑先生，您最大的心愿是什么？"他回答："一个中国人总要为中华民族留下一点东西，增添一点东西。"这就是郑作新一生追求的生动写照。

郑作新院士终生致力于鸟类研究，成就了一代丰功伟业。在我们眼中，他是一座高山，令我们仰望，他也是一座丰碑，永远值得我们纪念。尽管郑作新院士离开我们已经有21年了，但作为我国现代鸟类学的一代宗师，他热爱祖国、追求真理、无私奉献的精神，永远是我们学习的榜样。

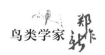

恩师指引我的学术生涯

雷富民

(中国科学院动物研究所研究员,中国鸟类学会理事长,
国际鸟类联盟副主席)

郑作新先生已离开我们20余年,无论千言万语也无法表达我对恩师的眷恋和对往日的追忆!希望通过此片言支语以深表我对他老人家的怀念和难以忘怀的感恩之情!

我1990年毕业于陕西师范大学,并获得理学学士学位和硕士学位。硕士论文为《爬行纲壁虎科壁虎属的染色体细胞分类研究》。硕士研究生毕业后,我渴望能够继续深造,但国内当时在基础动物学研究领域的博士生导师寥寥无几。一次偶然的机会,我的一位同门师兄让我看了中国科学院动物研究所的招生简章。当时令我大吃一惊,因为我看到了郑作新研究员在招收博士研究生。在我的记忆里,郑作新研究员应该是已经仙逝

1994年,雷富民论文答辩后与导师郑作新合影(背后左起:许维枢、徐照辉、孙悦华、丁长青)

的历史名人,因为我很早就读过他在20世纪60年代的成名著作,没想到他还活在人间。我真不敢想象当时为什么会有此胆量报考他的研究生。当时很多人认为,中国科学院的研究生很难考,而且郑作新研究员是如此世界闻名的科学家,是中

国鸟类学的奠基人。不知当时哪来的力量,就是报考了,而且一考得中,这也许是我与郑作新先生的缘分吧!

我现在还清楚地记得赴京赶考时的情景。记得在我考完三门闭卷笔试后,动物研究所教育处的吕爱英老师安排我去郑作新先生家里面试,当年郑先生身体不好一直在家养病。我当时很紧张,于是在去往他家的路上一路小跑,还围绕他家那栋楼跑了一圈后才敢敲他家的门,因为活动之后出点微汗常常可以缓解我的恐惧和紧张心情。一到家里,郑先生和郑师母一同出来见我,并十分热情地和我握手,了解我的考试、学习和家庭情况。当我将考试情况向先生汇报之后,他很满意,很高兴地建议我能够暂时留在动物研究所看看标本馆的标本,而且还提示我,一旦被录用未来可选择的具体研究内容。可以想象我当时的激动心情,真是无以言表,大有金榜题名之感!当我提出在京的住房困难以及我的母校也有丰富的标本收藏后,郑先生欣

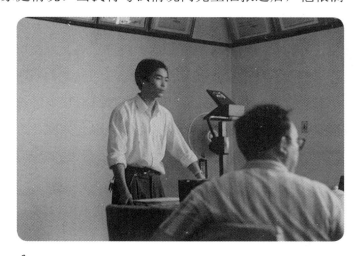

1994年,雷富民正在进行论文答辩(背影徐延恭)

然答应了我可以先回家,等待录取之后再说。就这样我有幸成了郑先生的博士研究生,而且是他老人家唯一的一届博士研究生。我同届还有一位师兄,徐照辉博士。郑先生比我的爷爷还要年长几岁,所以,在我拿到录取通知后,家里人就和我开起了玩笑:你到底是孙子还是儿子?儿子也罢,孙子也罢,我幸运的是能够成为他老人家的学生,而且成为衣钵传人,这是我毕生的最大荣耀!

在我读研期间,郑先生已近90高龄,但他依然健谈、思维敏捷、工作夜以继日,从未间断,从来没有节假日。喜欢读书、看报、读文献,对学术动态了如指掌。他每周给我们至少上课一次。开始,每次去他家之前我们都要预约,后来去的多啦,也就顾不上预约,随时敲门,随时造访,有时常常课后和师兄一起还要在他家用餐。郑先生和师母对我们的关怀如同亲人,而且格外关心。这也许是因

为我们的年龄相差太远,是一种"爷孙般"的隔代亲情吧!

郑先生的知识渊博人所共知,有时我们帮助他看校样时,不用对比原文,直接问就行,而且他还会顺便告诉我们更多、更丰富的相关信息。他的讲课很生动,英文特别好,而且能随时说出物种的拉丁学名、地理分布及生活习性。有一次,他电话让我帮助查看标本馆一号 *Coturnix coturnix japonica* 标本的采集记录。说实在的,我当时不知道是什么物种,但是又不便于再问他中文名是什么种、什么亚种。于是,我就半猜半疑地,凭借他标准的拉丁语发音的节奏感和字母的表达在物种分布名录里找到了鹌鹑普通亚种,后来我果然找到了这号标本。我被惊吓出一身冷汗,直佩服他老人家惊人的记忆力和美妙的拉丁语发音。也许他当时是在考验我,当然,他不知道我是猜到的。可是,这件事后来提醒了我,做郑先生的学生不容易,一定得踏踏实实。

郑先生不但知识渊博,而且也很幽默。我们每次出差,野外转移一个新地点都要给他寄封信或寄张明信片,以免他老人家在家挂念。记得有一次我在陕西出差,大约有两周没和郑先生联系,回到研究所后,他紧紧地抓着我的手激动地说:"我很想见你,一日不见如隔三秋。"后来,我将此事告诉了家人,他们很羡慕,也有些嫉妒,多亏郑先生是男同志……

郑先生对我们的要求很严格,给我们修改文稿时,往往是修了再修,不厌其烦,有时候一个字词会斟酌数遍,一个标点符号也不愿出错。于是我和郑先生终于联名在《动物学集刊》(第12期331~334页)发表了我的第一篇鸟类学术论文《纵纹腹小鸮羽毛超微结构的比较研究》。郑先生时常教导我们做学问先做人,修人先修心。所以,我后来常常和爱人开玩笑,因为她说我衣帽不整,比较不修边幅,我的回答是:"本人修心、修身、不修形",得传于高人指点。

1994年,郑作新与雷富民合影

郑先生和国际同行有很好的通讯往来，也经常有国际著名学者前来拜访和学术交流。他能够很好地掌握国内外研究动态。正是因为他渊博的知识和对科学发展的敏锐观察，所以常常教导我们要不断获得新知识，不断引进新技术，不断更新旧观念，要有所为有所不为他的"三词"教导，我们永远也不会忘记"originality，continuity，creativity"，这些朴素的哲学思想，也就是我们今天倡导的"改革、创新、与时俱进"。

在我的记忆里，郑先生从来就没有糊涂过，90多岁啦头脑还依然十分清楚。就在他最后一次住院期间，也就是他离开我的最后时刻。那个场面，我永远也不会忘记。就是那次昏迷使他永远离开了我们。他当时病很重，我就坐在他的病榻旁，他想起床和我说话，可是护士们都不同意，最后我们只好摇动床头，使他能够半躺在床上。他抓住我的手，鼻孔还插着氧气管，表情很激动，似乎有千言万语，没说出来，但是我明白他的期望和嘱托。

作为郑先生的学生是我毕生的荣耀！我目前负责他传递下来的鸟类学研究组，唯恐有负郑先生盛名，也深感肩上之重任。时代在发展，新的技术革命已经到来，计算机网络化、生物技术分子化使传统学科面临越来越多的挑战，需要不断更新。郑先生一生发现了中国鸟类16个新亚种，首次建立了完整的中国鸟类区系和分类系统。早在1947年编写出版第一部《中国鸟类名录》；1959年首次提出了中国动物地理的区划原则，为我国动物地理学的研究与发展奠定了基础。在郑先生为我们奠定良好的分类学基础之上，我们把鸟类学的研究工作再次推向了一个新的高潮。2015年，国际高级访问教授Per Alström（以中国科学者的身份）与我合作，以整合分析方法发现中国鸟类一新种，该新种以郑先生的名字——郑氏䳭莺（*Locustella chengi*）命名，以纪念他老人家对中国鸟类和世界鸟类学所作出的巨大贡献。

郑先生对我的影响不仅仅在于传授知识，更重要的在于解惑、传道，传做人之道和为学之道。我常常回忆起我与郑先生的似师生、似儿孙、似同行、似朋友，这种交织着爱、栽培、欣赏、寄托的复杂情感，使我无论如何也无法忘记。我只有延续他的学术生命，传承他的学术影响，才能够对得起先生的辛勤栽培和知遇之恩。现在我做到啦，先生可以安息！

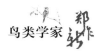

郑老是座山

—— 怀念导师郑作新先生

丁长青

(中国鸟类学会副理事长,北京林业大学生态与自然保护学院教授)

我第一次见到郑老是1989年9月。当时我刚读研究生,到香山卧佛寺旁听"世界雉类协会第四届学术研讨会"。开幕式那天,会场气氛格外凝重,中外代表、官员和媒体记者近200人静静地等候着大会开始。这时,一位身着米黄色西装、中等身材、体态微胖的老人在许多人的簇拥下来到会场,落座在主席台正中央的位子上。旁边的人告诉我,这就是郑老。郑老当时已经83岁,但精神矍铄、声音洪亮,在开幕式上用英语发表了即兴演讲。演讲的内容我没太听懂但至今仍清楚地记得,郑老的英语就像中文一样的流利,目光炯炯有神极具感染力,讲话的语调铿锵有力,用了几次"Should",把台下的外国代表说得像孩子一样不住地点头。讲话结束后,在世界雉类协会主席 Keith Howman 先生的带领下,全场起立热烈鼓掌。掌声持续好几分钟,直到大家目送郑老离开会场。当时的场景给我留下的印象是:这位老人很"牛",外国人很服他!

后来在读研究生的时候,我读了一些郑老的著作,并逐渐了解到郑老是位大科学家,是中国鸟类学界的泰斗,在世界鸟类学界也享有盛名。但这样的大科学家离我比较遥远,甚至我都没想过去找他请教问题。因为我所学习并疲于奔命的一些鸟类分类、系统演化和动物地理区划等问题,郑老在几十年前就高屋建瓴般地梳理清楚并著书立说了。我唯恐自己的问题过于幼稚,怕郑老说我学艺不精。我在读博士生的时候曾陪同外宾见过郑老几次,但都没想过让郑老记住我的名字。

也许是命运的安排,也许是缘分。1994年博士毕业后,我来到郑老门下作博士后并随后留所工作,从而有幸与郑老亲密接触。

转眼间11年过去了,郑老也离开我们7年了,但郑老的音容笑貌时常浮现在我的眼前。在纪念郑老100周年诞辰的时候,回想起和郑老在一起的日子,心潮起伏,思绪万千。作为郑老的最后一个学生,我算不用功的,甚至曾经因完不成郑老布置的任务而编出各种借口,而郑老总是大智若愚地报以宽容的微笑,并告诫我不要太贪玩,要抓紧时间。现在中国科学院动物研究所鸟类标本馆门口挂着郑老的照片,每天上班一出电梯,就会看到他慈祥的微笑。在静静的楼道里,我经常可以从郑老关切的目光中感到他在叮嘱:"不能浪费时间啊!"

郑老对学生的要求是严格的,对学生的关心爱护和殷切期望更是有口皆碑。有几件事一直使我记忆犹新。

1994年,三位博士生与郑作新夫妇合影(左起:徐照辉、郑作新、陈嘉坚、雷富民、丁长青)

玩物丧志

1995年冬天,北京流行一种名叫"植物娃娃"的小玩意儿。用纱布包裹锯末做成娃娃形状,把草籽埋在头顶部,放在暖气边洒上水,"娃娃"就会长出绿色的"头发"。记得有一次我到郑老家上课,休息的时候,我发现郑老家"植物娃娃"的"头发"长得比我自己家的好,于是便向师母讨教买时怎么挑选、怎么浇

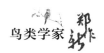

水。我们正聊得高兴，郑老从书房走出来，不耐烦地对师母说："你不要给他讲这些东西。"看着我们询问的目光，郑老补充道："玩物丧志！"

我心里忽悠一下！能够受到郑老这么严格的要求，真是莫大荣幸。郑老一生献身科学事业，希望我们也能树立远大志向并做出成绩。任何形式的懈怠在郑老看来都是不能允许的。当天回到家后，我赶紧把"植物娃娃"送给了邻居，并删掉了电脑里所有的游戏。直到现在，我家里不敢养小动物，电脑里不敢装游戏软件。

八点钟的电话

郑老的学生都知道，他有个习惯，经常早晨8点钟要打电话到学生的办公室，询问并安排每个学生的工作、学习。谁不在，就说明谁没按时上班。我到中国科学院动物研究所时郑老已经88岁高龄，在家里办公，我以为对我的要求不会那么严格。但几次"点卯"不在后，终于有一天郑老10点多钟打来电话，问我为什么刚来上班？我说我晚上工作效率高，所以晚睡晚起。郑老劝我以后还是要按时上班，并语重心长地说："你晚上工作别人不知道，你上班时间不在是别人都看得见的。"作为只埋头学问不问世事的大科学家，作为年近九旬的老人，对我这么一个小人物的关心可谓仁至义尽了。但遗憾的是我当时并不以为然。终于在几年以后，单位里讨论公派出国人员名单时，我因"不能遵守劳动纪律"而被筛选下来。当时，郑老已经去世一年多，他的那个电话忽然又回响在我的耳畔。我深深地为自己的年少不羁而感到愧疚，对郑老善意的提醒心存感激。我更加怀念他老人家了。

我给你改！

郑老一生著作等身，但他最高兴的是他的学生有论文和著作发表。我印象中郑老总是在伏案著书或修改书稿。他曾多次有力地挥舞着双手教导我们："搞分类研究一手要掌握标本，一手要掌握文献，而成果就是publication！"一般情况下，到了3月如果还不出野外，他就要打电话催促；如果有几个月没有发表论文或

没提出写作计划，他就要询问原因。

我当时正在做中国鸡形目鸟类分布数据库，经常有些分类和分布的问题向郑老请教。过了一段时间，郑老问我："这么多数据为什么不写论文？"我为难地说：数据库的建立只能写些说明性的文章，难以形成学术论文。郑老认为不然并马上指点：从中国鸡形目分布现状到物种多样性，到各物种受威胁程度和保护状况，最后提出新的保护优先序列。郑老在帮我分析论文的构架时，显得特别兴奋，甚至跃跃欲试，大有要亲自动手的劲头。最后他鼓励我："抓紧时间赶快写，我给你改！"过了几天，我的初稿刚写完，他就把我叫去，问"写得怎么样啦？我已经腾出给你改论文的时间了！"

在写出以上文字的同时，我又回忆起郑老的许多事情，越发觉得郑老是个奇迹，使我不得油然而生高山仰止之敬意。

振臂一呼，应者云集

在中国鸟类学界乃至动物学界，郑老就像鲁迅先生提到过的"振臂一呼而应者云集"的英雄。郑老曾回忆道，1978年"全国科学大会"迎来科学的春天，但中国的鸟类学研究百废待兴。他当时抓住鹤类和雉类两大类群作为突破口，并不失时宜地与国际鹤类基金会（ICF）和世界雉类协会（WPA）建立了合作关系。由于中国雉类和鹤类的资源非常丰富，其中不乏特有种和明星物种，中国的工作容易得到国际上的重视和认可。事实证明，

1994年，丁长青（右）与郑作新合影

在郑老的倡导下，我国的鸟类学研究在20世纪80年代呈现蓬勃发展之势，先后于1987年和1989年在中国召开国际鹤类学术讨论会和国际雉类学术研讨会，向国际同行展示了我国相关研究的水平并得到认可。郑老说，更可喜的是，许多研究人

员已经可以独立发展，开拓新的领域了。

郑老在学术上的成就无人能比，他的英文传记出版前，我正好在英国，一些英国同行对他的学术成就佩服得五体投地。他们难以想象，中国这么大，一个人怎么能够凭一己之力把全国的鸟类资源调查清楚，怎么能够归纳出《中国鸟类区系纲要》这样的神奇巨著。我以为，这里面有郑老的智慧、勤奋和学术造诣，也包含着历史的机遇。只有在新中国成立初期对我国资源状况的了解一片空白的情况下，只有在计划经济体制下，才有可能组织"南水北调"考察、青藏高原考察、新疆生物资源考察、海南岛考察、秦岭鸟类考察、横断山脉考察等大型综合考察；只有郑老这样极具感召力而又独具慧眼、孜孜不倦的学界泰斗才有可能收集到全国的考察资料并精心整理，著书立说。

矢志科学，勤奋一生

郑老是我见过的最勤奋的人！除了睡觉和住院，无论什么时候看到郑老，他总是在书房里伏案工作。即使是住院或院士开会期间，郑老也要将研究工作带在身边，一有时间就埋头工作。郑老88岁高龄后仍每天工作10个小时，而且雷打不动从无懈怠，"水滴石穿"。郑老所作的学问也许我们不能完全了解，但他对待学问刻苦钻研、矢志不渝的态度是我们有目共睹的，确实使我们敬佩无比。

郑老是个长寿的老人，但他比谁都珍惜时间，好像有种紧迫感。郑老最常说的一句话就是"不能浪费时间"。我曾经粗略估算过，按照我国人口平均寿命70岁，郑老比一般人多活整整22年，而郑老每周比一般人多工作2天，每天比一般人多工作5~6个小时。累计起来，郑老平时珍惜下来的时间就是一笔巨大的财富！郑老的奇迹就是从平时每一分每一秒的"修炼"中产生的。

说说师母

说到郑老，有一个人不能不提，那就是师母。俗话说"每个成功男人的背后都有一个伟大的女人"。郑老对国家的贡献已不只是"成功"二字能够概括的。

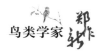

郑老完全是一个奇迹，而帮助他创造这个奇迹的人就是师母。了解郑老的人都知道，他的大脑只考虑工作，其他事情一概不闻不问。师母不仅把郑老的生活和家务料理得井井有条，对他的工作也有重要帮助。郑老的许多著作都是师母亲自排版、校对的，而且师母极具公关能力。她帮助联系协调出版社、院部、学部以及林业部、野生动物保护协会等相关部门。郑老的科研经费不足，她直接帮郑老打电话给中国科学院院长申请特批专项基金。最令人敬佩的是，郑老逝世后，90岁高龄的师母将郑老尚未完成的书稿整理完善，先后出版了《中国鸟类种和亚种分类名录大全·（修订版）》《中国鸟类系统检索（第三版）》《中国鸟类系统检索（英文第三版）》《世界鸟类名称（第二版）》《中国动物志·鸟纲 第十二卷》等著作。其中的艰辛，如召集郑老的学生解决学术问题，组织英文翻译，大量的文字工作，落实出版经费，联系出版社，校对等，所有的一切，真不知师母是以怎样的毅力克服的。就连《天高任鸟飞》文集，也是师母一手组织和落实的。郑老是别人可以学习效仿的，但师母对郑老的帮助，是他人无法企及的。

马克思曾经说过："科学上没有平坦的大道，只有不畏劳苦，沿着陡峭山路攀登的人，才有希望达到光辉的顶点。"郑老以他的睿智，以他几十年如一日的笃行不倦，以他精益求精的学风，锲而不舍的毅力和舍我其谁的气概，成就了中国鸟类学研究的辉煌！在探究动物科学真谛的征途上，郑老就是一座山，我们只是登山的人。

（原刊于《天高任鸟飞》，2005年）

嘉祉赐鹏雀　其志磐石坚

——记一位令人钦佩的老人

张劲硕

（中国科学院动物研究所博士、高级工程师，国家动物博物馆科普策划总监）

凡是喜爱鸟类的朋友恐怕都知道郑作新这个响亮的名字，郑先生是中国鸟类学界泰斗、中国鸟类学研究和保护事业奠基人和开拓者。但许多人不知道，在郑作新先生的背后还有一位了不起的女性——夫人陈嘉坚先生。

1998年6月27日夜，对于许多老百姓来说，这只是一个普通的夜晚。而对于我国动物学界，却是一颗闪亮的陨星从天边划过，永远地消失在宇宙的尽头了。郑作新先生离开了我们，离开了他心爱的鸟类学事业，离开了五彩缤纷的鸟类世界……

21时45分，对于嘉坚先生来说，时间已不再前进。她的思绪凝滞在那个冬去春来的日子……郑先生因病住在北京医院。本不宽敞的病房添了一张小床，这是精心陪伴郑先生的贤惠妻子小憩的地方。陈先生不仅在生活上细心照料郑先生，还是丈夫工作上的得力助手。自从退休后，她一直帮助郑先生整理学术文章和专著，并从80岁开始学习电脑。郑先生论著的英文索引、目录都是在她的帮助下完成的。毫不夸张地讲，郑作新先生的每一篇手稿都留下了陈先生的心血，难怪郑先生在

陈嘉坚，摄于2010年春节

重病中做梦都在呼唤妻子的名字。

郑作新先生仙逝后,陈先生并没有一直沉浸在悲痛之中,而是化悲痛为力量,全身心投入到丈夫未竟的事业中去。她更是将自己的名字前加上了一个"郑"字,"郑陈嘉坚"更显示了她"一息尚存、不落征帆"的意志,陈先生是在延续郑先生的生命!

耄耋之年的陈先生坚持每天工作8个小时以上,她不但整理郑先生的遗稿,还开始了一项更为巨大的工程:重新修订郑作新先生刊行的著作。郑先生一生共出版研究专著20余部、研究论文140余篇、专业书籍40余部、科普作品200多篇。在新旧世纪交替之时,包括中国在内的世界鸟类学飞速发展,日新月异,郑先生早年的学术著作不免显得陈旧。拿《中国鸟类系统检索》来说,第一版于1962年出版,当时以郑先生为代表的我国鸟类学家认为中国拥有鸟类1140种;1966年的第二版增加了11种另30多个亚种,其中还包括新亚种,并对初版的错误进行了修订。但是由于种种原因,郑作新先生再次修订这本专著的愿望一直未能实现。而就在郑先生离开我们两周年之际,陈先生历尽艰辛,用她的一颗炽热的心捧出了第三版!此时,

1989年,郑作新在家中工作,陈嘉坚是贤内助

该书记录中国鸟类1319种,与1863年英国人首次发表的中国鸟类种数(454种)相比,是其3倍!陈先生表示:"愿这本《检索》成为奠基石,大家不断地修订它、补充它,也相信后人一定能光大它、超越它。中国的鸟类学研究一定会步入新的更高的境界。到那时,再回过头来看我们今天的工作,真是有点微不足道了。但这同样能使郑老笑慰于九泉。"

与此同时,陈先生还修订出版了《中国鸟类种和亚种分类名录大全》(2000年)、《世界鸟类名称》(2002年)等著作。在郑先生弟子的协助下,还出版了《中国

鸟类系统检索》（英文版）。2002年夏，第23届国际鸟类学大会在京举行，世界鸟类学家齐聚一堂，畅谈交流鸟类研究与保护工作。开幕式那天，陈先生从中关村的家中赶赴会场，亲自将郑作新先生的遗作交到大会主席Walter Bock教授手上。此时此刻，两位老人思绪万千，百感交集……

可就在鸟类学大会结束不久，陈先生再也支撑不住了，她累垮在写字台前。在病榻上，陈先生仍然坚定地对我们说："我要把《中国鸟类区系纲要》重新整理修订出来，还要将《郑作新鸟类科普文选》编辑出来。这些是对郑老最好的纪念。"是的，代表郑作新教授毕生心血的旷世之作、《中国鸟类区系纲要》（英文版）的修订工作更是一项宏伟的工程。病中的陈先生还在为"科普文选"的出版资金问题而忧心忡忡。她还悄悄地告诉我："我还要参加郑作新鸟类科学青年奖颁奖典礼呢。"

出于对郑作新先生的景仰，和对陈先生的钦佩，我终于决定写下以上文字。当我告知陈先生，我要介绍她的时候，她坚决反对。陈先生深情地说："半个多世纪来，郑老培养了成百上千名进修生、硕士和博士生、博士后。他的学生及弟子遍及国内外，他们有的已经成为鸟类学领域的专家，有的已在各自的领域作出了突出贡献，成为我国动物学界的骨干和学科带头人。我只是做了点滴的工作，更离不开郑老弟子们的协助。只有郑老的这些弟子们薪火相传，郑老的事业才能后继有人，他们才是最应该感谢的。"

张劲硕（左一）

望着眼前这位坚强的老人，我只能用"钦佩"来形容我的心情。伴随郑作新院士半个多世纪的陈嘉坚先生充满着对郑老无限的眷恋和怀念，只有伟大的爱才能迸发出无穷的光芒和力量。2003年农历7月23日恰是陈先生90寿辰，让我们永远祝福这位老人。

（原刊于《大自然》，2003年第6期）

爱，在人与鸟的和谐中闪光

——郑作新院士夫人陈嘉坚的不凡人生

蒋滨建

（福建省炎黄文化研究会理事，福州市政协文史研究员）

2004年底，笔者有幸陪同郑作新院士大儿子郑怀杰、儿媳杨群荣参观故乡新貌。18年前郑作新在北京与笔者亲切交谈的情景又展现在眼前，通过与郑作新一家的多次接触，我对院士和夫人有了更深的理解和更多的感动。

夫唱妇随　倾心鸟类

1934年，在南京金陵女子大学学习时的陈嘉坚

郑作新院士夫人陈嘉坚，祖籍福建长乐江田村，生于1913年农历七月十二，父亲陈梓卿是中学教师、校长，母亲王雪娇生了9个子女，她排行第五，上有两兄两姐，下有两弟两妹。陈嘉坚在福州幼儿师范毕业后，1931年就应聘于福建协和大学子弟学校任教，成为一位颇受学生欢迎的年轻教师。

1930年，在美国密歇根大学研究院获科学博士学位并被推选为美国科学院荣誉协会会员的郑作新成为福建协和大学的年轻教授，他与陈嘉坚相遇、相识、相爱了。1935年1月，正在南京金陵女子大学就读的陈嘉坚与郑作新在福州幼儿师范礼堂举行了婚礼。从此他们相濡以沫开始了长达60多年的风雨之路。

抗战期间，协和大学从福州魁岐搬迁到闽北山城邵武，郑作新的祖母、继母与弟妹以及陈嘉坚的姐姐、弟妹等陆续搬迁到邵武。在那艰难的岁月，除自己种菜、养猪养鸡鸭外，陈嘉坚又到小学任教，她还经常变卖首饰资助弟妹学业与生活，尽力照顾家中老小，共渡难关。她博大的胸怀，受到全家的尊重与爱戴。

1945年4月，郑作新被美国国务院文化司聘任为客座教授赴美讲学和访问。举家迁回福州后，陈嘉坚到福州仓前山的开智中学任教，不久，协和大学迁回福州魁岐原址。抗战胜利后，郑作新回到祖国怀抱，继续在协和大学任职。但因同情进步学生，受到"教导无方"的训斥，于是他愤然辞职，到南京国立编译馆任自然科学编纂，兼任中央大学生物系教授。陈嘉坚也随同前往，任助理编审一职。

1950年，郑作新奉命北上筹办中国科学院动物标本整理委员会，即中国科学院动物研究所的前身。不久陈

1991年11月，陈嘉坚与郑作新在家中书房

嘉坚也随调北京，先后在全国妇联福利部和全国妇女干部学校工作，1961年又调回全国妇联办公厅任科员，参加过许多重要的会议与活动的筹备工作，曾受到毛主席等中央领导的接见。

郑作新、陈嘉坚半个多世纪的恩爱生活是温馨幸福的，在磨难与拼搏中笑对生活，携手走过金婚，也结出了丰硕的成果。1980年，郑作新当选中国科学院学部委员（院士），1987年《中国鸟类区系纲要（英文版）》出版，获得美国国家野生动物学会1988年自然保护特殊成就奖。

在郑作新事业迈向了高峰的同时，陈嘉坚也不甘示弱，他们夫唱妇随，共创佳绩。1985年她被评为北京海淀区老龄工作先进个人，并被团中央与全国妇联评为"退而不休"的干部。1986年5月组织全家参加北京市"家家乐"歌咏比赛，获

海淀区一等奖与北京市优秀节目奖。1987年,在她73岁高龄时光荣地加入中国共产党。1989年5月,由全国妇联、民政部、中国妇女报社等单位联合组织的全国百对金婚夫妇盛典在全国政协礼堂举行。陈嘉坚代表全国当选的103对金婚夫妇在大会上发言,并受到中央领导的亲切接见与祝贺。他们俩的金婚事迹先后被《中国妇女报》、中央电视台等新闻媒体报道。

1955年冬,麻雀被列为"四害",全国各地开展了声势浩大的消灭麻雀运动,大有赶尽杀绝之势。郑作新以科学研究为基础,深入北京郊区农村,进行长达一年的调查,共采集了848只麻雀标本,解剖了这些麻雀的胃,对麻雀全年食性作了详尽的研究。当时在粮食有定量的情况下,她用家里的粮食喂养了一些麻雀,以计量它们的食量,支持丈夫爱鸟护鸟。在一片喊打声中郑作新不顾风险和个人得失,对麻雀的功与过作出科学的结论。他大胆把自己的研究结果和看法公开发表,得到了中国科学院领导的支持。1959年张劲夫专门写了《关于麻雀问题向主席的报告》,由胡乔木转给毛主席。这份报告打动了毛泽东,1960年初将麻雀从"四害"中去掉,换成了臭虫,麻雀的劫难终于结束。

没想到为麻雀平反的事,在后来的政治运动中成了郑作新的罪状,有人说他利用麻雀做文章,反对伟大领袖,因而郑作新被关进"牛棚",并不断被批斗。心系丈夫的陈嘉坚担心得整夜睡不着觉。一次专案组派人到家里送工资,她赶紧在签收时写上"要相信党、相信群众"几个字,希望丈夫看到后能挺住。后来,允许家属送药了,陈嘉坚便在为丈夫熬制的降压药汤中,掺上牛肉汤、鸡汤等营养品,好让丈夫补身子,保证了郑作新在那艰难环境中的健康与信心。

在"文革"中,郑作新不断接受审查、批判,参加劳动改造。在助手被撤销、业务工作难以为继的情况下,视科研为生命的郑作新只能将工作移到家中进行,陈嘉坚自然地成为他的得力助手。1971年陈嘉坚退休后,就以主要精力协助丈夫的科学研究工作,画图、查地名、打字、编索引。在她的协助下,郑作新的《秦岭鸟类志》《中国动物志·鸟纲 鸡形目》《脊椎动物分类学》等10余部专著出版了。这里面饱含着郑作新辛勤的汗水,也渗透着陈嘉坚的心血。

每年的春季到秋季,作为鸟类专家的郑作新都要到各地山林里观察研究鸟类,只有到了雪花飘飘的季节,他才会"冬眠"在家。他一"远走高飞",家里的一切都无暇过问了。陈嘉坚只好忙里忙外地帮助丈夫整理资料。作为大科学家的郑作新总是内疚地笑着对她说:"我的成绩里,有你的汗水。"

至诚奉献　热心爱鸟

更让人感动的是,为了更好地协助丈夫工作,她与时俱进,在80岁高龄学起了电脑,帮助郑作新完成打字、查找资料、整理文稿等日常工作。在他们工作的书房里,孩子们经常看见,爸爸写好一份文稿,妈妈马上在电脑上录入、打印,夫妻俩配合默契,只需一个眼神就明白彼此的意思。

陈嘉坚是郑作新不可或缺的伴侣。郑作新因心脏病、高血压等多次住进北京医院治疗,每次都是她全程陪伴,人们都夸他们是一对恩爱的老伴侣。1997年9月5日,郑作新病重再度被送进北京医院,85岁的陈嘉坚一刻也不离开丈夫身旁,郑作新在昏迷中都在呼唤妻子的名字。病中的他始终不忘自己的研究工作,时刻惦记着还未完稿的《中国动物志·鸟纲　第十二卷》的编撰工作。深知丈夫活着就要工作,陈嘉坚日夜陪坐在丈

2005年12月,陈嘉坚在电脑前工作(时年92岁)

夫的床旁,把他口述的内容记下来,然后再整理,持续了半年多。郑作新在弥留之际,居然在睡梦中用英语演讲他作为世界鸟类协会的名誉会长、将要在南非召开的第22届世界鸟类学大会上的演讲稿,但是,他终于未能出席这次盛会。

1998年6月27日,郑作新走了,离开了他为之研究探索终生的鸟类事业,离开了五彩缤纷的鸟类世界。失去丈夫的陈嘉坚心中无比的悲痛,牢记丈夫的遗愿,将她对院士丈夫的爱全投入到他生前未完成的事业中。她用回忆驱寒,忆往事疗伤。她把丈夫的大照片悬挂在墙上,她还把丈夫的姓加在自己姓名前,公开

使用"郑陈嘉坚"名字，使她时时可以感受到丈夫的精神动力。耄耋之年的陈嘉坚每天坚持在电脑前敲打，毫不停顿地进行郑作新遗著手稿的整理出版工作，把约百万字内容的全文输入电脑，大量的校对工作大都是她一人承担下来，把她的爱，她的情完全融入了鸟类事业。她用心在键盘上弹奏大爱和谐的乐章，神圣的使命汇聚成了生命之歌。

为了使丈夫永远与鸟相伴，陈嘉坚特意在郑作新的墓碑上镌刻两只飞鸟，每年的清明节和丈夫的生辰日她都要和子女带上鲜花，默默地来到北京福田公墓。每看见这鸟，她的心里就感到些安慰。她总要对他说："亲爱的，你会天天听见鸟叫的，我定把你的事业继续做下去！"

无论是在郑作新生前，还是在他离开后的孤单岁月里，陈嘉坚始终满怀着对丈夫、对鸟类的深情厚爱，用燃烧的激情为人与鸟类的和谐作出了非凡的贡献。每当遇到难题时，她都会下意识地抬起头，准备问一声坐在身边的丈夫，可是，那个座位已人去位空了，再也不会回答她的问题了。一想到这里，她就流泪，当她擦干眼泪，又把目光投向电脑，继续敲打。她把深藏心底的爱通过键盘凝聚和融化在文字之中。

幼儿师范毕业的陈嘉坚，居然从帮着丈夫做实验、查资料、打字开始，逐渐地走进鸟类学领域，能在郑作新离开后，继续完成他未竟的事业。这是爱的力量在驱使，是源于"生死情缘"的动力。郑作新生前正在修改的几部著作正在她手中完成。1999年，她完成了《中国鸟类种和亚种分类名录大全》的增订出版；2000年，完成《中国鸟类系统检索》的修订出版（此书也由郑作新的研究生译成英文同时出版）；2001年又完成《世界鸟类名称》的增订出版。

2002年8月，第23届世界鸟类学大会在北京隆重举行，

2002年，在北京召开第23届世界鸟类学大会时陈嘉坚向巴克赠书

这次大会是曾任22届国际鸟类学大会名誉主席的郑作新生前向大会秘书长、美国著名鸟类学家巴克博士提出的。大会如期在中国举行，这是对中国鸟类学奠基人与鸟类相伴一生的郑作新的最好纪念，也是世界同行对中国鸟类学研究成果的充分肯定。陈嘉坚应邀出席宴会，她把近年完成的郑作新遗作《世界鸟类名称》等4本书向大会献礼，赠予这届大会主席巴克博士及其他领导。

2004年6月，《与鸟儿齐鸣》出版。

近两年她在郑作新助手的帮助下，正夜以继日地校订《中国动物志·鸟纲 第十二卷》。这部书是郑作新主编的研究专著。她认为自己在完成郑作新的责任。

情系故乡　爱心涌动

郑作新、陈嘉坚祖籍都是福建长乐，一家人始终不忘故乡。2004年12月，大儿子郑怀杰、儿媳杨群荣接受邀请回故乡参加长乐建市十周年庆典。儿子儿媳要回故乡了，又撩拨她思乡的心弦，尽管她最后一次离开福州已33年了，但不论飞多远、飞多久，自己的巢都在故乡，乡根永远扎在她的心底。陈嘉坚召开家庭会，决定将郑作新的遗物无偿赠送故乡；并郑重地交代儿子儿媳，把她的决定告诉长乐市领导。

2004年，本文作者蒋滨建（中）与本书作者郑怀杰（左）、杨群荣（右）于长乐合影

郑怀杰先生告诉笔者，国家及北京有关单位都想要父亲的遗物，可母亲执意要给故乡。准备捐献的遗物中有几十部著作，其中有专著、论文、科普著作以及相关报道等，以及各类遗物，如国内外的奖章及证书，郑作新签字的首日封、纪念封，还有珍贵的照片、题词、手稿和他生前使用的文物等。这些令她永远思念的珍藏

品，她都舍得割爱全部献给故乡，充分说明她对故乡的深情，对故乡文化建设的支持。

长乐市委、市政府极为重视这份饱含深情的沉甸甸的大礼，将郑重地接受遗物，准备在新建的科技馆中专辟郑作新院士馆，作为人与自然和谐的典范和对青少年教育的一个新平台。

郑怀杰夫妇回乡牵动着她的赤子情怀，他们把难忘的故乡之行原原本本地告诉了母亲，让她心动，让她陶醉。福建长乐、邵武、福州、魁岐，都给她留下了无尽的思念和永远的美好回忆，她的心和故乡贴得更紧了。当年在协大时，她和丈夫每次乘船路过长乐的情景还历历在目，她记得闽江口的"金刚腿"，她记得刚结婚时，随郑作新带协大生物系师生到川石岛采集标本时路过长乐时的情景。她按捺不住思乡之情，故乡令她神驰梦萦，她的心早已飞回故乡的老巢。

郑作新有4个子女，大儿子郑怀杰，北京西城师范学校校长，大儿媳杨群荣，浙江人，北京某中学高级教师，为郑作新科研报道作出了贡献，两胎生3个儿子。大女儿郑怀明是天津市技术监督局副局长，与扬州籍的丈夫吕扬生是天津大学研究生同学，生有2个儿子。次女郑怀音，致公党中央研究室专门委员会联合办公室主任，丈夫王大安，北京人，生有一女。次子郑怀竞，卫生部检验中心副主任，二儿媳闫平，上海人，北京某中学高级教师，生有一男。第二代都已退休，目前全家都在为2006年郑作新百年诞辰纪念活动而忙碌着。陈嘉坚还有好多事情要做，时间与健康是她的第一需要。

陈嘉坚希望故乡在科学发展观指引下，在协调人与自然关系上能作出表率，她为自己是个长乐人而感到自豪！陈嘉坚始终用燃烧的激情为人与自然和谐发展而默默地奉献着。她把爱祖国、爱人民、爱故乡、爱丈夫、爱大自然、爱鸟类有机地融在了一起，形成涌动不息的大爱。与鸟儿齐鸣，随鸟儿飞翔，这是她心中的歌。

（原刊于《福州晚报》，2005年6月3日）

飞翔的梦

——记一位科学家的强国梦

郑怀杰

2002年,第23届世界鸟类学大会在北京举行,大会后期与会各国学者兵分三路,分别到我国东北、西北以及南方考察鸟类,这是世界鸟类学大会自创建以来首次在我国,也是首次在亚洲召开。这次大会的召开标志着我国鸟类学研究已跻身世界鸟类学研究的先进领域,实现了中国鸟类学研究走向世界的伟大梦想。

世界鸟类学大会也与奥林匹克运动会一样,每四年举行一次,在这之前的1998年第22届世界鸟类学大会,中国鸟类学的奠基人郑作新院士已被国际同行推举为第22届世界鸟类学大会的名誉主席,外国同行赞誉他是中国鸟类学研究的领军人物。正是他以毕生的精力从事中国鸟类学的研究,让我国的鸟类学研究事业能在改革开放的时期迅速赶上世界水平。

然而,1998年身为大会名誉主席的他已重病在身。他在多次病危期间,抱病先后在医院会见了第22届世界鸟类学大会的主席及秘书长,并向他们提出第23届世界鸟类学大会能在中国召开的期盼,并嘱咐我国出席大会的代表团成员,在

郑作新参加院士会议

大会上提出下届大会在中国举行的申请。

当第22届世界鸟类学大会在南非举行时,郑作新已经谢世。

大会除全体为他起立,也为在两次大会期间逝世的其他著名鸟类学家默哀外,还通过了第23届世界鸟类大会在中国举行的决定。他在鸟类学研究领域的强国梦,终于在他的学生手中实现了。

现在追寻他的足迹,可以清晰地看到他是如何立足鸟类学研究领域,为振兴中华而竭尽心力的;也可以看到他是如何与中国同行共同努力将中国鸟类学研究推向世界并占有一席之地的。

作为爱国的知识分子,郑作新在1930年获美国密歇根大学研究院科学博士学位后,学校欲留他在校任职,继续他的胚胎学专业的研究工作,当时他的情侣(表妹陈闺珠)也在美国陪读。所以留下来不论对所学专业或生活都是最惬意不过的事。但是,他认为

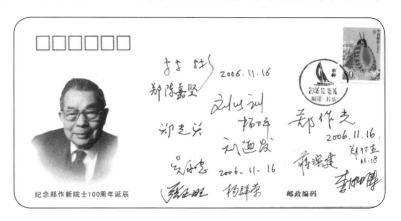
郑作新百年诞辰时长乐市发行个性化纪念邮票及纪念封

虽然科学无国界,但科学家有祖国。他认为自己的根是在祖国。于是他毕业后还是决定返回灾难深重的祖国,因此,他是老"海归"。

当时国内正处在列强划分势力范围,造成各地军阀纷争之时,其中尤以日本步步紧逼,欲占领我东北三省的前夕(次年发生"九一八事件"),但郑作新抱着他教育救国、科学救国之心,毅然返回母校——福建私立协和大学任教。

然而国内缺乏进行胚胎学试验的试剂与设备。他回国后无法继续他的专业研究。郑作新在困难面前没有退缩,更没有后悔。相反,他从实际出发,拾起他所学的另一专业——鸟类学。从事鸟类研究,所需设备简单、成本低,更重要的是福建鸟类资源丰富。他从学校校园鸟类调查入手,逐步扩大到闽江流域,以至武夷山脉。他每周数次带领学生考察鸟类。坚持数年,终于发表《三年来(1938—

1941年）邵武野外鸟类观察报告》。这是国内第一篇有关鸟类种类及其生态（包括数量）实地考察的报道。这是他在科学研究道路上取得初步成果，也初步实现了中国资源应由中国人为主进行研究的愿望。

现在有些城市也开展观鸟的活动，并自诩为国内第一个观鸟小组（活动），其实这是误解。真正开展国内观鸟活动的组织应是20世纪30年代福建协和大学生物学会的会员们。

与此同时，由于原福建协和大学是美国教会创办的学校。学校里使用的是美国教材，教学语言也是英文。郑作新任教后，为了使刚入学的学生能更好接受教育，他开始用中文讲课，并编写中文教材。1933年《大学生物学实验教程》出版，不久中文编写的《普通生物学》及《脊椎动物学》问世。这些教材逐步为国内各高等院校所采用。70年代在北京举办的港澳台图书展会上获悉《普通生物学》一书已在台湾再版第七次。难怪当两岸关系缓和后，台湾生物学学者来大陆访问时，见到郑作新就说："我们是读您的书进入生物学殿堂的。"

在郑作新身上是较完美地体现出将科学救国与教育救国的统一，将提高与普及的有机结合在一起。

1945年，在第二次世界大战胜利前夕，郑作新作为中美文化的交流学者，访问美国，在美国任客座教授。他在向美国各院校研究院介绍中国鸟类学研究成果的同时，还在各院校、博物馆收集有关中国鸟类的资料（在当时中国许多动植物资源为外国学者所采集并研究）。

二次大战后，他以"我不能再待下去了"的决心，又一次毅然返回百废待兴的祖国，回到他的母校——福建协和大学任教。

中华民族经受百年屈辱，始终没有屈服，他们前仆后继投身于救亡图存的行列，许多仁人志士一直在寻找救国、救民的道路。郑作新一直是以赤诚之心，用

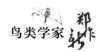

他自己的方式参加了这个斗争的行列。他多年在教育战线上的努力，没有白费，他为国家培养大批人才，新中国成立后，他的学生如林兰英、唐仲璋、俞永新等都先后被选为中国科学院院士。

在1949年，他已在南京国立编辑馆任编纂。新中国成立前夕，有人送飞机票给他，让他去美国或台湾，但他没有走，而是决定留下来迎接解放。新中国的成立，标志着中国人民从此站起来了；标志着中华民族从"救亡图存"的斗争转入"振兴中华"的新时代，郑作新也获得新生。

新中国成立后，他从南京调到北京，开始专心进行鸟类学研究工作了，他迎来了科学的春天。他加入了振兴中华的行列。他实现强国梦想的路是一直与国家的振兴与富强紧密联系在一起。

郑作新在新中国成立后，立足于祖国大地，对中国鸟类学的基础研究可以分为三个阶段：从而完成了对中国鸟类的普查与科研；科研与科普；保护与发展的完美结合。

第一，在20世纪50年代和60年代，领导全国鸟类资源的普查工作，除发现许多鸟类新亚种和新纪录外，完成鸟类图谱、鸟类分布目录、鸟类检索等工具书的编著；其次，70年代主持《中国动物志·鸟纲》的编写工作，计划14卷，其中7卷由他主编或参编，从而带动各地出版地方动物志的高潮；他的《中国经济动物志·鸟类》也在这个阶段出版。

第二，80年代他主持了中国濒危鸟类（雉类）生态生物学的重大自然科学研究项目，吸收全国19名鸟类学家参加，历时5年，于1988年获中国科学院技术进步二等奖。此项研究不仅推动了随后中国鹤类的研究，而且在全国又促进了专科、专种个体生态生物学研究的兴起。

正因此，中国鸟类学研究处于中国动物学各纲（如鱼类、兽类、两栖类……）的前列；所以，郑作新被日本、美国、德国等国鸟类学会吸收为会员，英国世界雉类协会会长、美国国际鹤类基金会顾问。

郑作新在开展鸟类学基础研究的同时，也大力进行对鸟类的爱护与保护宣传工作。

他响应党的号召，将鸟类研究导向为工农业生产，为提高人民群众生活水平服务的道路上。新中国成立不久，他就在河北昌黎果树区进行鸟的益害的考察，发表《河北昌黎果区主要食虫鸟类的调查研究》，1956年他又亲自与同行解剖848只麻雀的嗉囊（即胃），确定麻雀在不同地区、不同季节的益害不同，从而为麻雀"平反"，他反对捕杀鸟类，号召爱鸟、护鸟，保护野生动物，认为鸟是人类的朋友，他憧憬人与自然的和谐发展，憧憬人类将生活在鸟语花香的环境中。

他还提倡建立自然保护区，保护珍稀动植物。黑龙江省扎龙鹤类保护区就是在他建议下建立的；他提倡设立"爱鸟周"，并亲自参加有关爱鸟、护鸟的宣传活动。他言简意赅地指出："自然保护要走保护、保育、保全的道路"，他的这些观点与行动和党贯彻的科学发展观是完全一致的。他在大科学家讲小故事丛书《与鸟儿一起飞翔》中，寄语青少年"从小热爱大自然"，要读懂大自然这本活书。他在这本科普书中写道："你们要从小热爱科学、热爱大自然，为振兴中华建功立业，为我们的民族永远立于世界之林而奋斗。"他是这样告诫青少年的，他自己也是这样身体力行的。

第三，除出版研究专著20余部，专业书籍40余册，研究论文140余篇外，他还撰写科普文章200多篇及10余册科普著作，如《鸟的繁殖》《防除雀害》《鸟类及其亚种分化》等，这在当代科学家中，他是十分重视科学普及工作的专家，在他身上完美地体现了提高与普及的有机统一。

郑作新是中国动物学会发起人之一，也是中国鸟类学会发起人，他曾任这两个学会的理事长、名誉理事长，他还是中国野生动物保护协会的副会长、北京自然博物馆的创立者之一，以及《动物学报》《动物分类学报》《动物学集刊》《动物学杂志》主编、副主编、编委，以及先后兼任北京大学、北京师范大学、西北大学、兰州大学、山东大学的生物系教授。

郑作新一直以"自强不息"勉励自己，他工作勤奋、事业心强，经常牺牲休息时间回复国内外同行或群众来信，当他的巨著《中国鸟类区划纲要（英文版）》出版后，他将所获奖金捐给了中国鸟类学会，成立"郑作新鸟类科学青年奖基金会"，专门用来奖励在鸟类学研究中有突出贡献的年轻人。郑作新十分重视对年轻人的培养，几十年来已有数十名进修生、硕士、博士、博士后研究生毕业，形成中华大地鸟类学界一派桃李芳香、科坛硕彦的兴旺景象。他虽尊位高，

却爱生若子,被称为"一代宗师"。他是中国鸟类学界的骄傲。

正因为这样,1988年他获得美国国家野生动物学会自然保护特殊成就奖。1993年,荣获中国野生动物保护协会的保护野生动物终身荣誉奖。

当我们追寻他的足迹,探讨他成功之路时,就十分清晰地认识到:如果在当年他没有回国,或新中国成立前夕他出走美国或台湾,那么在美国或台湾会多一个生物学家,而他绝不可能完成对中国鸟类的普查工作;那么他也不可能以后在中国鸟类学基础研究中能作出奠基性贡献的。因此他是将自己个人梦想与强国之梦相结合,相统一,将自己强国之梦融入到全民族振兴的事业中,才取得这些科研成果。他在实践中深刻地认识到,单纯地走"科学报国"或"教育救国"是走不通的。只有中国共产党才是中国的救星。是党领导全国人民进行艰苦卓绝地奋斗,才取得革命的胜利,才有了中华人民共和国的诞生,才为他的科研事业开辟了全新的平台。为此,他积极争取入党,终于在1984年,他78岁高龄时加入了中国共产党。此时,也正是他科研事业取得最高成就的时期。这是他能圆梦,能做到"梦想成真"的根本原因。

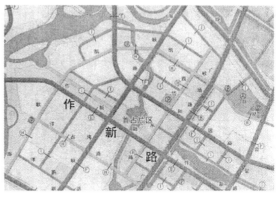

2015年,郑作新祖籍长乐市首占村,现在首占村在城镇化过程中在首占新区将一条马路命名为"作新路"以示纪念(规划图由蒋滨建提供)

他曾经说:"人生的意义在于奉献,要无愧于祖先和后代。"现在这句话被刻在福州市闽江北岸的江滨公园福州名人碑林中。你如果在江边散步就会看到这段对我们有启示意义的箴言。

其实"飞翔的梦"还在延续,当他100周年诞辰时,先后在北京中国科学院动物研究所与其故乡福建长乐市分别举行纪念活动,缅怀他对中国鸟类学的贡献,并分别出版纪念文集《天高任鸟飞》与《飞翔的生命》,同时在新出版的鸟类学研究专著《中国鸟类特有种》一书的扉页上写着"谨以此书纪念中国现代鸟类学奠基人郑作新院士100周年诞辰"。他逝世10周年时,中国科学院国家动物博物馆举行有关郑作新院士的专题展览。2015年,四川发现鸟类新种——四川短翅莺(*Locustella chengi*),这个"chengi"就是郑氏之意。这既是中国鸟类学研究的重大成果,而且还是首个以中国鸟类学家姓氏命名的鸟类,这些都将载入科技发展的史册(注);也在这一年他的故乡首占村在城镇化的过程中,将一条新辟的马路命名为"作新路",以示纪念。

我们相信,郑作新的人生轨迹,他的《飞翔的梦》对我们后代会有些启示。让我们沿着他的科研道路继续前进,让我们的民族能对世界作出更多的贡献。

注:从郑作新科研论文的目录中可以看出他研究的范围是十分广泛的,以后才专门从事鸟类学的研究工作。所以上世纪50年代他任脊椎动物分类研究室主任时,研究员汪松等人发现沙鼠的新种,就命名为"郑氏沙鼠"(*Meriones chengi*),以表达对郑作新工作的肯定(见《动物分类学报》1964年第一期汪松著《新疆兽类新种与新亚种记述》一文)。

附录一：

郑作新纪事年表

1906年11月18日	生于福建福州，祖籍长乐首占村
1912—1918年	在福建苍霞洲小学学习
1918—1922年	在福建青年会附属中学读书
1922—1926年	在福建协和大学生物系学习，获学士学位
1926—1930年	在美国密歇根大学研究院学习，先后获硕士和科学博士学位，并获金钥匙奖
1930—1947年	在福建协和大学任生物系教授兼系主任
1933年	编写、出版《大学丛书　生物学实验指导》
1934年	筹建"中国动物学会"，为发起人之一
1936—1940年	兼任福建科学馆生物部主任
1938年	编写、出版大学用书《普通生物学》
1938—1947年	任福建协和大学教务长
1944年	发表《三年来（1938—1941年）邵武野外鸟类观察报告》
1945—1946年	应美国国务院文化司之邀，赴美国纽约任美国自然博物馆客座教授
1946—1947年	回福建协和大学任教授并先后兼任教务长及理学院院长等职，同时发表《中国鸟类名录》（我国学者自撰的第一部鸟类名录）
1947—1949年	任南京国立编译馆自然科学组编纂兼中央大学教授
1950—1956年	任中国科学院动物标本整理委员会委员兼秘书，并兼任中国科学院编译局自然科学名词室编审、主任
1951年	参加九三学社 任中央自然博物馆筹备委员会委员

1952年	编著、出版大学用书《脊椎动物分类学》
1953年	历任中国科学院动物研究所研究员兼鸟类研究室主任、动物资源研究室主任、脊椎动物分类研究室主任，并任《动物学报》《动物分类学报》《动物学集刊》《动物学杂志》主编、副主编、编委，主持建立动物研究所鸟类标本馆（现藏有6万多号标本）
1954—1961年	先后兼任北京大学、北京师范大学、西北大学、兰州大学、山东大学的生物系教授
1955—1958年	编著、出版《中国鸟类分布名录》（非雀形目和雀形目各1卷）
1956年	任中国动物学会秘书长
1957年	出版《河北昌黎果区主要食虫鸟类的调查研究》（与钱燕文等合著）
1958—1959年	赴民主德国和苏联访问，先后各3个月
1960年	出版《中国动物地理区划》（与张荣祖合著）
	任民主德国鸟类学会通讯会员
	任日本鸟类学会通讯会员
	编写《十年来中国动物学的成就》及《十年来中国动物地理学的成就》
1962年	主编、出版《中国经济动物志·鸟类》
	任中国科学院《中国动物志》编委、副主任
1964年	编著、出版《中国鸟类系统检索》
1966年	编著、出版《中国鸟类系统检索（增订本）》
1973年	编著、出版《秦岭鸟类志》（与钱燕文、李桂垣等合著）
1976年	任美国国际鹤类基金会顾问
1978年	主编、出版《中国动物志·鸟纲 第四卷 鸡形目》
	任《中国大百科全书·生物学》动物组主编、动物地理组主编
	编著、出版《中国鸟类分布名录（第二版）》
	在全国科学大会上获得个人奖一项（《中国鸟类系统研究》）、双人奖一项（《中国动物地理区划》）及集体奖一项（《中国动

	物志·鸟纲 第四卷》）
	任中国动物学会副理事长
	赴英国参加世界雉类协会国际会议，并被选为该协会副会长
	任英国鸟类学会通讯会员
1979年	主编、出版《中国动物志·鸟纲 第二卷 雁形目》
1980年1月	率中国代表团前往日本北海道参加"水禽与鹤类"国际会议
4月	参加中国科学院代表团前往美国访问，并进行合作谈判
	任中国科学院学部委员（院士）
	任中国科学技术协会全国委员会第二届委员
	任国家大地图编纂委员会委员
	参加中国科学院召开的青藏高原考察的国际学术会议，并主持动物学方面的学术工作
10月	率中国博物馆代表团赴澳大利亚参加博物馆年会
11月	参加林业部代表团赴日本东京谈判《中日候鸟保护协定》
	聘为北京自然博物馆业务副馆长兼自然历史研究所所长
	中国鸟类学会成立，是学会发起人之一，并被选为第一届理事长
	任美国鸟类学会通讯会员
	任《中国大百科全书》生物学卷编委、生物学分支主编
1981年	编著、出版《青藏高原陆栖脊椎动物区系及其演变的探讨》（与冯祚建等合著）
9月	率中国科学技术协会代表团赴美国谈判关于科学协作问题
10月	《中国鸟类分布名录》获美国密歇根大学科学荣誉奖
1982年	《脊椎动物分类学（增订本）》出版，并获全国优秀科技图书一等奖
	《中国动物志·鸟纲 第二卷 雁形目》获中国学院科技进步二等奖
1983年	任博士生导师
	主编《西藏鸟类志》出版

	任中国野生动物保护协会副会长
	当选九三学社第七届中央委员会委员
1984年	加入中国共产党
	任中国动物学会理事长
	任美国鸟类学会荣誉会员
	应香港自然保护协会邀请，赴港进行学术交流
1985年	任全国自然科学名词审定委员会委员，兼动物名词审定委员会顾问
	任中国鸟类学会（第二届）名誉理事长
	获中国科学院从事科学工作五十年荣誉奖状
1986年	当选为世界雉类协会会长
	任《青藏高原科学考察丛书》顾问
	任中国麋鹿基金会理事
	任动物学名词审定委员会顾问委员
	获北京市"家家乐"音乐比赛优秀奖
1987年	主编《中国动物志·鸟纲 第十一卷 雀形目 鹟科Ⅱ 画眉亚科》，并获中国科学院自然科学二等奖
	出版《中国鸟类区系纲要（英文版）》
	参加在北京举行的第一届"国际野生动物保护会"，并担任主席
1988年	获美国国家野生动物学会自然保护特殊成就奖
1989年5月	美国国家野生动物学会主席到北京，颁发自然保护特殊成就奖
	《中国鸟类区系纲要（英文版）》，获中国科学院自然科学一等奖、国家自然科学二等奖、优秀图书特别奖
	中国科学院授予科学研究荣誉奖章
	当选九三学社中央参议委员会委员
10月	参加世界雉类协会第四届学术会议，并作关于中国雉类研究的综合报告
	任中国动物学会名誉理事长

	获全国百对金婚佳侣荣誉表彰
1990年	当选中国野生动物保护协会第二届理事会理事
	任《中国大百科全书·中国》动物地理学分支主编
1991年	主编《中国动物志·鸟纲 第六卷 鸽形目 鹦形目 鹃形目 鸮形目》出版
	将《中国鸟类区系纲要（英文版）》所得全部奖金，捐献中国科学院动物研究所，设立郑作新鸟类科学青年奖基金
	当选中国动物学会鸟类学分会第三届理事会理事及名誉理事长
	荣获国务院颁发"政府特殊津贴"
1993年	出版《郑作新论文选》
	主编、出版《中国经济动物志·鸟类（增订本）》
	主编、出版《中国动物志·鸟纲 第十卷 雀形目 鹟科Ⅰ 鸫亚科》
	编著《中国鸟类种和亚种分类名录大全（英文版）》
	获中国野生动物保护协会保护野生动物终身荣誉奖
1994年	获北京市"尊老敬老和睦家庭"表彰
	科普著作《鸟类及其亚种分化》出版
1995年	中国动物学会第13届常务理事扩大会议，推选为理事会名誉理事长
	获蔡冠森中国科学院院士荣誉奖金
1996年	聘为《大自然》杂志荣誉顾问
	中国动物学会鸟类学分会第四届理事会，被推选为名誉理事长
	获香港求是科技成就集体奖（对中国生物志工程工作有杰出成就）
	主编、出版《中国动物志·鸟纲 第一卷 第一部 中国鸟纲绪论 第二部 潜鸟目 鹱鹱目 鹲形目 鹈形目 鹳形目》
1997年	将著作捐赠中国科学院图书馆
1998年	任第22届世界鸟类学大会（8月在南非召开）名誉主席
	出版《大科学家讲的小故事·与鸟儿一起飞翔》
	6月27日晚21点45分在北京医院病逝，享年92岁

附录二：

郑作新 Cheng Tso-Hsin
著作目录

中华人民共和国成立前（1927—1949年）

（一）专业书籍······································8本
（二）研究论文······································51篇
（三）科普论述······································24篇

（一）专业书籍

1. 1933年　《生物学实验指导（大学丛书）》商务印书馆（1941年增订）
2. 1938年　《生物学讲义（上下卷）》福建协和大学生物系
3. 1941年　《生物学纲要》福建协和大学生物系
4. 1942年　《普通动植物学名词》福建协和大学生物系
5. 1944年　《脊椎动物胚胎学实验教程（大学用书）》正中书局
6. 1945年　《普通生物学（大学用书）》正中书局
7. 1945年　《脊椎动物分类学纲要（大学用书）》正中书局

（二）研究论文

1. 1929年　*Intersexuality in* Rana cantabrigensis. Journ. Morph. and Physiol.（林蛙的雌雄间性现象）
2. 1929年　*A new case of intersexuality in* Rana cantabrigensis. Biol. Bull.（林

蛙雌雄间性的一新发现）

3. 1930年　*Intersexuality in tadpoles of* Rana cantabrigensis. Pap. Mich. Acad, Sci., Arts and Letters（林蛙蝌蚪的雌雄间性）

4. 1930年　*Hypogenitalism in* Rana cantabrigensis. Pap. Mich. Acad. Sci., Arts and Letters（林蛙生殖腺低育现象）

5. 1932年　*Abnormal hermaphroditism in frogs bilonging to the genus* Rana. Peking Nat. Hist. Bull.（真蛙属雌雄间的变态）

6. 1932年　*The germ-cell history of* Rana cantabrigensis *Baird* Ⅰ: *Germ cell origin and gonad formation.* Zeitschi. f. Zellf. u. Mikr. Anat.（林蛙生殖细胞发达史Ⅰ：生殖细胞的起源及生殖腺的形成）

7. 1932年　*The germ-cell history of* Rana cantabrigensis *Baird* Ⅱ: *Sex differentiation and development.* Zeitschi. f. Zellf. u. Mikr. Anat.（林蛙生殖细胞发达史Ⅱ：性别的分化与发育）

8. 1933年　*Abnormal sexuality and sex reversal in frogs.* Peking Nat. Hist. Bull.（蛙类的性别变态及性反应）

9. 1934年　*A List of Chinese birds heretofore recorded only from Fukien province.* China Journ.（中国鸟类迄今仅获得自福建的记录）

10. 1934年　《闽中海错疏之两栖动物》福建协和大学学术

11. 1936年　《长乐县志中的鸟类》福建协和大学学术

12. 1936年　《协大校地夏间所见的鸟类》福建协和大学学术

13. 1936年　《姬蛙（*Microhyla ornata*）生殖细胞起源》科学团体年会论文提要

14. 1936年　《泽蛙（*Rana limnocharis*）睾丸卵的初步报告》科学团体年会论文提要

15. 1937年　*A revised checklist of fishes heretofore recorded from Fukien province* Ⅰ. Lingnan Sci. Journ.（福建鱼类调查　第一报）

16. 1937年　*A revised checklist of fishes heretofore recorded from Fukien province* Ⅱ. Lingnan Soi. Journ.（福建鱼类调查　第二报）

17．1937年　《本校秋间所见的鸟类》协大生物学会报

18．1937年　《本校冬时的禽鸟》协大生物学会报

19．1937年　《本校春季禽鸟的调查》协大生物学会报

20．1938年　*A checklist of birds heretofore recorded from Fukien province.* Fukien Chr. Univ. Sci. Journ.（福建鸟类目录）

21．1938年　*Notes on a sturgeon from Foochow.* Fukien Chr. Univ.Sci. Journ. （福建鲟鱼的发现）

22．1938年　《福建脊椎动物之统计》科学

23．1939年　《福建鸟类之统计》协大生物学会报

24．1939年　《本校夏秋二季禽鸟类的新纪录》协大生物学会报

25．1940年　*A preliminary checklist of birds heretofore recorded from Kwangtung and nearly islands including Hainan.* Ⅰ: *Non-passerine birds.* Lingnan Sci. Journ.（广东鸟类目录初编Ⅰ：非雀形目）

26．1940年　《闽江流域鸟类之研究Ⅰ：非雀形目鸟类》协大生物学会报

27．1940年　《闽江鲟鱼纪要》协大生物学会报

28．1941年　《福建挂墩概述》科学（与李铭新合写）

29．1941年　*Notes on bird observations during the Summer along the Shaowu stream in North Fukien.* Peking Nat. Hist. Bull.（闽北邵武富屯溪夏间鸟类观察）

30．1941年　*A winter cengus of birds along the Shaowu stream in North Fukien.* Peking Nat. Hist. Bull.（闽北邵武富屯溪冬间鸟类调查）

31．1941年　*A green pigeon,* Sphenurus sieboldii sieboldii *(Temminck), from Shaowu, Fukien.* China Journ.（福建邵武绿鸠纪要）

32．1941年　《福建鼓岭夏间鸟类记述》科学

33．1941年　《福建脊椎动物统计续编》科学

34．1942年　《闽江流域鸟类之研究Ⅱ：雀形目鸟类（百灵科—莺科）》协大生物学会报

35．1942年　《福建习见脊椎动物名称》协大生物学会报

36．1942年　《福州江豚纪要》协大生物学会报

37．1944年　《三年来（1938—1941年）邵武野外鸟类观察报告》协大生物学会报

38．1945年　《福州鼓岭鸟类一撇》协大生物学会报

39．1947年　《闽江流域鸟类研究 III：雀形目（鹟科—雀科）》协大生物学会报

40．1947年　《顺昌将乐二县鸟类采集报告》协大生物学会报（与廖翔华合作）

41．1947年　《中国脊椎动物之种数统计》协大生物学会报

42．1947年　《邵武脊椎动物初志》协大生物学会报

43．1947年　《闽北蛇类志略》协大生物学会报

44．1947年　《中国鸟类研究之新近参考文献》协大生物学会报

45．1947年　《中国鸟类之统计》科学

46．1947年　《中国鸟类地理分布之初步研究》科学

47　1947年　*Checklist of Chinese birds.* Trans. Chin. Assoc. Adv. Sci.（中国鸟类名录）

48．1948年　*Notes on the avifauna of Shaowu, Fukien.* Lingnan Sci, Journ.（福建邵武鸟类区系研究）

49．1948年　*A preliminary checklist of birds heretofore recorded from Kwangtung and nearby islands including Hainan* II: *Passeriform birds.* Peking Nat, Hist. Bull.（广东鸟类名称名录初编 II：雀形目）

50．1949年　*On the geographical distribution of the Chinese birds.* Congr. Inter. Zool., Paris（中国鸟类地理分布）

51．1949年　*On the geographical distribution of birds in China.* Peking Nat. Hist. Bull.（我国鸟类的地理分布）

（三）科普论文

1．1931年　《生物学的根本观念》福建教育厅周刊

2．1933年　《由生物学谈到教育观念》福建教育厅周刊

3. 1934年　《本地常见之两栖动物》福建民报科学常识
4. 1934年　《这样才算是科学化生活》新生活运动周报
5. 1935年　《中国人之粮食及其改良法》科学的中国
6. 1935年　《细菌对于人生的利益》中央日报科学周刊
7. 1935年　《科学的生老病死观序》商务印书馆星期标准书序
8. 1936年　《人体内分泌腺的功用》福建民报科学常识
9. 1936年　《生物学研究的范围》福建民报科学常识
10. 1936年　《免疫性及其种别》福建民报科学常识
11. 1936年　《两栖动物与人生的关系》科学的中国
12. 1937年　《天演学研究录史》福建民报科学常识
13. 1937年　《动物的毒害》福建民报科学常识
14. 1938年　《生物学研究对于人生之贡献》协大周刊
15. 1938年　《遗传学之应用》协大周刊
16. 1938年　《生物学与民训工作（乡村工作纲领）》福建大学出版社
17. 1939年　《福建脊椎动物调查的初步报告》协大周刊
18. 1939年　《本省脊椎动物的调查》福建五年来高等教育
19. 1940年　《生物学与人生》福建民报副刊科学与人生
20. 1940年　《生物性别的决定》福建民报副刊科学与人生
21. 1941年　《生物演化的证据》中央日报副刊科学与人生
22. 1941年　《邵武鸟类介绍》中央日报副刊科学与人生
23. 1945年　《青年与科学》协大青年
24. 1945年　《生物学与战后建设》战后建设

注：1949年前的科普论文有些在1996—1976年散失，目前这部分目录是1976年后汇总的，因此存在遗漏。

1949年至今

（一）研究专著······································24本
（二）专业书籍······································35本
（三）研究论文······································96篇
（四）科普论述······································200篇

（一）研究专著

1．1955年　《中国鸟类分布目录Ⅰ：非雀形目》科学出版社（本专著曾被美国Smithsonian研究院译为英文本）

2．1957年　《河北昌黎果区主要食虫鸟类的调查研究》科学出版社（集体协作；任主编）

3．1958年　《中国鸟类分布目录Ⅱ：非雀形目》科学出版社（本专著亦被美国译为英文本）

4．1959年　《中国动物地理区划》科学出版社（二人协作；任主编）

5．1963年　《中国经济动物志·鸟类》科学出版社（集体协作；任主编；本专著亦被美国商务部译为英文本并摄制显微胶卷发行）

6．1964年　《中国鸟类系统检索》科学出版社（附有中国鸟类分布总表）

7．1964年　《中国鸟类系统检索（增订本）》科学出版社

8．1964年　《中国鸟类分布名录（第二版）》科学出版社

9．1973年　《秦岭鸟类志》　科学出版社（集体协作；任主编）

10．1978年　《中国动物志·鸟纲　第四卷　鸡形目》科学出版社（集体协作；任主编）

11．1979年　《中国动物志·鸟纲　第二卷　雁形目》科学出版社（集体协作；任主编）

12. 1983年 《西藏鸟类志》科学出版社（集体协作；任主编）
13. 1987年 《中国动物志·鸟纲 第十一卷 雀形目 鹟科Ⅱ 画眉亚科》科学出版社（集体协作；任主编）
14. 1987年 *A Synopsis of the Avifauna of China.* Science Press & Paul Parey Scientific Publisher（中国鸟类区系纲要）
15. 1991年 《中国动物志·鸟纲 第六卷 鸽形目 鹦形目 鹃形目 鸮形目》科学出版社（集体协作；任主编）
16. 1993年 《中国经济动物志·鸟类（第二版）》科学出版社（集体协作；任主编）
17. 1993年 *A Complete Checklist of Species and Subspecies of the Chinese Birds.* 科学出版社（中国鸟类种和亚种分类名录大全）
18. 1993年 《郑作新论文选》福建科学技术出版社
19. 1993年 《中国动物志·鸟纲 第十卷 雀形目 鹟科Ⅰ 鸫亚科》科学出版社（集体协作；任主编）
20. 1997年 《中国动物志·鸟纲 第一卷 第一部 中国鸟纲绪论 第二部 潜鸟目 鸊鷉目 鹱形目 鹈形目 鹳形目》科学出版社（集体协作；任主编）
21. 2000年 《中国鸟类系统检索》科学出版社（同时译成英文版出版）
22. 2001年 《中国鸟类种和亚种分类名录大全》科学出版社
23. 2002年 《世界鸟类名称》科学出版社
24. 2010年 《中国动物志·鸟纲 第十二卷》科学出版社（集体协作；任主编）

注：21、22、23、24为郑作新逝世后出版的专著信息，其中21、22、23的专著由陈嘉坚主持修订出版。

（二）专业书籍

1. 1952年 《中国的鸟类》商务印书馆

2. 1952年　《普通动物学名词》新农出版社
3. 1953年　《生物学实验教程（增订本）》商务印书馆
4. 1954年　《普通生物学》中华书局
5. 1955年　《脊椎动物分类学（增订本）》中华书局
6. 1955年　《野生鸟类经济羽毛》科学出版社（集体协作；任主编）
7. 1956年　《农业益鸟的保护与招引》科学出版社（译本）
8. 1957年　《苏联鸟类检索表》科学出版社（译本）
9. 1957年　《鸟巢鉴定》科学出版社（译本）
10. 1957年　《农林的益鸟和害鸟》中国林业出版社
11. 1959年　《中国动物图谱·鸟类（第一册）》科学出版社（集体协作；任主编）
12. 1959年　《中国动物图谱·鸟类（第二册）》科学出版社（集体协作；任主编）
13. 1959年　《鸟类野外工作手册》科学出版社（集体协作；任主编）
14. 1960年　《保护和开发山区经济鸟类图谱》科学技术出版社
15. 1960年　《动物的分布》全国狩猎事业经济管理干部训练班编委会
16. 1961年　《十年来的中国科学：动物学》科学出版社
17. 1962年　《中国动物图谱·鸟类（第三册）》科学出版社（集体协作；任主编）
18. 1963年　《脊椎动物分类学（增订本）》中国农业出版社
19. 1963年　《农林的益鸟和害鸟（增订本）》中国林业出版社
20. 1963年　《鸟——基础知识丛书》科学出版社（两人合著；任主编）
21. 1963年　《农业益鸟的保护与招引（增订本）》科学出版社
22. 1965年　《鸟的繁殖》北京出版社（两人合著；任主编）
23. 1965年　《动物分类学的方法和原理》科学出版社（集体译本；任主编）
24. 1966年　《中国动物图谱·鸟类（第二版）》科学出版社（集体协作；任主编）
25. 1977年　《天演论》科学出版社（译本）

26. 1977年 《人类在自然界的位置》科学出版社（集体译本）
27. 1972年 《物种起源》科学出版社（译本）
28. 1982年 《脊椎动物分类学（增订本）》中国农业出版社
29. 1985年 《农业益鸟的保护与招引（修订本）》科学出版社
30. 1986年 《世界鸟类名称》科学出版社（集体协作；任主编）
31. 1986年 《中国动物图谱·鸟类（第三版）》科学出版社（集体协作；任主编）
32. 1987年 *A Pictorial Handbook of the Chinese Birds.* Science Press
33. 1990年 《中国大百科全书·中国地理》中国大百科全书出版社（集体协作；任动物地理科主编）
34. 1991年 《中国大百科全书·生物学（III卷）》中国大百科全书出版社（集体协作；并任动物学科主编）
35. 1994年 《鸟类及其亚种分化》科学技术文献出版社

（三）研究论文

1. 1949年 *On the geographical distribution of Chinese birds.* Compt. rend. Congr. Intern. Zool., Paris（中国鸟类地理分布）
2. 1949年 《中国鸟类地理分布之初步研究》科学
3. 1949年 *On the geographical distribution of birds in China.* Peking Nat. Hist. Bull.
4. 1949年 《中国鸟类地理分布的研究》中国动物学报
5. 1955年 《微山湖及其附近地区食蝗鸟类的初步调查》农业学报（集体协作；任主编）
6. 1956年 《中国动物地理区域》地理学报（两人协作；任主编）
7. 1956年 《中国动物区划草案》中国自然区划草案（两人协作；任主编）
8. 1956年 《四川白背啄木鸟的一新亚种》动物学报
9. 1957年 《中国鸟类的新纪录》动物学报（集体协作；任主编）
10. 1957年 《麻雀食物分析的初步报告》动物学报（集体协作；任主编）

11. 1957年　《东北区动物地理》中华地理志丛刊（两人协作；任主编）
12. 1957年　《华北区动物地理》中华地理志丛刊（两人协作；任主编）
13. 1957年　《北京城郊秃鼻乌鸦冬季生活的初步观察》动物学杂志（两人协作；任主编）
14. 1958年　《中国鸟类的新纪录Ⅰ：云南西双版纳地区（非雀形目鸟类）》动物学报（集体协作；任主编）
15. 1958年　《中国鸟类的新纪录Ⅱ：云南西双版纳地区（雀形目鸟类）》动物学报（集体协作；任主编）
16. 1958年　《北京颐和园鸟巢和鸟卵的初步调查》动物学杂志（集体协作；任主编）
17. 1959年　《中国鸭科检索》动物学杂志
18. 1959年　《我国鸡类及其分布》动物学丛刊
19. 1959年　《昌黎果区几种主要食虫鸟类之繁殖习性的研究Ⅰ：大山雀》动物学报（两人协作；任主编）
20. 1960年　《昌黎果区几种主要食虫鸟类之繁殖习性的研究Ⅱ：黄鹂，灰伯劳，斑啄木鸟》动物学报（两人合编）
21. 1960年　《红胸黑雁在中国的发现》动物学杂志
22. 1960年　《安徽黄山的鸟类初步调查》动物学杂志（两人协作；任主编）
23. 1960年　《云南南部鸟类调查Ⅱ：雀形目》动物学报（集体协作；任主编）
24. 1960年　《湖南鸟类调查Ⅰ：非雀形目》动物学报（集体协作；任主编）
25. 1961年　《湖南鸟类调查Ⅱ：雀形目》动物学报（集体协作；任主编）
26. 1961年　《云南西双版纳及其附近地区的鸟类调查报告》动物学报（集体协作；任主编）
27. 1961年　《论动物地理区划的原则和方法》地理（两人协作；任主编）
28. 1961年　*Ein ubersehener Brutvogel der Palearktis*: "*Emberiza siemsseni Martens*" Journ. f. Orn.（与德国E. Stresmann合作）
29. 1962年　《云南西双版纳及其附近地区的鸟类调查报告Ⅲ：雀形目》

动物学报（集体协作；任主编）

30．1962年　《中国钩嘴鹛的系统分类研究》动物学报

31．1962年　《中国鸟类的二个新纪录：棕颈噪鹛与纯色岩燕》动物学报（两人协作；任主编）

32．1962年　《川西滇北地区鸟兽资源调查报告》中国科学院西部地区南水北调综合考察队报告（集体协作；任主编）

33．1962年　《秦岭，大巴山地区的鸟类区系调查研究》动物学报（集体协作；任主编）

34．1962年　《中国鸟类一个属的新纪录——硬尾鸭属》动物学报（两人协作；任主编）

35．1962年　《四川西南与云南西北地区鸟类分布研究Ⅰ：非雀形目》动物学报（集体协作；任主编）

36．1962年　《珠穆朗玛峰地区鸟类与兽类的新纪录，新亚种，珠穆朗玛峰地区科学考察报告》科学出版社（集体协作；任主编）

37．1963年　《四川西南与云南西北地区鸟类的分布研究Ⅱ：雀形目鹟科》动物学报（集体协作；任主编）

38．1963年　《四川西南与云南西北地区鸟类的分布研究Ⅲ：雀形目》动物学报（集体协作；任主编）

39．1963年　《四川峨眉山鸟类及其垂直分布的研究》动物学报（两人协作；任主编）

40．1963年　《中国鸟类鹟科（鸫亚科）中一个属的新纪录——长脚鸫属》动物学报（两人合编）

41．1963年　《黑颈噪鹛的两亲缘种在国内的亚种分化，包括一新亚种》动物学报

42．1963年　《红翅噪鹛在我国的亚种分化，包括一新亚种》动物学报

43．1963年　《麻雀繁殖习性的初步研究》动物学报（集体协作；任主编）

44．1964年　《玉头鹟的一新亚种——天全玉头鹟》动物学报

45．1964年　《云南玉龙山鸟类的垂直分布》动物学报（两人协作；任主编）

46．1964年　《海南岛绒额䴓的一新亚种——尖峰绒额䴓》动物学报（集体协作；任主编）

47．1964年　《国内鸟类的首次记录，包括一个科和两属的新纪录》动物学报（集体协作）

48．1964年　《四川白鹇的一新亚种——峨眉白鹇》动物分类学报

49．1964年　《青海省的鸟类区系》动物学报（集体协作）

50．1964年　《中国动物地理分布及益兽与益鸟的分布》中华人民共和国自然地理图集（集体协作；任主编）

51．1965年　《四川非橙胸型的橙胸鹀》动物学报

52．1965年　《青海玉树地区鸟类区系调查》动物学报（集体协作）

53．1965年　《关于拟地鸦属确立问题的商榷》动物分类学报（集体协作）

54．1965年　《四川西北部鸟类区系调查》动物学报（集体协作；任主编）

55．1965年　《我国西南鸟类新纪录》动物学报（集体协作；任主编）

56．1965年　《内蒙古呼伦贝尔盟红花吉地区的鸟类》动物学杂志（集体协作；任主编）

57．1973年　《陕西秦岭三趾鸦雀的一新亚种》动物学报（集体协作；任主编）

58．1973年　《陕西秦岭红翅绿鸠的一新亚种》动物学报（集体协作；任主编）

59．1973年　《云南西部鸟类的国内新纪录》动物学报（集体协作；任主编）

60．1973年　《西藏及云南鸟类的国内新纪录》动物学报（集体协作）

61．1973年　《海南岛的鸟类Ⅱ：雀形目》动物学报（两人合写）

62．1974年　《棕颈钩嘴鹛湖南亚种拉丁学名的更正》动物学报

63．1975年　《内蒙古自治区啄木鸟的一新亚种——乌拉山亚种》动物学报

64．1979年　《海南岛暗绿绣眼鸟亚种纪要》动物学报（两人合写；任主编）

65．1979年　《不同维度的繁殖鸟与迁徙的关系》动物学报（两人合写；任主编）

66．1979年　*A sketch of the avian fauna of China with special referece to*

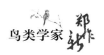

  galliform species. Proc. Woodland Grouse Symp.(World Pheasant Association)

67．1979年 *Taxonomic and ecological notes of Capercailles and Black Grouse in China.* Proc. Woodland Grouse Symp.(World Pheasant Association)

68．1979年 *On subspecific differentiation of the Silver Pheasant* (Lophura nycthemera). Journ. World Pheasant Association

69．1979年 《广西黄腹角雉的一新亚种》动物学报（集体协作；任主编）

70．1980年 《秋沙鸭属分类系统初探》动物分类学报（两人合写）

71．1980年 《西藏鸟类的国内新纪录》动物学报（集体协作；任主编）

72．1981年 *Cranes in China.* Crane Research (ICF, International Crane Foundation)

73．1981年 *On the land vertebrate fauna of Qinhai-Xizang (Tibetan) Plateau with Consideration concerning its history of transformation.* Proc. Symposium on Qinghai-Xizang Plateau.

74．1981年 《青藏高原原陆栖脊椎动物区系及其演变的探讨》北京自然博物馆研究报告（集体协作；任主编）

75．1982年 《云南黄腹噪鹛的一新亚种——思茅亚种》动物学集刊（集体协作；任主编）

76．1982年 《福建武夷山鸟类区系初探》武夷科学

77．1982年 《中国噪鹛属的演化及其起源地和边缘区之种类的比较研究》动物学报

78．1983年 《暗色鸦雀的一新亚种——二郎山亚种》动物分类学报（两人共著；任主编）

79．1983年 《中国噪鹛属的演化兼论其起源地种类的特征》科学出版社（收录于《进化论选集》）进化论选集

80．1983年 《中国噪鸦属可能起源于横断山脉的探讨 青藏高原研究》横断山脉考察专集（一）

81. 1984年　《云南西部的主要食虫鸟》动物学研究（集体协作）

82. 1984年　《中国鸦雀的系统分类研究》动物学报

83. 1984年　《中国动物地理学的研究》北京自然博物馆研究报告（两人共著；任主编）

84. 1986年　《世界鹤类系统检索》动物学报（与美国G. Archibald合作）

85. 1986年　《台湾省鸟类区系及其与附近地区的比较》武夷科学

86. 1988年　*Taxonomic notes* on Paradoxornis flavirostris. var. fagelvarid.

87. 1990年　*An overview of research on pheasants in China (in Pheasants in Asia)*. World Pheasant Associstion

88. 1993年　《棕头鸦雀的分类评述》动物分类学报

89. 1993年　《郑作新论文选》

90. 1993年　《中国古代鸟类学发展的探讨》自然科学史研究

91. 1994年　《中国近代鸟类学发展史考证》武夷科学

92. 1994年　《中国鸟类种数普查沿革与展望》动物分类学报（十周年纪念刊）

93. 1995年　《纵纹腹小鸮(*Athene noctua plumipes*)的生态及扑食行为机理》广西科学（两人合写）

94. 1995年　*The Little Owl* (Athene noctua plumipes) *in China*. World Working Group on Birds of Prey and Owls (WWGBP)（两人合写）

95. 1995年　《纵纹腹小鸮羽毛超微结构的研究》动物学集刊（两人合写）

96. 1996年　*Wing shortening—A distinctive feature of subspeciation of birds*. Orn Congress

（四）科普论述

1. 1949年　《中国鸟类之统计》科学

2. 1949年　《达尔文天演论与帝国主义》新闻学报

3. 1949年　《动植物中文命名原则试用方案》科学通报

4. 1953年　《中国的夏候鸟》生物学通报（两人共著）

5. 1953年　《鸟类调查》人民画报

6. 1953年　《在果区进行害鸟和益鸟的调查工作》人民日报

7. 1953年　《经济鸟类的调查工作》人民日报

8. 1953年　《鸟类研究工作结合实际》科学通报

9. 1954年　《中国的冬候鸟》生物学通报（两人共著）

10. 1955年　《抓麻雀的三个方法》中国青年报

11. 1955年　《麻雀吃什么》中国青年报

12. 1955年　《麻雀的害处和消灭它的方法》人民日报（此文被多处转载）

13. 1955年　《燕鸻——蝗虫的天敌》生物学通报

14. 1955年　《凤凰山下》光明日报

15. 1955年　《防除雀害》科学大众

16. 1955年　《鸟类与农林的关系》科学小报

17. 1955年　《围剿麻雀，保护益鸟》生物学通报

18. 1955年　《我国候鸟的迁徙》生物学通报

19. 1955年　《防除麻雀的方法》生物学通报

20. 1955年　《利用益鸟防止虫害》光明日报

21. 1955年　《吃蝗虫的鸟类》光明日报

22. 1956年　《我国目前鸟学研究的动向》科学通报

23. 1956年　《益鸟和害鸟》光明日报

24. 1956年　《吃蝗虫的燕鸻》中国青年报

25. 1956年　《益鸟和害鸟》中国少年报

26. 1956年　《麻雀与雀害》科学通报

27. 1956年　《从鸟类调查工作中看到的一些食虫的鸟》科学画报

28. 1956年　《中国的动物区域》地理知识

29. 1956年　《乌鸦是不是害鸟？》中国青年报

30. 1956年　《农林的益鸟和害鸟》生物学通报

31. 1956年　《防除雀害》中华全国科学技术普及协会

32. 1956年　《动物的分布》生物学通报

33. 1956年　《吃蝗虫的鸟类》人民日报

34. 1956年　《叫飞禽走兽为人民造福》人民日报

35. 1956年　《一只山雀蛋的秘密》文汇报

36. 1957年　《从冈山市公园里的丹顶鹤谈起》人民中国通讯

37. 1957年　《友谊の鹤》人民中国（日文）

38. 1957年　《海南岛的飞禽走兽》人民日报

39. 1957年　《昌黎果区食虫鸟类的初步调查》科学通报

40. 1957年　《赴德考察鸟类研究工作志感》光明日报

41. 1957年　《"四害"的繁殖力》人民日报

42. 1957年　《谈谈麻雀对农业的益害》人民日报

43. 1957年　《苏联和民主德国鸟类研究的发展近况》动物学杂志

44. 1957年　《从麻雀整年的食性分析来谈：它的益害问题》动物学杂志

45. 1958年　《鸟类的研究为生产建设服务》光明日报

46. 1958年　《除四害新方法》光明日报

47. 1958年　*Empfehlung des Symposiums ubet Fragen des Naturschutzes.* Netur und Heimat.

48. 1958年　《讲卫生，除四害：消灭雀害》科学普及出版社

49. 1958年　《云南南部新近采的中国鸟类新纪录》科学通报

50. 1958年　*Уничтохекие Воробев вКите.* Наука

51. 1959年　《苏联动物区系与狩猎研究事业的发展近况》动物学杂志

52. 1959年　《纪念伟大的自然科学家——达尔文》光明日报

53. 1959年　*In commemoration of the great naturalist*, Charles Darwin. Scientific and Techhhnical Association of the People's Republic of China

54. 1959年　《纪念伟大的自然科学家——达尔文》生物学通报

55. 1959年　《中国动物地理区划和主要动物资源的分布》狩猎驯养自然保护会议学术报告会

56. 1959年　《我对动物区系调查工作的看法》动物学杂志

57. 1959年　*Вери и Птицы Китая*. Ирирояа

58. 1959年　《十年来我国动物学的成就》动物学杂志

59. 1959年　《十年来我国动物学的成就》十年来的中国科学地理学

60. 1960年　《野生经济鸟类的调查研究》生物学通报

61. 1960年　《中国动物地理区划和重要经济动物的分布》动物学杂志

62. 1960年　《食虫益鸟的调查研究》中国植物保护科学

63. 1961年　《关于鸟兽益害问题的商榷》文汇报

64. 1961年　《西南区动物区系和自然疫源地调查的关系》四川日报

65. 1961年　《动物分类学区系工作发展方向》文汇报

66. 1961年　《关于鸟兽的益害问题》北京日报

67. 1961年　《动物区系学在当前社会主义建设中的任务》光明日报

68. 1961年　《自然保护区的建立及其有关动物学的研究任务》文汇报

69. 1961年　《看看山雀的生活》中国少年报

70. 1962年　《野生动物资源的合理利用和保护》全国政协会议发言稿

72. 1962年　《合理利用和保护野生动物资源》人民日报

73. 1962年　《资源鸟兽数量统计与经济评价的方法》生物学通报

74. 1962年　《动物分类学的今昔不同及其今后的研究动向》生物学通报

75. 1962年　《探讨动物生态及分类区系问题》人民日报

76. 1963年　《蛙类对农业保护的作用》人民日报

77. 1963年　《保护青蛙》时事手册

78. 1963年　《吃蝗虫的是土燕子而不是燕子》农业技术

79. 1963年　《关于自然资源破坏情况及今后加强合理利用与保护的意见》中国科学报

80. 1963年　*On the Chinese avifauna and recent ornithological work in China.* 日本鸟杂志

81. 1963年　*Ueber der Vogelfauna Chinas und die gegenwartige ornithologische Arbeit in China.* Orn. Meilung.

82. 1963年　《草鸮在安徽南部的发现》动物学杂志

83. 1963年　《动物地理学研究的当前若干问题》动物学杂志

84. 1963年　《草原动物资源的利用》文汇报

85. 1964年　《我国主要鸟兽资源的分布及山东省自然保护事业的发展》山东动物学会座谈会总结

86. 1964年　《草原害鼠》光明日报

87. 1964年　《自力更生》九三学社红专

88. 1964年　《中国动物学会三十年简史》动物学杂志

89. 1964年　《我国鸟类学三十年来的发展（1934—1964）》动物学杂志

90. 1964年　《三十年来的中国动物地理学（1934—1964）》动物学杂志

91. 1964年　《食虫鸟类在护林中的作用》中国林业

92. 1964年　《我国野生鸟类资源的保护和利用》新建设

93. 1965年　《野鸟脚上为啥挂铝环？》人民日报

94. 1965年　《越南丛林中的犀鸟》人民日报

95. 1966年　《鸟类的环志》动物学杂志

96. 1972年　《中国的鸟兽》中国建设

97. 1974年　*Mammals and birds (China)——A geographical sketch.* 外文出版社

98. 1978年　《我国拥有丰富的鸟类资源》光明日报

99. 1978年　《鸟兽资源的保护管理及开发利用》光明日报

100. 1978年　*Bird species found in China.* 香港大公报（英文版）

101. 1979年　*Great numbers of bird species found in China.* China Features

102. 1979年　*Ornithology in China today.* Ibis

103. 1979年　《加强鸟类研究工作》现代化杂志

104. 1979年　*Ornthology in the People's Republic of China.* Condor. (In collaboration with R.J. Grimm 81)

105. 1980年　《食松毛虫的鸟》东方红杂志

106. 1980年　《国家自然历史博物馆势在必建》大自然

107. 1980年　《中国的鹤类》大自然

108. 1980年　《鸟类学研究需要接班人》中国青年报

253

109.	1980年	《加强自然资源保护工作的建议》光明日报
110.	1980年	《九州闻啼鸟，四海扬美名》对台广播
111.	1980年	《年终谈鸟类研究》英文广播
112.	1981年	《让青年一代早日飞向科学高峰》生物学通报
113.	1981年	《欢迎天鹅再飞来》我们爱科学
114.	1981年	《美丽的天鹅》大自然
115.	1981年	《呼吁保护候鸟》人民日报
116.	1981年	《关于我国的候鸟》中国青年报
117.	1981年	《希望小朋友们奋起响应》中国少年报
118.	1981年	《天鹅的生物学》动物学杂志
119.	1981年	《从中日候鸟保护协定谈起》动物学杂志
120.	1981年	《鸟类是我们的朋友》广播台转播
121.	1981年	《建议创立国家动植物标本中心》科学动态
122.	1981年	《关于家鸡的起源问题》科学与文化
123.	1981年	《创立国家动植物标本中心》光明日报
124.	1982年	《大家都来保护鸟类资源》四川科技报
125.	1982年	《爱鸟是一种社会美德》北京晚报
126.	1982年	《中国应该成为爱鸟之国》光明日报
127.	1982年	《养成爱鸟的美德》北京晚报
128.	1982年	《我国的鸟类》光明日报
129.	1982年	《春暖花开谈爱鸟》中央电视台
130.	1982年	*Noted ornithologist seeks protection for rare birds*(with Hai Lan). China Daily
131.	1982年	《不要自毁家园》光明日报
132.	1982年	《为什么要保护鸟》中国青年报
133.	1982年	《鸟类的灭绝及其原因》科学与文化
134.	1982年	《中国鸟类分布总表》东北林学院学报
135.	1982年	《国家自然历史博物馆的建设问题·博物馆新编》江苏科学

技术出版社

136. 1982年 《丹顶鹤的一家》大自然（电影评价）
137. 1982年 《北京太庙停栖过灰鹤吗？》大自然
138. 1982年 《爱鸟周的意义》人民日报
139. 1982年 《谈谈鸟类资源》甘肃省爱鸟周刊
140. 1982年 《科学道德：科技工作者要讲科学道德》文汇报
141. 1982年 《我国鸟类研究当前有什么攻关任务》野生动物
142. 1982年 《我国第一次爱鸟周》科学报
143. 1983年 《大家都来保护鸟类资源》四川爱护鸟类
144. 1983年 《把松鹤画在一起不科学》北京晚报
145. 1983年 《中国鸟类资源》国际广播
146. 1983年 《鹭和鹤的区别何在？》北京晚报
147. 1983年 《谈谈"国鸟"》北京晚报
148. 1983年 《动物学家呼吁保护动物资源》光明日报
149. 1983年 《北京动物园见闻》北京晚报
150. 1983年 《我国鸟类知多少》光明日报
151. 1983年 《从天鹅邮票漫谈科学》集邮杂志
152. 1984年 《向往大自然》福建日报
153. 1984年 《鸟，人类的朋友》大自然
154. 1984年 《中国动物学会五十年》中国动物学会通讯、中国鸟类学会通讯
155. 1985年 《从小喜爱大自然》我们爱科学
156. 1985年 《保护珍稀鸟类刻不容缓》科学报
157. 1985年 《保护野生动物》中国野生动物保护协会第二次会议文件汇编
158. 1985年 《让鸟儿自由飞翔》花卉报
159. 1985年 《中国动物学会五十年》中国科技史料 6(3): 44-5
160. 1985年 《农业益鸟的保护与招引——跋：中国食虫益鸟的调查、保护与扫引》

161. 1985年　《会飞的宝贝》日本野鸟协会
162. 1985年　《保护珍贵鸟类》（《中国珍贵动物图鉴》作序）
163. 1986年　《关于中国鹤类分类的我见》野生动物
164. 1986年　《大力保护捕鼠能手猫头鹰》大自然
165. 1986年　《中国鸟类研究有多少种？》动物学杂志
166. 1986年　《建国以来鸟类的新亚种》动物学杂志
167. 1986年　《使用有限的基金发挥最大的效益》中国科技报
168. 1986年　《呼吁加强自然保护区建设》人民日报、光明日报
169. 1986年　《秉志先生诞辰一百周年纪念词》中国动物学会通讯
170. 1987年　《中国鹤类研究的主要成就》野生动物
171. 1987年　《好鸟枝头亦朋友》科技日报
172. 1987年　《保护珍稀、濒危野生动物刻不容缓（中国珍稀野生动物）》北京人民广播电台，中国林业出版社
173. 1987年　《关于全国自然科学名词审定工作的发言》自然科学术语研究
174. 1987年　《邮票中的鸟类世界 (Birds of the lands in stamps)——序》中国青年出版社
175. 1987年　*China takes a new step forward in conservation of wildlife*. Proc. 1st International Conference on Wildlife Conservation
176. 1987年　*Welcoming message*. Proc. International Crane Workshop
177. 1988年　《呼斯台西里水库工程对巴音布鲁克天鹅保护区生态环境影响的评价》
178. 1988年　《动物的灭绝与保护》科技日报
179. 1989年　《愿北京成为鸟的乐园，北京——我们心中的城》北京出版社（两人合著）
180. 1989年　《中国动物学会五十五周年纪念》中国动物学会通讯
181. 1990年　《"不惑之年"更上一层楼》中国科学报
182. 1990年　《国家重点保护野生动物图谱——序》东北林业大学出版社
183. 1990年　《爱鸟与养鸟——序》中国旅游出版社

184. 1991年　《爱鸟周中谈爱鸟》中央人民广播电台

185. 1992年　《爱鸟周十周年》中央人民广播电台

186. 1992年　《集邮使我们进入大千世界》中国科学报（海外专刊）

187. 1992年　《新疆脊椎动物简志——序》新疆人民出版社

188. 1993年　《毛泽东的科学思想与我国鸟类学的发展》中国科学报（科技日报转载）

189. 1993年　Cheng From the President of WPA News. 世界雉类协会

190. 1993年　《热烈的祝贺》大自然

191. 1994年　《中国鸟类种数普查沿革和展望》大自然

192. 1994年　《中国近代鸟类学发展史考证》大自然

193. 1994年　Message from the Prisident of WPA (Cheng Tso-Hsin). Tragopan

194. 1994年　《踏遍神州寻百鸟》中国科学报

195. 1995年　Foreword: Annral Review. World Pheasant Association(WPA)

196. 1996年　《"科学家，您好"电视片》武汉电视台

197. 1996年　《中国野鸟图鉴——序》　翠鸟文化事业有限公司

198. 1996年　《功不可没的卫士——写在爱鸟周之际》中国林业报

199. 1996年　《鸟类进化有待研究突破》光明日报

200. 1997年　《大科学家讲的小故事——与鸟儿一起飞翔》湖南少年儿童出版社

201. 1999年　《自立与发展》上海教育出版社（收入韩存志主编的《新世纪的嘱托——院士寄语青年》）

202. 1999年　《雉类的天堂》江西高校出版社（收入饶忠华主编的《聆听科学——中国科普佳作百年选》、黎先耀主编的《鸟的乐章》）

203. 2000年　《来自科学殿堂的期待——院士寄语青少年》西苑出版社（《世纪之交对朝气蓬勃青少年的期望》刊登）

204. 2005年　《科学发展与国力强盛密不可分《中国科学院院士百篇》（原刊《科学的道路》上册）

编者说明：

注①：科学普及出版社（2004年）与湖北少年儿童出版社（2009年）先后出版郑作新科普著作选《与鸟儿齐鸣》。

注②：2005年，中国科学技术出版社出版郑作新百年诞辰纪念文集《天高任鸟飞》。

注③：国内外报道郑作新从事鸟类学研究的文稿，据不完全统计200余篇。2007年，由福建教育出版社出版的《飞翔的生命》一书，该书附有有关报道篇目（仅国内研究文稿）。

后记

2018年,为纪念郑作新逝世20周年,《郑作新》的增订版出版工作启动,该项工作得到中国林业出版社的大力支持。在汇稿过程中,出版社编辑张衍辉、葛宝庆同志建议是否能增加一些郑作新同事与研究生的文稿,以便更准确地反映他的业绩,更具体地追忆他是如何从事科学研究工作的。

现在收录的这些文稿,正如编辑所望,其具体地展现了郑作新是如何为人,是如何从事科学研究工作的。他与这些研究生的关系,已超出"传道、授业、解惑"的范围,他对学子的深情与期待,体现了"教育的责任,不仅在教授知识,更在于养育精神"。他是将党对青年一代的期望化为行动,化为催人奋进的动力。

我们期望这部传记能开启更多青少年热爱自然、投身美丽中国的建设中,更希望对于有志攀登科学高峰的青少年以鼓励!

2016年8月,本书作者于北京香山饭店

本书增订部分的稿件由北京二龙路中学校友、工程师郭君铸输入,在此表示感谢!

郑怀杰
2019年6月于北京

图书在版编目（CIP）数据

鸟类学家郑作新 / 郑怀杰, 杨群荣主编. -- 北京 : 中国林业出版社, 2019.12
（从博物少年到科学巨匠）
ISBN 978-7-5219-0388-1

Ⅰ. ①鸟… Ⅱ. ①郑… ②杨… Ⅲ. ①郑作新（1906-1998）—传记 Ⅳ. ①K826.15

中国版本图书馆CIP数据核字(2019)第268543号

封面、扉页及中手绘图四川短翅蝗莺（郑氏蝗莺，*Locustella chengi*）是首个以中国鸟类学家姓氏命名的鸟类新种。手绘图作者刘东。

中国林业出版社·自然保护分社（国家公园分社）

策 划 人：张劲硕
责任编辑：张衍辉 葛宝庆

出 版：中国林业出版社（100009 北京市西城区刘海胡同7号）
网 址：http://www.forestry.gov.cn/lycb.html
E-mail：cfybook@sina.com 电 话：010-83143521 83143612
印 刷：三河市祥达印刷包装有限公司
版 次：2020年9月第1版
印 次：2020年9月第1次
开 本：787mm×1092mm 1/16
印 张：16.875
彩 插：8P
字 数：280千字
定 价：68.00元